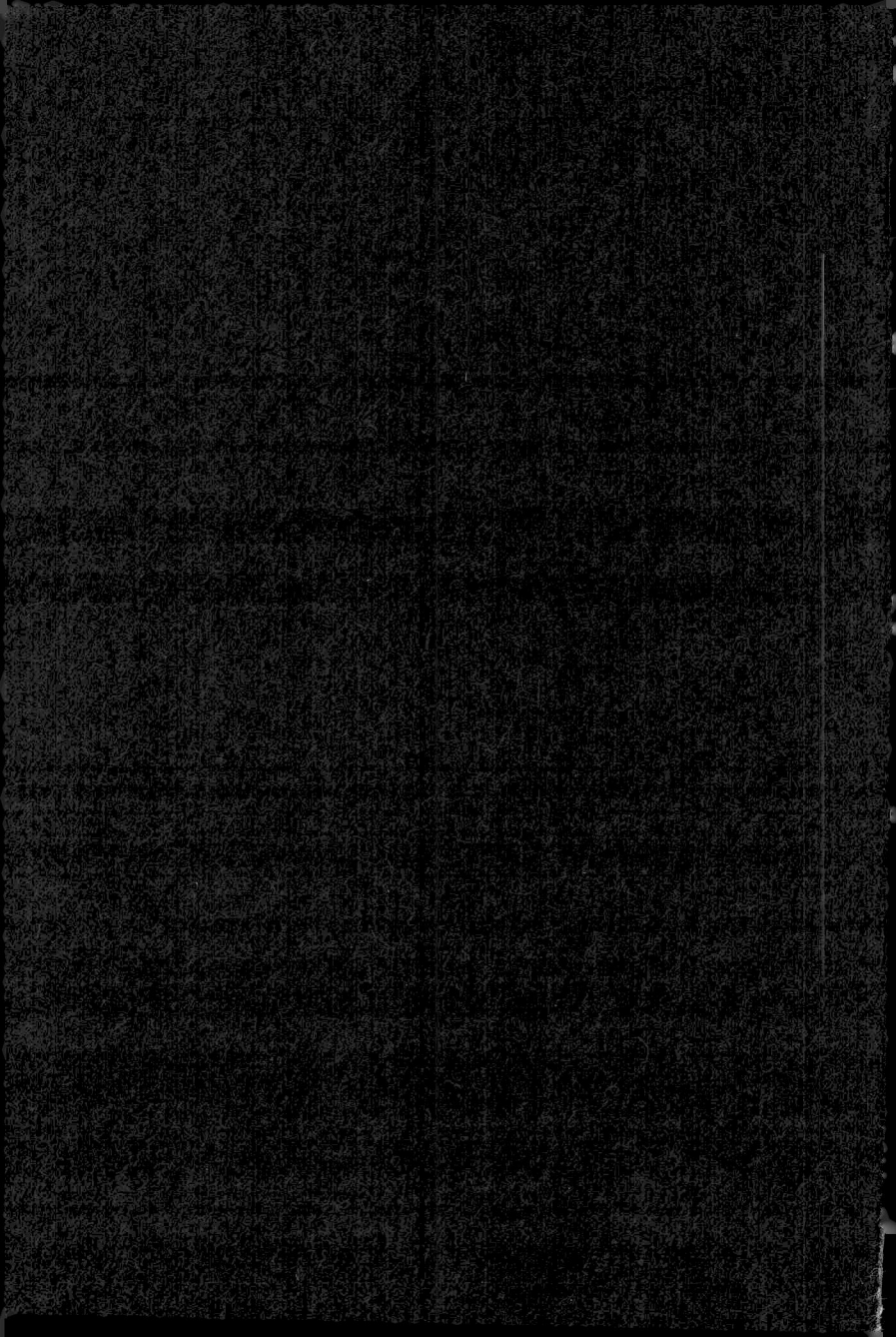

李商隐集

周建国 ○ 注评

凤凰出版社

李商隐集

深情绵邈
百代无匹

005

·前言·

硕学见仁见智，争论不休，而对其诗旨大体的把握仍有一致之处，因此谁又能说这种仁智之见就毫无意义？

改革开放以来，李商隐研究取得了可喜的进展。

不论是作者生平及相应的历史文化背景的探究，还是在其诗文艺术特色的研究诸方面都有了新的创获。那么，我想钻破其诗文的坚硬外壳，体味其丰富的内涵，自然会引起众多读者的兴趣。试想一下，三十年来，从事中国古代文史学习研究的各类大学生、研究生的情况，我们有理由相信唐代文学中的"李商隐热"乃事理之必然。由此，我认为有必要对李商隐研究的历史作一番简略的回顾。

李商隐诗文流传千年，自清初朱鹤龄笺注李义山诗集，推尊"义山之诗，乃风人之绪音，屈宋之遗响，盖得子美之深而变出之者也"（《笺注李义山诗集序》）。

一

李商隐（813—858），字义山，号玉溪生，怀州河内（今河南沁阳）人。开成二年（837）进士。他是晚唐诗坛巨擘，四六骈文章奏的代表作家。鲁迅曾说："玉溪生清词丽句，何敢比肩，而用典太多，则为我所不满。"[01]这是因为有人将鲁迅的诗比作李商隐的诗，因此他自谦不敢比肩，但李诗用典太多至于有獭祭之称，则鲁迅所言可说是道出了一般读李商隐诗文者的普遍感受。确实，李氏诗文裹着一层坚硬的外壳。千百年来，人们却对钻破这层外壳有浓厚的兴趣。然而，李商隐毕竟是唐代极富创意的作者之一，诚如葛常之《韵语阳秋》所云："义山诗以包蕴密致，演绎平畅，味无穷而炙愈出，钻弥坚而酌不竭。"就像他的七律《锦瑟》只有短短五十六字，其所云者何？千百年来，多少名家

●01·鲁迅《致杨霁云》1934年12月20日，《鲁迅全集》第12卷第612页，人民文学出版社1981年出版。

点是不为成见所囿，汇集众说而独发己见，尤其是对旧说所作实事求是的辨正，每多创获，即对现在的研究者来说也不失为一种清醒剂。此后，中华书局又陆续出版了刘学锴、余恕诚两位先生编著的《李商隐诗歌集解》和《李商隐文编年校注》，这是对李商隐诗文全面研究的新成果，嘉惠学林良多。此外，董乃斌先生的《李商隐传》由陕西人民出版社1985年出版，1992年，他又在上海古籍出版社出版了《李商隐的心灵世界》。作者以传记文学之体来谱写诗人的思想生平，又注重诗人的心灵世界，给人以新的启示。最后，我特别要对已故美籍华人学者刘若愚的研究表示崇高敬意。刘若愚的名著《李商隐的诗歌——九世纪中国的巴洛克诗人》（The Poetry of Li Shang-yin: Ninth-Century Baroque Chinese Poet）于1969年在美国芝加哥大学出版社出版。改革可谓纲举目张。至乾隆时冯浩穷毕生之力，作《玉溪生诗笺注》《樊南文集详注》，沾溉后学，影响深远。严格地说，系统的研究乃自清人始，冯氏之作尤为一代集大成之著述。现代学人张采田所著《玉溪生年谱会笺》、岑仲勉所著《玉溪生年谱会笺平质》等功力深厚、体现考证笺注成果的力作，都是对于冯著的补充和完善，并为当代学人的研究奠定了知人论世的基础。学术研究犹如积薪，往往后来居上。当代的研究可以说已在前人基础上大大推进了一步。不过，我们仍然怀着对前贤的敬意，感谢他们实事求是、知人论世的垂范作用。

较之前贤，新时期的研究有哪些突出贡献呢？首先，我要提及的是叶葱奇老先生。20世纪50年代，叶先生的《李贺诗集》疏注即享誉学林。1985年，其《李商隐诗集疏注》由人民文学出版社出版。叶著最大的特

005

商隐生年，冯浩主元和八年（813）说，张采田主元和七年（812）说。这是当今学者通常采用的说法。

本编采用冯浩说，其最主要的根据是文选《上崔华州书》所云：「中丞阁下……愚生二十五年矣。」冯浩题注曰：「开成元年十二月，《纪》以中书舍人崔龟从为华州防御使，例兼御史中丞宪衔，故有中丞阁下之称。」书上于开成二年（837）春初，诗人二十五岁。以此上推商隐生于元和八年（813）。至于卒年，关涉诗人晚年行踪和创作，尤须一辨。

一些学者提出李商隐晚年东川归后有所谓「江东之游」。此说首先在冯浩的诗注中谨慎地提出过，但在《玉溪生年谱》中冯氏又谨慎地避开了，相关的诗篇一首都未列入。但张采田《玉溪生年谱会笺》大中十一年（857）却大书「义山游江东」。将《江东》《隋宫》《南开放后见知于中国学界，笔者曾在《文学研究参考》、安徽《古籍研究》等刊翻译介绍过其中的一些章节。诚如美国李珍华教授在《美国学者与唐诗研究述略》中所说，刘氏为美国汉学泰斗，他「精通西洋文学，吸收了西洋文学批评的理论和方法，加上他深厚的汉文基础，融会贯通了中西两种文学的特长，创造了新的理论」[01]。本编在诗歌的品评中采纳了刘氏的一些说法，亦实有感于此。

二

传统的研究自冯浩以来成果卓著，前人时贤的共同努力，把这一研究推到一个新的高度，那么关于诗人的生平交际和创作特色的研究还存在哪些必须澄清和再议的问题呢？就诗人的生平交际而言，本编重申了以下几点：

第一，关于作者的生卒年。

● 01·《唐代文学论丛》第 4 辑，陕西人民出版社 1983 年出版。

柳仲郢由东川入朝任盐铁转运使，李商隐随府主还归的情况曰：「《通鉴》书仲郢领盐铁于九年十一月，则太早。《唐会要》书十一年……则仲郢被命入朝当在十年冬。似十一年春初方还京，故《会要》书十一年，与《旧纪》同。」冯氏推断是有理的，他在谱中将诗注中疑似江东之游的诗篇一概略去，正是出于这样的分析推断。而李商隐死于大中十二年（858）春，如今已可定论。我这里仅引裴廷裕《东观奏记》的一条记载可为铁证：

庭筠，字飞卿，词赋诗篇冠绝一时，与李商隐齐名，时号温李。连举进士，竟不中第，至是（按：指大中十三年）谪为九品吏。前一年，商隐以盐铁推官死。商隐，字义山，文学宏博，笺表尤朝》《齐宫词》《龙丘道中》诸诗列入该年。叶葱奇《李商隐诗集疏注》所附《年谱》驳之曰："张氏妄将《隋宫》《咏史》《南朝》《齐宫词》诸诗，穿凿牵附，而以《江东》一首为依据，武断商隐曾到『吴越扬镇间』。不知《隋宫》诸篇都是一时咏古之作，清清楚楚，并无一丝身历其地的迹象，而《江东》一绝，更分明是大中四年在徐幕时的作品，拿悼伤后的诸作，来稍加参校，他那样的闲情绮思？"叶氏专精于中晚唐诗歌，亦精于唐史，他对史家张采田的批评合情合理，值得关注。笔者对张氏之说也曾持疑，并在全国第三次唐代文学讨论会上提交了《〈冯著〉、〈张笺〉李商隐晚年事迹补正》[2]的论文。我以为诗人东川归后不久即病逝，不可能在晚年（857）有「江东之游」。冯浩《玉溪生年谱》分析

●01·该文收入《唐代文学研究》第 1 辑，山西人民出版社 1988 年出版。

裕归柩的事实。此先由陈寅恪先生在《李德裕贬死年月及归葬传说辨证》一文中提出，并驳斥了冯浩、张采田关于李商隐桂管罢归后有所谓「巴蜀之游」的臆说，而冯、张之说亦多少影响了今之笺诗注家，相关的诗歌系年及笺注疑问不少。笔者赞同陈寅恪先生之说，撰有《李商隐三峡行役诗辨——兼论证陈寅恪先生的一项假设》[01]一文，本编诗选「政治诗」类所录《无题》（万里风波）、「咏史诗」类所录《听鼓》，「感伤抒愤诗」类所录《过楚宫》（巫峡迢迢）、《楚宫》（十二峰前）诸什俱从陈氏之说加以重新注释品评，一反历来注家的旧说，其是非尚有待于读者的判断。

陈氏之说对李商隐研究有重要意义。如果其说确立，那么相关的诗歌系年及笺注必须重新考订品评，其数量应有数十篇。

上述拙文已对《风》《摇落》《过楚

●01·该文收入《中国首届唐宋诗词国际学术讨论会论文集》，江苏教育出版社1994年出版。

著人间，自开成二年升进士，至上（按：指唐宣宗）十二年，竟不升于王廷。

裴廷裕与温庭筠、李商隐同时稍后，尝奉命编《宣宗实录》。当日史家之记载自然可靠。证之崔珏《哭李商隐》诗所云「词林枝叶三春尽」「鸟啼花落人何在」，商隐死于大中十二年（858）春已毫无疑问。换言之，他在大中十一年（857）春由东川罢归抵京，至大中十二年（858）春病死。在短短一年中，以衰病目瞀之身漫游江东，远涉龙丘道中、武夷山，真乃匪夷所思，怎么可能？此关系到所谓「江东之游」诸诗的重新编年，以及对诗人晚年行踪与相关诗篇的正确理解，笺诗注家们不得不审慎对待。

第二，关于作者大中六年（852）在江陵路祭李德三，德裕由洛阳沿水路南下，赴潮州贬所。二月戊申，宿于洞庭西。五月，达于海曲潮州。」当年李德裕正是由洛阳启程，经淮河、长江赴岭南的。此番李德裕子李烨奉父母亲属棺柩六具兼仆婢死海上者棺柩，估计有十余具之多，陆行极为不便，必然按当年赴岭南路线还归洛阳。商隐在鄂州所咏之诗如《江上》《听鼓》大率作于此时，可以取证。总之，此行不是走「便下襄阳向洛阳」的路线，可由商隐的相关诗作加以参悟。

第三，关于李商隐江乡之游晤别刘蕡的时间。冯浩由义山诗文参悟得李、刘晤别「春雪黄陵」在会昌元年（841）。岑仲勉等则主张在大中时。这桩公案至今仍为海内外学界所关注，笔者从冯浩会昌元年（841）说，已有数文论证其事，此处不必重赘。本编所选商隐赠哭刘蕡诸诗即持会昌说，其注释品评及诗旨、历史背景之宫》《楚宫》《深宫》《因书》诸诗作过辨正，本编相关诗歌的注释品评更求细密，愿为陈氏之说提供若干佐证。

本编在基本赞同陈氏之说的同时也对其略有修正，这是须向读者特别指出的。陈先生说："若依鄙说，则大中六年夏季义山奉柳仲郢之命，下峡祭吊卫公之柩，因送至襄阳，事毕复命，还归东川，其上峡时已是秋深……总而言之，杜工部诗所谓『即从巴峡穿巫峡，便下襄阳向洛阳』者，正与义山此行相同。"笔者对李德裕所作的研究以为，商隐在江陵路祭李德裕归柩后当沿长江水路而下，至少送至鄂州。《无题》所云"碧江地没元相引，黄鹤沙边亦少留"可以为证（详见本诗品评注释）。傅璇琮、周建国编著《李德裕文集校笺》附载《李德裕年表》综合史书所记："大中二年正月初改字解史之弊，则为吾不取也（参见拙文《李商隐黄陵晤别刘蕡地、时、背景考辨》《唐代文学研究》第六辑）。

新时期以来，关于李商隐的论著可说是汗牛充栋，作者生平创作的一般事实已广为读者所知。上文所述诗人生平的三个问题是读者知人论世所必须了解的，故择要而重申之。琢磨切磋，是所有望于高明。

三

本编收录作者代表性的诗歌一百〇九篇，最能体现其情志的文章十三篇，意在尽可能反映其创作的各个方面，并较为集中地显示其创作的特色。诗选部分分类编排依次为：政治诗、爱情诗、无题诗、咏史诗、咏物诗、女冠诗和僧佛诗、感伤抒愤诗及其他传诵名诗。现当代学者为深入探究诗人创作，往往作分类研究。本编前七类即是参稽现当代学者的研究状况加以分究。

阐释皆由此而发。冯浩之说之所以可信，是因为他征引唐人罗衮《请褒赠刘蒉疏》的有力，并判断精当。《玉溪生年谱》云：「蒉卒年无明文。《新书传》载昭宗诛韩全诲等，左拾遗罗衮讼蒉云：『身死异土，六十余年。』帝赠蒉左谏议大夫。是年天复三年癸亥（903），上距会昌四年甲子（844），得六十年。蒉当于开成、会昌间卒于江乡，故诗云『复作楚冤魂』，又云『溢浦书来秋雨翻』也。义山于此年至潭州。会昌元年春，与蒉黄陵晤别，而蒉于二年秋卒矣。」由甲子到癸亥为一整花甲，古人熟稔干支，罗衮所言刘蒉之死「六十余年」必然十分准确。此足以反证岑仲勉等大中说的不可据，因为从大中元年（847）至罗衮上疏时还只有五十余年，时间不符。岑仲勉先生为史学大师，笔者素所敬重，引据其说甚多。然吾爱吾师，吾更爱真理，其大中说有增字李商隐诗。钱氏门人钱龙惕、冯班均用力于义山诗研究，将之与杜诗并举，尤为有识。今诵读朱鹤龄语不禁悠然心会，其所列诗篇在本编政治诗、咏史诗中大多已列入，可谓文心相通。

顾炎武《与人书》曰：「《宋史》言，刘忠肃每戒子弟曰：『士当以器识为先，一命为文人，无足观矣。』」历代有人视李商隐为拈花惹草的才子浪人，这真是天大的冤枉。此不能知人论世故也，此亦文人之见异于学人之见也。本编以反映大和九年（835）「甘露之变」的《有感二首》开篇，显示了这位富有正义感的年轻诗人在京师大乱时的浩然正气。试想当日长安流血千门、僵尸万计，宰相王涯、贾馀等被无辜牵连遭灭族之灾。士大夫们噤若寒蝉，声不敢出，而年轻诗人却毅然以诗笔一而再、再而三地声讨宦官集团的暴行，其胆识勇毅类排列的。但有一些传诵名诗，如《夜雨寄北》《晚晴》《乐游原》等，在分类上较难归入前七类，因此另列第八类：其他传诵名诗，对其代表作可较全面地选录。

李商隐首先是一位重要的政治诗人，因之本编首列政治诗。朱鹤龄《笺注李义山诗集序》云："吾观其活狱弘农，则忤廉察；题诗九日，则忤政府；于刘蕡之斥，则抱痛巫咸；于乙卯之变，则衔冤晋日；太和东讨，怀『积骸成莽』之悲；党项兴师，有『穷兵祸胎』之戒。以至《汉宫》《瑶池》《华清》《马嵬》诸作，无非讽方士为不经，警色荒之覆国。此其指事怀忠，郁纡激切，直可与曲江老人相视而笑，断不得以放利偷合、诡薄无行嗤摘之也。"清初以钱谦益为首的虞山诗派关注时代兴衰，悲慨个人身世，尤其推重杜甫、李商隐。朱鹤龄在钱氏红豆庄笺注杜诗毕，即应钱氏之请复笺注仙之妄的《瑶池》，讥讽汉文帝视杰出人才如同卜祝的《贾生》。诗中说的是古代帝王，寓意实在于现实政治。

他对于后世失德亡国之君的批判讽刺异常激烈。如本编所录《南朝》（地险悠悠）一诗，作者极意驰骋其讽刺戏嘲之笔，诗开头极意一扬，说六朝君主都自夸有虎踞龙盘的形胜地势，又有长江天险，上应天象。诗下半极意一抑，拈出梁元帝和妃子徐昭佩宫闱不睦之事：「休夸此地分天下，只得徐妃半面妆。」举一以概其余，骂倒南朝统治集团只会在内部钩心斗角，对外却苟安无能。读者由半面妆联想到元帝独眼、南朝半壁江山，不觉有妙语解颐之趣，静言思之，垂戒之意却十分沉痛。

他对于本朝皇帝唐玄宗夺儿子寿王李瑁妃杨玉环为妻的丑事更是大加抨击。《龙池》云：「夜半宴归宫漏永，薛王沉醉寿王醒。」如此尖刻的嘲讽令后世主张「为尊诚可卓立于当时矣。七律《重有感》沉郁顿挫，唱出"昼号夜哭兼幽显，早晚星关雪涕收"的复仇之声，其瞩望于武臣，大有杜甫《诸将》中"独使至尊忧社稷，诸公何以答升平"的深意。诗人忠君爱国之旨，若早年之《有感二首》《行次西郊作一百韵》即胎息杜诗，气势宏壮，律法严正，叙事议论，激情喷涌，诚如王安石所谓"唐人知学老杜而得其藩篱者，唯义山一人而已"，至于其晚年所作《筹笔驿》《杜工部蜀中离席》诸作更是深得杜诗神韵，王安石"每诵其『雪岭未归天外使，松州犹驻殿前军』……虽老杜无以过也"（《蔡宽夫诗话》）。义山学杜，洵为最大之特色。

李商隐咏史诗在思想内容上与政治诗密切相关，有强烈的以史为鉴倾向，其最突出的特点是长于讽喻，讽刺尖刻，在唐人中别开一境。如本编所录讽周穆王求动，联系当时所作《行次昭应县道上送户部李郎中充昭义攻讨》《登霍山驿楼》诸诗，读者自能更深刻地体会作者维护国家统一、反对藩镇割据的进步立场。本编文选所录《断非圣人事》《宜都内人》《齐鲁二生》《李贺小传》等史论、史传，亦可与其政治诗、咏史诗参读，读者自可深切感悟作者进步的政治思想和卓异的史断史识。

其次，简略谈一谈李商隐的爱情诗和无题诗。一般读者对这两类诗的喜爱和了解可能会远过于他的政治诗和咏史诗。其爱情诗深情绵邈，感人至深，无题诗中更有一些写爱情艳情的名作，千古传诵。在中晚唐时代，商隐是一位生活比较严肃的人，较之同时的风流诗人杜牧、温庭筠，他委实没有多少风流韵事可言。他的有些无题之作看起来是写爱情，实际上远绍屈原楚辞以者讳」的论者大为不满，他们批评商隐讥讽过分，大伤诗教。其实，这正是史家实录的精神，他诗中辛辣的讽刺艺术不仅仅是表现手法和技巧问题，实源于诗人迥乎寻常的识见和胆略。

诗人重视诗文创作的政治功能及垂示遗教的作用，这不仅有大量的政治诗和咏史诗可证，而且可从他在大中时期两度自编四六文集的事实得到印证。这些文章是其历年从事幕府工作的政治性应用文，其中代各个时期幕府府主起草的表、状、启、祝文、祭文、序、书都是政治文献，可补正史之阙者不少。他有意保存这些文献，显然有存一代史实之意。本编所选《为濮阳公与刘稹书》就是很重要的历史文献。会昌三年（843），他代河阳节度使王茂元致信昭义镇叛乱首领刘稹，正告其叛乱绝无好下场。这实际上也是作者支持伐叛的具体行曲解。小说家兼名教授苏雪林先生在20世纪20年代留法归来，借欧风美雨之新撰写《李义山恋爱事迹考》（后改名《玉溪诗谜》）。此书对于青年读者理解诗人隐晦艰深的作品是有帮助的，但其考证史实背景不够严谨。随着研究的深入，书中疏误日显。80年代，她又出版《玉溪诗谜正续编》，虽对旧作有所改正，但大体仍坚持原意。她的学术执着，受到故旧门生的赞扬。然而，学术研究之根本在于求真，失真则善美无从附丽。

她以为义山《无题》都是爱情诗，《锦瑟》是作者自写与飞鸾、轻凤两位宫嫔的恋爱，锦瑟是「宫人赠给义山的纪念品」，他们的爱情是「千古以来文人中罕有的奇遇，情史中的第一悲剧」[01]。苏教授以小说家的奇想来阐述她的读李心得，纵然可读性很强，但去客观真实甚远。

● 01・《玉溪诗谜》第106页至107页，商务印书馆1947年出版。

香花美人来抒发怀才不遇之情，如《无题二首》（凤尾香罗、重帷深下）即是明显的例子。

本编所录作者爱情诗分两个时期：前期如写他与女道士恋爱的《银河吹笙》，与洛阳商贾女柳枝相爱的《柳枝五首》等，都表现了年轻人对真挚爱情的追求。开成三年（838），二十六岁的他娶王茂元女儿为妻，执子之手，至于终老，从此爱情诗所发抒的对象，主要而最具家庭伦常价值的是他的妻子王氏，如《无题》（照梁初有情）《离亭赋得折杨柳》《春雨》，以及妻死后的一系列悼亡之作，可列入后期。张采田评其晚年悼亡诗《正月崇让宅》说：「读之增伉俪之重。」（《李义山诗辨正》）商隐优秀的爱情诗源于其高尚的精神情操，前期如此，后期更是如此。

但是，李商隐的爱情诗、无题诗直到现在仍在被

023

之游问题与吴调公先生商榷》（《复旦学报》1981年第4期）、《「有神无迹」话玉溪》平质》（《文学遗产》1981年第4期），当时寄出的文稿《李商隐〈锦瑟〉诗众笺评说》后来刊于《唐代文学论丛》1982年第2期，还有《关于唐代牛李党争的几个问题——兼与胡如雷同志商榷》刊于1983年的《复旦学报》第6期。作为毕业论文的《试论李商隐与牛李党争》则刊于1984年的《文学评论丛刊（第22辑）》。多年的研读使我意识到要研究李商隐必须关注相应的历史文化背景。清初以来有贡献的学人如朱鹤龄、冯浩、钱振伦、钱振常等，无不精研史学，晚近则张彩田、陈寅恪、岑仲勉更是史学大家。知人论世为李商隐研究之根本途径，舍此何异痴人说梦！

美籍华人学者刘若愚的《李商隐的诗歌——九世纪中国的巴洛克诗人》（*The Poetry of Li Shang-yin:*

最后，说一说本编「女冠诗和僧佛诗」。前人时贤论女冠诗者甚多，但就诗人思想而言，他受佛教的影响比受道教的影响要深得多。数十年来，尚无一篇关于李商隐与佛教的专论。有感于此，本人2000年10月应日本京都女大之请，曾在该校作了《李商隐与佛教》的演讲，2001年日本大阪帝冢山学院大学中国文化研究会编《中国文化论丛》第十号曾刊出此文。本编所录关于李商隐佛教信仰的诗篇意在展示其精神世界不为人注意的一些新境界。笔者在此抛砖引玉，希望海内外的李商隐研究者不断开拓新境。

四

20世纪70年代末，我入复旦大学中文系读研究生，选择中晚唐文学与李商隐为研究课题，期间主要成果有《李商隐开成、会昌之际行迹辨索——兼就江乡论的。

如今，有关李商隐的论文著作层出不穷，网上讲论李商隐的视频有超载李白、杜甫之势，但都是普及有余的、深度不足。知人论世必须涉及诗人的家史背景，进退出处，具体问题具体分析，摒弃陈陈相因的旧说，下功夫去具体分析纷繁复杂的问题。说到诗人的仕宦进退，人们通常采用《两唐书·李商隐传》说李氏恩师令狐楚及其子令狐绹是牛党，而其岳父王茂元是李党，因其就婚王氏而受排挤，乃至坎坷不遇。其实，党争的激烈情况发生在会昌、大中时期，令狐楚早在开成二年（837）就病逝了，而王茂元只是在对待宦官专权、藩镇割据等问题上与李德裕政见较为接近，实不能算作李党。这本《李商隐集》注评选录与令狐楚、令狐绹有关的诗文，以及与王茂元、王氏女有关的诗文，就是帮助读者通过注

Ninth-Century Baroque Chinese Poet）一书功力深厚，其中专章论述《李商隐诗的历史背景》，纯系乾嘉学人的考证论述，用的是知人论世方法，该文由笔者翻译后刊载于《古籍研究》1998年第2期。刘若愚用西方文艺理论来阐释唐诗，对美国学界有深远影响。研究李商隐诗，《锦瑟》是不可回避的难题。刘若愚注评《锦瑟》，简直就是一篇精心撰写的专论。我在《锦瑟》的注评中主要介绍了刘若愚的观点，并有《刘若愚〈李商隐研究〉之〈锦瑟〉篇译述》一文（《古籍研究》1999年第2期）。我在《李商隐〈锦瑟〉诗众笺评说》中概括此诗是李商隐晚年自伤身世、悼念爱人的一篇诗序。当1994年董乃斌先生在上海市图书馆借到刘若愚英文原著并复印给我阅读时，我不禁悠然心会。时间有先后，空间隔万里，人们依据相同的史料是可以得出相似的结

027

蒙褒称」。论者所谓李商隐登进士后就婚王氏是背弃令狐师门投靠李党云云，实在是人云亦云的谰调。细心的读者们应该体察到李商隐与王茂元是有共同的政治理念及相应的政治实践的，这也构成其政治诗与爱情诗可贵的思想基础。

这本《李商隐集》之注评在分类编年及文选的选录方面都力求知人论世，我希望当今的「李商隐热」不仅要有广度，而且要持续深入，达到相应的深度和高度。

最后，我要对凤凰出版社的编辑同志表示深切的感谢！他们认真细心的编校，富于创意的设计，为本书增色不少。我更要感谢广大读者的积极参与促使我在这一课题的研究上持续不断地进行下去。诚恳请求读者的批评指正。

评具体了解诗人的仕宦婚姻状况，不要为陈见所拘囿。

知人论世，我们还要善于从史料中探明真相。宋人笔记《续谈助》中记录了李德裕会昌二年（842）四月《献替记》的一则记事：「及授茂元河阳，仇士良甚怒。枢密使至中书，面如土色，谓德裕曰：『缘相公用茂元，适军容于浴堂诟怒，称枢密使与宰臣相连，令大和中罪人领重镇，近东都，来欲有何意？』」这一重要史料出于当时人李德裕之手，此前相关的研究者从未提及，今表而出之。这又表明王茂元在大和九年（835）「甘露之变」时有不利于宦官的举动，权阉仇士良颇为忌恨，而李德裕调王茂元为河阳节度使是为日后用兵泽潞作准备。宦官专权和藩镇叛乱正是李商隐诗文所关注的政治问题，其《重祭外舅司徒公文》称他们翁婿相得是「语皇王致理之文，考圣哲行藏之旨。每有论次，必

一

诗 选

注·释

有感二首 01

其一

九服归元化，三灵叶睿图。 02
如何本初辈，自取屈氂诛？ 03
有甚当车泣，因劳下殿趋。 04

●01·自注："乙卯年（大和九年）有感，丙辰年（开成元年）诗成。"二诗为李商隐早期政治诗的名作，表现了诗人强烈的政治是非和迥乎流俗的胆识。冯浩《玉溪生诗集笺注》对诗的历史背景有简要的撮述，文宗因宦官太盛，继为祸胎，思欲芟除，以雪仇耻。引发甘露之变。冯浩曰："谋诛宦官，反被惨祸，诚堪怜愤；然文宗任用非人，亦不能辞其咎。义山措语皆有分寸。"这是读者在阅读李商隐这类诗的时候尤须注意的。

●02·九服：指全国。《周礼·职方氏》：方千里曰王畿，其外有侯、甸、男、采、卫、蛮、夷、镇、藩九服。元化：唐王朝的德化。三灵：日、月、星。叶：合。睿图：英明的大略。两句意谓唐朝皇帝德化九服，英明的大略上应天象，言外指诛杀宦官本是应天顺人之事，不应失败。

●03·"如何"二句：顺上反问。李训之辈怎么像袁绍那样操切行事，结果像刘屈氂（lí）那样遭灭族之祸呢？本初：袁绍表字。东汉少帝光熹元年，他与大将军何进谋诛宦官，事泄，何进被宦官砍头，袁绍遂引兵入宫，尽诛宦官，宫廷大乱。屈氂：刘屈氂，西汉征和二年为左丞相。次年，宦官内者令郭穰告发他使巫者诅咒武帝，并与其亲家李广利阴谋立昌邑王为帝，遂腰斩东市。

●04·"有甚"二句：意谓李训之辈欲尽诛宦官，远过于爰盎叱退宦官，使赵谈当车而泣，但结果反使文宗被宦官劫持受辱。当车泣：《汉书·爰盎传》："于是上朝东宫，赵谈骖乘，盎伏车前曰：'臣闻天子所与共六尺舆者，皆天下豪英。今汉虽乏人，陛下（汉文帝）独奈何与刀锯之余共载！'于是上笑，下赵谈。谈泣下车。"下殿趋：《资治通鉴》载中大通年间有谣谣云："荧惑入南斗，天子下殿走。"

何成奏云物？直是灭萑苻。⁰⁵

证逮符书密，辞连性命俱。⁰⁶

竟缘尊汉相，不早辨胡雏。⁰⁷

鬼箓分朝部，军烽照上都。⁰⁸

敢云堪恸哭，未免怨洪炉。⁰⁹

● 05 · 云物：日旁云气，古时用以辨吉凶，此指所谓石榴树上夜降甘露之瑞。萑苻（huán fú）：泽名，亦作萑蒲。春秋时郑国盗贼聚集之地。《左传·昭公二十年》："郑国多盗，取人于萑苻之泽。……（大叔）兴徒兵以攻萑苻之盗，尽杀之。"两句意谓：这哪里是奏报甘露祥瑞，简直是把宰相李训、王涯等当作盗贼剿灭了。

● 06 · "证逮"二句：意谓宦官严刑逼供，网罗极密，与案情涉嫌者、屈打成招者都被诛杀，牵连甚广。符书：文书。辞连：供辞牵连。

● 07 · 汉相：喻李训。《汉书·王商传》："长八尺余，身体鸿大，容貌甚过绝人。河平四年，单于来朝，……单于仰视商貌，大畏之，迁延却退。天子闻而叹曰：'此真汉相矣。'"史载李训"形貌魁梧"。胡雏：西晋时胡人石勒，喻郑注。石勒为"五胡乱华"时期前赵君主。当时朝士尤恶郑注，视其为奸恶小人。此处对李训与郑注在用语上是有区别的。

● 08 · 鬼箓：鬼名册。朝部：朝官罗列之士。上都：京城长安。两句意谓大批朝官牵连被杀，宦官率禁军在京城杀人抢劫，满城笼罩在兵火的恐怖之中。

● 09 · 敢云：岂敢说。洪炉：大炉，喻天地。《庄子·大宗师》："今一以天地为大炉。"两句意谓甘露之变，岂敢仅以可痛哭言之，未免使人怨恨天地不仁（言外竟使宦官更加专权暴横，朝士良莠同尽）。冯注引田兰芳评曰："归祸于天，风人之旨。"

其二

丹陛犹敷奏，彤庭欻战争。⁰¹

临危对卢植，始悔用庞萌。⁰²

御仗收前殿，凶徒剧背城。⁰³

苍皇五色棒，掩遏一阳生。⁰⁴

● 01 · 丹陛：殿前红色台阶。敷奏：臣子向君主奏事，此状李训当时向文宗奏事情景。彤庭：以红色漆中庭为彤庭，指皇宫。欻（xū）：忽然。两句意谓李训还在奏事，忽然皇宫中发生了流血惨剧。

● 02 · "临危"二句：自注："是晚独召故相彭阳公入。"彭阳公即商隐恩师令狐楚，在宪宗时曾任宰相。但据《资治通鉴》载，甘露之变次日，"上御紫宸殿，问：'宰相何为不来？'仇士良曰：'王涯等谋反系狱。'因以涯手状呈上，召左仆射令狐楚、右仆射郑覃等升殿示之。上悲愤不自胜，谓楚等曰：'是涯手书乎？'对曰：'是也！''诚如此，罪不容诛！'因命楚、覃留宿中书，参决机务。使楚草制宣告中外。楚叙王涯、贾餗反案浮泛，仇士良等不悦，由是不得为相。"卢植：东汉末宦官之乱时，尚书卢植执戈数宦官之罪，迎还被宦官劫持的少帝。此以卢植比令狐楚。庞萌：东汉初人，始受汉光武帝刘秀信任，后反叛。此以庞萌比李训、郑注。两句意谓文宗在危难之时当晚对着令狐楚，才后悔信用李、郑之辈。

● 03 · 御仗：皇帝的仪仗。前殿：含元殿。背城：《左传·成公二年》："请收合余烬，背城借一。"意即拼死一战。两句意谓宦官把皇帝从前殿劫持入内宫，随后令禁军出宫拼死搏杀李训、罗立言、李孝本等部属。

● 04 · 五色棒：《魏志·武帝纪》引《曹瞒传》曰："太祖初入尉廨，缮治四门。造五色棒，县门左右各十余枚，有犯禁者，不避豪强，皆棒杀之。"此谓李训部属仓皇攻击宦官。"掩遏"句：意谓甘露之变时当冬至，阻遏了唐王朝的生机。

● 05·清君侧：清除君主身旁的奸恶之人。
老成：老成持重的大臣，指裴度、令狐楚
等元老。两句意谓自古即有清除君侧奸人
的事例，而今也不乏老成持重的大臣。此
批评文宗用人不当。

● 06·"素心"二句：意谓李训的本心在诛
灭宦官，但伪造甘露仓卒举事，后果极坏。
无名：没道理。

● 07·"谁瞑"二句：意谓王涯等含冤被灭
族的人，谁能瞑目？悲痛欲绝的朝官士人
们岂能忍气吞声？宁：岂。此用反诘句，
有警醒朝官士人之意。

● 08·咸英：传说黄帝之乐曰《咸池》，帝
喾之乐曰《六英》。此喻指王涯所定《云
韶乐》。《旧唐书·王涯传》："文宗以乐府
之音，郑、卫太甚，欲闻古乐，命涯询于
旧工，取开元时雅乐，选乐童按之，名曰
《云韶乐》。"两句意谓近日皇帝开宴祝寿，
仍用王涯生前所定之乐。其言外之音诚如
冯浩引何焯评曰："不特讥开宴用乐，盖
深叹文宗明知其冤，而刑赏下移，不能出
声也。"

古有清君侧，今非乏老成。⁰⁵

素心虽未易，此举太无名。⁰⁶

谁瞑衔冤目，宁吞欲绝声？⁰⁷

近闻开寿宴，不废用咸英。⁰⁸

品·评

这是李商隐开成元年对去年冬天发生的甘露之变作出快速反应的政治诗。当时诗人才二十四岁，后世论者多将此比作杜甫诗史，确是读其诗者尤须关注之处。此诗作于宦官专权、文宗被挟制、宰相数人被诛杀、大批朝士噤若寒蝉之时，其思想识见与凛然风骨俱为后人推重。叶葱奇《李商隐诗集疏注》引钱良择评曰："用意精严，立论婉挚，少陵诗又何加焉。"引钱龙惕评曰："感愤激烈有不同于众论者。"这是因为唐人论甘露之变大率对李训、郑注的被杀有幸灾乐祸的简单看法。诗中指出李训"素心"在诛灭宦官，并非反叛。独责郑注为乱国之"胡雏"，次年所写《行次西郊作一百韵》骂郑注为"城狐社鼠"，对李、郑二人是有区别的。诗同时批评文宗之用人不当，李训的浅谋误国，痛哭王涯、贾餗、舒元舆与诸相之无辜被杀，提出诛灭权阉宜用老成之策略，都已站到总结历史经验的高度，故纪昀说："唐人论甘露事当以此为最，笔力亦全。"在艺术方面，叶葱奇指出："五言长律沉郁顿挫，开合转折，气骨劲健，这是杜甫所独创。唐代诗人中能追踪继承的只有商隐一人。"这些评价都很精确。

重有感

01

玉帐牙旗得上游，

安危须共主君忧。*02*

窦融表已来关右，

陶侃军宜次石头。*03*

岂有蛟龙愁失水，

更无鹰隼与高秋。*04*

注·释

● 01·诗作于开成元年。李商隐先有《有感二首》咏甘露之变。本年三月，昭义节度使刘从谏三次上疏，问王涯有何罪遭惨死？宦官仇士良闻之惕惧，凶焰有所收敛。宰相郑覃、李石方能"粗秉朝政"，文宗也稍稍倚之以自强。诗为刘从谏上疏暴扬仇士良罪恶而发，因前有《有感二首》，本篇即为《重有感》。

● 02·玉帐牙旗：主将的营帐和旗帜。上游：本指河流上游，此喻昭义镇据有形胜之地，位置险要。主君：指文宗。两句意谓刘从谏作为昭义节度使应凭强藩实力为君分忧。

● 03·窦融：东汉初被光武帝刘秀封为凉州牧，他上疏光武帝，请求讨伐割据天水一带的隗嚣。关右：指窦融所在的凉州一带。陶侃：东晋时荆州刺史。当时苏峻叛乱，攻入建康（今江苏南京），胁迫成帝。诸军推陶侃为讨苏盟主，进军石头城，斩苏峻。宜：应该。次：进军驻扎。两句意谓刘从谏既已如窦融上表讨贼，就应该像陶侃那样进军京城。

● 04·蛟龙愁失水：比喻文宗失去权力。隼（sǔn）：猛禽，也叫鹘。两句意谓哪有皇帝失去权力的道理呢？是因为没有人像鹰隼那样搏击君侧的坏人。冯注引何焯评曰："用《左传》，见无礼于君者，如鹰鹯之逐鸟雀也。"甚是。

昼号夜哭兼幽显，

早晚星关雪涕收。⁰⁵

品·评

冯浩曰："此篇专为刘从谏发。"全诗一意连贯，一些字词的运用颇具匠心。如"须"字表示应该，以君臣大义责望刘从谏。"已来""宜次"，前句赞之，后句盼之，反复致意。"岂有""更无"，开合相应，前句反诘，后句揭出症结所在，对刘从谏三致意焉！结处见出一腔热血忠愤。张采田《玉溪生年谱会笺》谓："义山持论，忠愤郁盘，实有不同于众论者。"自是史家之卓见。

纪昀《李义山诗注》称："所谓'窦融表已来关右，陶侃军宜次石头'者，竟以称兵犯阙望刘从谏，汉十常侍之已事，独未闻乎？"此类评语亦时见于后之评者，似甚辨而实非。盖文宗之时将相大臣尚有相当实力，像李德裕、李宗闵、令狐楚、郑覃、李石等人都在朝廷上反抗过奸阉。不久，李德裕再度入相，不仅两河藩镇听命，而且迫使仇士良致仕，中央权力进一步加强。这与东汉末十常侍之乱的历史背景是不一样的。因之，李商隐诗对当时方镇的责望、企盼、督责、批评是合乎时宜的，此亦似杜甫《诸将》中"独使至尊忧社稷，诸公何以答升平"之意也。

故番禺侯以赃罪
致不辜事觉母者[01]
他日过其门[02]

注·释

饮鸩非君命，兹身亦厚亡。[03]
江陵从种橘，交广合投香。[04]

●01·这是反映甘露之变的政治诗。事觉母者：张采田《会笺》曰："当作'事毋觉者'，方与结语'杀人须显戮，谁举汉三章'意相应。'毋'字误乙，又讹作'母'耳，非谓母之者也。"说颇可信。不然题意不可解。

●02·他日过其门：作者自道过故番禺侯门，因事兴感。番禺侯隐指胡证。冯浩曰：《旧书·胡证传》：太和二年冬，证卒于岭南使府。广州有海之利，货贝狎至。证善蓄积，务华侈，童奴数百，于京城修行里起第，岭表奇货道途不绝，京邑推为富家。证素与贾𫗧善，及李训事败，禁军利其财，称证子溭匿𫗧，乃破其家。一日之内，家财并尽，执溭入左军，士良命斩之以徇。诗为此发也。"

●03·饮鸩（zhèn）：鸩是传说中一种毒鸟，古时称饮毒酒为饮鸩。厚亡：《老子》："多藏必厚亡。"

●04·"江陵"句：三国时吴国李衡在龙阳汜洲上种橘千株，以为儿辈生计，事见《三国志·孙休传》引《襄阳记》。龙阳（今湖南汉寿），唐时属朗州。此指儿辈可种植谋生。"交广"句：《晋书·良吏传》吴隐之为广州刺史，"后至自番禺。其妻刘氏赍沉香一斤，隐之见之，遂投湖亭之水"。此指无须积财。

●05·千金子：指胡证之子胡溵，因家富被禁军劫财而杀害。"空余"句：意谓胡溵家一日之内，家财并尽，空余数仞高墙而已。

●06·"杀人"句：杀人须明正典刑。汉三章：《史记·高祖本纪》："汉但约法三章耳：杀人者死，伤人及盗者使之抵罪。"

不见千金子，空余数仞墙。[05]

杀人须显戮，谁举汉三章？[06]

品·评　此诗反映了甘露之变的一个侧面，可与《有感二首》《重有感》参读。宦官控制下的禁军乘着朝廷流血事件，在京城滥杀无辜，掠夺财物。《资治通鉴》大和九年十一月，除记胡溵被抢掠诛杀外，同时载禁军"又入左常侍罗让、詹事浑钞、翰林学士黎埴等家，掠其赀财，扫地无遗"。诗结处疾呼："杀人须显戮，谁举汉三章。"这是对京城流血千门、僵尸万计暴行的抗议，也是对朝士勇于维护纲纪法制的呼唤，立意甚高。

　　关于此诗内容，冯浩以前的注家因不解题意，见仁见智，皆失题旨。冯浩的考证注解基本可信。但冯氏谓"事觉母者"乃"制题欲晦之耳"似不确，张采田校订为"事毋觉者"甚是。李商隐作为一名在野文士，未必顾忌宦官势力，也不必制题隐晦，此前已有多首诗猛烈抨击宦官了。他那义兼师友的刘蕡在大和二年的贤良对策中就直斥宦官专权，直声震动朝野。此后，他又在《曲江》《行次西郊作一百韵》及赠、哭刘蕡诸诗中不断声讨宦官罪行。诗人敢作敢为，富有正义感，以及其交游中良师益友的熏染，是其政治诗的渊源所自。

行次西郊作一百韵 01

蛇年建丑月，　　我自梁还秦。02

南下大散岭，　　北济渭之滨。03

草木半舒坼，04 不类冰霜晨。

又若夏苦热，　　燋卷无芳津。05

高田长檞枥，　　下田长荆榛。06

农具弃道旁，　　饥牛空死墩。

依依过村落，07 十室无一存。

存者皆面啼，　　无衣可迎宾。

始若畏人问，　　及门还具陈。08

右辅田畴薄，09 斯民常苦贫。

注·释

● 01 · 开成二年十二月，李商隐从兴元（今陕西汉中）返回长安，途经长安西郊，目击残破荒凉，忧国忧民，作此长诗。行次：旅次，指旅行途中停留之处。

● 02 · 蛇年：开成二年岁在丁巳，巳属蛇，故称蛇年。建丑月：十二月。夏历建寅，以正月为岁首，以干支相推，建丑为十二月。首句仿杜甫《北征》开头："皇帝二载秋，闰八月初吉。"梁：梁州，治所在兴元。秦：指长安。

● 03 · 大散岭：在今陕西宝鸡西南，岭上有大散关。岭，一作"关"。渭：渭河。

● 04 · 舒坼：舒裂，萌发。

● 05 · 燋（jiāo）卷：枯槁萎缩。芳津：新鲜的水汁。两句意谓因久旱草木枯槁，像被夏天的炎热熏焦似的。

● 06 · 檞枥（hú lì）：野生乔木。荆榛（zhēn）：野生树丛。

● 07 · 依依：依依不舍，状诗人目击伤乱破败不忍离去的心情。

● 08 · 以上十八句为第一段。作者叙述自梁还秦在京城西郊目击荒残而感时伤乱的心情，并借村民的详细陈述引出对唐王朝由盛转衰的探究。

● 09 · 右辅：指长安以西一带，紧扣题中"西郊"。辅，辅卫。从这句起到"此地忌黄昏"共六十六句为第二段，都是村民的陈述。

伊昔称乐土，　所赖牧伯仁。[10]
官清若冰玉，[11]　吏善如六亲。
生儿不远征，　生女事四邻。[12]
浊酒盈瓦缶，　烂谷堆荆囷。[13]
健儿庞旁妇，　衰翁舐童孙。[14]
况自贞观后，　命官多儒臣。[15]
例以贤牧伯，　征入司陶钧。[16]
降及开元中，　奸邪挠经纶。[17]
晋公忌此事，　多录边将勋。[18]
因令猛毅辈，　杂牧升平民。[19]

●10·牧伯：地方的最高行政长官。

●11·官清：清官。此与上句"牧伯"相对而言，指一般地方官，如县令之类。下句"吏"指更下级的官吏。这几句总说盛世各级官员的仁爱亲民。

●12·事四邻：嫁给邻居。事，侍奉。杜甫《兵车行》："生女犹得嫁比邻，生男埋没随百草。"这两句化用杜诗而变化之，赞盛世人民平平安安。

●13·瓦缶（fǒu）：瓦制酒器。荆囷（qūn）：荆条编扎成的圆形盛储粮食的器具。

●14·庞旁妇：赡养小妾或外妇。舐童孙：用老牛舐犊，以形容祖辈对儿孙的爱抚。

●15·贞观：唐太宗李世民的年号，号称"贞观盛世"。儒臣：精通儒家典籍的文臣。

●16·征入：调入朝廷。司陶钧：主持朝政，指任宰相。陶钧是制陶的转轮，陶人转动陶钧成器，喻治理国家。此言为地方高级长官政绩优异者可按例入京任相。以上十六句为第二段第一层次，提出唐初人民安居乐业，在于任用贤人。

●17·开元：唐玄宗李隆基的年号（713—741），前期政治清明，有"开元盛世"之称；后期李林甫执政，奸邪并进，为后来的祸乱埋下根子。挠：乱。经纶：朝廷纲纪。

●18·晋公：李林甫。他于开元二十三年任相，二十五年封晋国公，忌胜己者，以阻遏儒臣入相；又多用蕃将任边疆重任节度使，以巩固自己的权位。

●19·猛毅辈：指蛮横的边将们。杂牧：边将混入本应由儒臣担任的地方官中胡乱治理人民。

中原遂多故，除授非至尊。[20]

或出幸臣辈，或由帝戚恩。[21]

中原困屠解，奴隶厌肥豚。[22]

皇子弃不乳，椒房抱羌浑。[23]

重赐竭中国，强兵临北边。[24]

控弦二十万，长臂皆如猿。[25]

皇都三千里，来往同雕鸢。[26]

五里一换马，十里一开筵。[27]

指顾动白日，暖热回苍旻。[28]

公卿辱嘲叱，唾弃如粪丸。[29]

● 20 · 除授：任命官员。非至尊：不由皇帝决定。开元后期，玄宗荒于政治，委政李林甫。至天宝六年竟出现"上或时不视朝，百司悉集林甫第门，台省为空"的怪事（参见《资治通鉴》本年十二月纪事）。

● 21 · 幸臣：皇帝所宠爱的大臣。帝戚：外戚，指杨贵妃的亲属杨国忠等人。

● 22 · 屠解：屠杀支解，指中原广大人民遭受剥削残害。奴隶：专指上述权奸、幸臣、外戚、边将的走狗爪牙。厌：吃饱。

● 23 · "皇子"二句：意谓皇子弃而被杀，后妃却认羌浑胡人为儿。《资治通鉴》开元二十五年："（驸马都尉）杨洄又奏太子瑛、鄂王瑶、光王琚，云与太子妃兄驸马薛锈潜构异谋，上召宰相谋之。李林甫对曰：'此陛下家事，非臣等所宜豫。'上意乃决……流锈于瀼州；瑛、瑶、琚寻赐死城东驿，锈赐死于蓝田。"《资治通鉴》天宝六载："禄山得出入禁中，因请为贵妃儿。上与贵妃共坐，禄山先拜贵妃。上问何故，对曰：'胡人先母而后父。'上悦。"

● 24 · 中国：中原。"强兵"句：安禄山专制幽州、平卢、河东三镇，拥兵十八万，威震北边。

● 25 · 控弦：拉弓的人。长臂：形容善于射箭。典出《史记·李将军列传》《资治通鉴》天宝十一载："三月，安禄山发蕃、汉步骑二十万击契丹。"可见兵力劲强，好启边衅。

● 26 · "皇都"句：范阳（今北京大兴）为安禄山驻地，距长安两千五百多里。雕、鸢（yuān）：鹫鸟和鹞鹰，都是善飞的猛禽。

● 27 · "五里"二句：《安禄山事迹》载："禄山乘驿马诣阙，每驿中闲筑台以换马，不然马辄死。""飞盖荫野，车骑云屯，所至之处，皆赐御膳，水陆毕备。"

● 28 · 指顾：手指目顾，神气活现的样子。暖热：指态度的温和或强烈。苍旻（mín）：上天，喻皇帝。

● 29 · "公卿"二句：意谓安禄山气焰熏天，嘲弄叱责公卿，大臣被他视如粪丸。

大朝会万方，　天子正临轩。[30]

彩旟转初旭，　玉座当祥烟。[31]

金障既特设，　珠帘亦高褰。[32]

捋须褰不顾，[33]坐在御榻前。

忤者死跟履，　附之升顶颠。[34]

华侈矜递炫，　豪俊相并吞。[35]

因失生惠养，　渐见征求频。[36]

奚寇东北来，　挥霍如天翻。[37]

是时正忘战，　重兵多在边。

列城绕长河，　平明插旗幡。

●30·大朝：皇帝在重大节日朝会各方大臣称大朝。临轩：大朝时皇帝不坐正殿，而于平台召见群臣。

●31·"彩旟（qí）"二句：意谓大朝时彩旗在旭日的光辉中转动，御座前祥烟缭绕。旟：古时旗帜的一种。《诗经·周颂·载见》："龙旟阳阳。"

●32·金障：金鸡障，即画有金鸡的屏风。褰（qiān）：卷起。《旧唐书·安禄山传》："上御勤政楼，于御坐东为设一大金鸡障，前置一榻坐之，卷去其帘。"

●33·褰（jiǎn）：傲慢粗鲁。

●34·跟履：践踏。顶颠：喻处于高位。两句意谓触犯安禄山的人必被他践踏而死，攀附他的人则可飞升高位。《资治通鉴》天宝十三载三月："自是有言禄山反者，上皆缚送，由是人皆知其将反，无敢言者。"

●35·矜递炫：夸耀紧连着炫耀，意即安禄山之辈竞相炫耀其奢侈淫靡的生活。豪俊：指安禄山等边将。句意即冯注引《新书传》："禄山为范阳大都督兼河北道探访处置使，又拜河东节度兼制三道，后又得朔方节度阿布思之众，兵雄天下。又请为闲厩，陇右群牧等使，择良马内范阳，又夺张文俨马牧。"

●36·生惠养：养育爱抚。征求：征敛需索。以上四十句为第二段第二层次，陈述开元后期李林甫乱政，延及天宝中玄宗与杨贵妃的昏聩荒嬉，外戚杨氏及边将安禄山专宠弄权。朝政混乱，藩镇坐大，人民陷入日益贫困的境地。

●37·奚寇：指安禄山叛军。天翻：天翻地覆，喻举国震惊。

013

但闻虏人骑，　不见汉兵屯。[38]

大妇抱儿哭，　小妇攀车轓。[39]

生小太平年，　不识夜闭门。

少壮尽点行，[40] 疲老守空村。

生分作死誓，　挥泪连秋云。

廷臣例獐怯，　诸将如羸奔。[41]

为贼扫上阳，　捉人送潼关。[42]

玉辇望南斗，　未知何日旋。[43]

诚知开辟久，　遘此云雷屯。[44]

逆者问鼎大，　存者要高官。[45]

抢攘互间谍，　孰辨枭与鸾？[46]

千马无返辔，　万车无还辕。[47]

● 38 · "是时"六句：描述安禄山反叛，虏骑南下，势如破竹。《资治通鉴》天宝十四载十一月载："时海内久承平，百姓累世不识兵革，猝闻范阳兵起，远近震骇。河北皆禄山统内，所过州县，望风瓦解，守令或开门出迎，或弃城窜匿，或为所擒戮，无敢拒之者。"

● 39 · 轓（fān）：车两旁反出如耳的部分，用以遮蔽灰尘泥土。

● 40 · 点行：按户籍征兵赴战。

● 41 · 獐怯：像獐那样胆怯。羸（léi）奔：像瘦羊那样逃奔。两句喻唐廷文武官员面对叛军胆怯惊慌，望风而逃。

● 42 · 上阳：指洛阳上阳宫。两句意谓唐廷投降官员为安禄山扫除上阳宫，充任伪职。叛军攻入长安后搜捕百官、宦者、宫女、乐工，经潼关，押往洛阳（见《资治通鉴》天宝十四载、至德元载纪事）。

● 43 · 玉辇：皇帝的坐车。两句意谓玄宗坐车向南入蜀，不知何时才能返京。

● 44 · 开辟：唐朝开国。遘：遭遇。云雷屯：《周易·屯卦》："屯，刚柔始交而难生。"两句意谓唐朝开国百余年来遭遇安禄山叛乱的大劫难。

● 45 · "逆者"句：叛乱的安禄山之辈意欲夺取政权。问鼎：典出《左传·宣公三年》："定王使王孙满劳楚子，楚子问鼎之大小轻重焉。""存者"句：未叛而怀有私心的人向朝廷争权位。

● 46 · "抢攘"二句：补足前句"存者"。抢攘：纷乱。互间谍：互相刺探。两句意谓他们纷纷互相刺探倾轧，谁能分辨他们是奸恶，还是忠臣？

● 47 · "千马"两句：意谓派去与安史叛军作战的军队往往全军覆没。如当时名将高仙芝、封常清、哥舒翰等都惨遭失败。

城空雀鼠死，　　人去豺狼喧。[48]

南资竭吴越，　　西费失河源。[49]

因令右藏库，　　摧毁唯空垣。[50]

如人当一身，　　有左无右边。

筋体半痿痹，　　肘腋生臊膻。[51]

列圣蒙此耻，　　含怀不能宣。[52]

谋臣拱手立，　　相戒无敢先。[53]

万国困杼轴，[54]　　内库无金钱。

健儿立霜雪，　　腹歉衣裳单。[55]

馈饷多过时，　　高估铜与铅。[56]

山东望河北，　　爨烟犹相联。[57]

朝廷不暇给，　　辛苦无半年。[58]

● 48 · 城空：人民逃走或被屠戮。豺狼：喻安史叛军。以上三十二句为第二段第三层次，描写安禄山叛军南下攻占洛阳，玄宗君臣仓皇出逃，人民流离失所，而一些拥兵自重的官员还要挟朝廷图谋私利，抗敌军队屡遭失败，灾难深重。

● 49 · "南资"二句：意谓安史之乱后，唐廷财赋主要依靠吴、越之地，河源之河西、陇右地带时遭吐蕃侵扰，失去财赋来源。

● 50 · 右藏库：唐廷有左、右藏库。左藏库存放全国赋税，右藏库存放四方贡献珍宝。空垣（yuán）：空墙，即库内空虚。此言河陇失陷，北方藩镇贡赋不入，国库空虚。

● 51 · "如人"四句：意谓唐王朝像人一样有左无右，半身不遂，连河西、陇右这样的肘腋之地也充满异族臊膻气。痿痹（bì）：萎缩麻木。

● 52 · 列圣：指玄宗以下、文宗之前的诸帝。蒙此耻：主要指少数民族首豪侵扰之耻。含怀：含怨，言外见不能收复失地。

● 53 · "谋臣"二句：意谓朝廷大臣对外族入侵、藩镇割据的现状束手无策，谁也不敢率先提出对策。

● 54 · 杼轴（zhù zhóu）：织布机，语本《诗经·小雅·大东》："小东大东，杼轴其空。"织布机上空无一物，喻剥削之重。

● 55 · 健儿：士兵。腹歉：腹内饥饿。

● 56 · 馈饷：运送军粮。高估：抬高钱币价格。《新唐书·食货志》：德宗时，"江淮多铅锡钱，以铜荡外，不盈斤两，帛价益贵"。此言抬高钱币价值，以克扣粮饷。以下几句多指德宗时弊政。

● 57 · 山东：华山以东。爨（cuàn）烟：灶烟、炊烟。两句意谓从华山以东到河北，炊烟相接，人口较多。

● 58 · "朝廷"二句：承上谓朝廷不顾及华山以东到河北的广大人民，他们在藩镇压榨下，全年劳作而无半年收获。

行人榷行资，居者税屋椽。 *59*

中间遂作梗，狼藉用戈鋋。 *60*

临门送节制，以锡通天班。 *61*

破者以族灭，存者尚迁延。 *62*

礼数异君父，羁縻如羌零。 *63*

直求输赤诚，所望大体全。

巍巍政事堂，宰相厌八珍。 *64*

敢问下执事，今谁掌其权？ *65*

疮痏几十载，不敢抉其根。 *66*

国蹙赋更重，人稀役弥繁。 *67*

近年牛医儿，城社更攀缘。 *68*

●59·行人：行商。榷：征税。"居者"句：指征收房屋税。《资治通鉴》建中四年六月："所谓税间架者，每屋两架为间，上屋税钱二千，中税千，下税五百。"

●60·作梗：阻挠。用戈鋋（chán）：用兵对抗。冯注引朱鹤龄注曰："谓河北诸镇朱滔、田悦、王武俊以及朱泚、李怀光、李纳、李希烈等相继叛乱。"这些叛乱均发生在德宗时。

●61·节制：旌节、制书。锡：赐。通天班：最高官阶。两句意谓河北藩镇抗命世袭，朝廷不得已往往临时送去旌节和委任文书，并加以同中书门下平章事（宰相）、仆射等高官阶。

●62·破者：指朱泚、李怀光等，下及宪宗时被灭族的叛镇刘辟、吴元济。"存者"句：意谓河北藩镇口头上归顺朝廷，实际上仍父死子袭，割据一方。

●63·"礼数"二句：意谓藩镇对朝廷无君臣之礼，而朝廷不得已对藩镇像对边境少数民族酋豪那样加以笼络。羁縻：笼络牵制。

●64·政事堂：唐代宰相议政之处。

●65·下执事：发议论的村民称呼李商隐。"今谁"句：意谓当今掌权的宰相是谁？其时宰相有郑覃、李石、陈夷行等。这些宰相有清直公忠之名，诗人之意并不在批判他们，而在于呼唤归政宰相，并希望宰相有所作为。

●66·"疮痏"二句：意谓安史之乱以来几十年，没有人敢拔除祸根。

●67·"国蹙"二句：意谓安史之乱后，唐王朝有效控制的土地日益缩小，赋税加重；人户减少，徭役繁重。以上四十二句为第二段第四层次，叙述朝廷财源日蹙，民不聊生，少数民族酋豪侵陵，藩镇跋扈等状况，抨击数十年来腐败无能的执政者，并希望当时的宰相有所作为。

●68·牛医儿：指郑注。《资治通鉴》大和九年八月载："郑注之入翰林也，中书舍人高元裕草制，言以医药奉君亲，注衔之。"城社：城狐社鼠。

盲目把大斾，处此京西藩。 [69]

乐祸忘怨敌，树党多狂狷。

生为人所惮，死非人所怜。

快刀断其头，列若猪牛悬。 [70]

凤翔三百里，兵马如黄巾。 [71]

夜半军牒来，屯兵万五千。 [72]

乡里骇供亿，老少相扳牵。 [73]

儿孙生未孩，弃之无惨颜。 [74]

不复议所适，但欲死山间。 [75]

尔来又三岁，甘泽不及春。 [76]

盗贼亭午起，问谁多穷民。 [77]

● 69 • 盲目：郑注近视，故称盲目。把大斾：出镇为节度使。京西藩：指凤翔节度使之职。

● 70 • "快刀"二句：意谓郑注在甘露之变中被杀，其首级悬挂京城示众，比之猪牛，贬之甚矣。商隐在对甘露之变的首谋李训批判之余，尚有同情；对郑注则极其愤恨。余详见《有感二首》注 01。

● 71 • "凤翔"二句：意谓甘露之变后，宦官派禁军四处杀掠，祸及京郊凤翔。《旧唐书•文宗纪》大和九年十一月丁卯，"以左神策大将军陈君奕为凤翔节度使"，时郑注已死，禁军在凤翔大肆屠杀。十二月庚辰，宰相李石奏："又闻郑注在凤翔招致兵募不少，今皆被刑戮，臣恐乘此生事，切宜原赦以安之。"

● 72 • "夜半"二句：意谓陈君奕出镇凤翔，驻军达万五千，此处兵额可补史籍之不足。

● 73 • 供亿：供给安顿。扳牵：挽扶。

● 74 • 孩：小儿笑。两句意谓小儿孙还未懂笑，就不得不弃之逃生。

● 75 • 所适：所去的地方。两句意谓不再考虑逃向何处，死在山间，也比死在禁军的屠刀下强。从"凤翔三百里"至此十句专写甘露之变时凤翔至西郊一带被祸之惨烈，可补史乘之阙。

● 76 • 三岁：甘露之变到作者写诗之时，首尾三年。"甘泽"句：意谓春天不及甘泽，春旱乃天怒人怨所致。

● 77 • 亭午：白天正午。"问谁"句：自问自答，问这些白日为盗的是谁？都是无路可走的贫穷百姓。

●78·节使：节度使。亭吏：亭长，最小
的负责治安的吏员。两句意谓众多穷民起
而反抗，节度使因亭吏捕捉不力而杀他们，
也是枉然。

●79·荒迥：荒野偏远处。此辈：承上句，
指所谓官健。

●80·客：村民称李商隐。无因循：不要在
此多停留，言外见兵匪为盗，行旅多风险。

●81·郿坞：故址在今陕西眉县北。陈
仓：今陕西宝鸡东。忌黄昏：切忌于黄昏
时赶路，意谓路中多风险。以上三十六句
为第二段第五层次，叙述甘露之变以来三
年中由长安西郊到凤翔的灾祸巨变，专斥
郑注之奸，禁军之暴。村民的长篇叙事说
理到此结束。

●82·"昔闻"二句：意谓政治清明在于任
用贤人。一会：一作"士会"，晋国贤人。
《左传·宣公十六年》："晋侯请于王，戊申，
以黻（fú）冕（古代祭服）命士会将中军，
且为太傅。于是晋国之盗，逃奔于秦。"

●83·理：治，唐人避高宗李治名讳都用
"理"字。系：关涉，引申为"取决于"。
一作"在人不在天"。

●84·紫宸：唐宫殿名，指朝廷。

●85·"九重"二句：意谓奸邪蔽君，自己
的政见无由上达天听，唯徒然流涕而已。
宋玉《九辩》："君之门以九重。"

节使杀亭吏，捕之恐无因。[78]

咫尺不相见，旱久多黄尘。

官健腰佩弓，自言为官巡。

常恐值荒迥，此辈还射人。[79]

愧客问本末，愿客无因循。[80]

郿坞抵陈仓，此地忌黄昏。[81]

我听此言罢，冤愤如相焚。

昔闻举一会，群盗为之奔。[82]

又闻理与乱，系人不系天。[83]

我愿为此事，君前剖心肝。

叩头出鲜血，滂沱污紫宸。[84]

九重黯已隔，涕泗空沾唇。[85]

●86·使典：唐代胥吏。尚书：唐代六部的最高长官。厮养：奴仆，此处是对宦官的贬称。两句意谓而今胥吏这样人充任各部长官，宦官亦手握兵权成为将军。这是指斥朝廷用人不当。《资治通鉴》开元二十四年载，李林甫推荐牛仙客可当大任，玄宗"欲加尚书。张九龄曰：'不可。'尚书，古之纳言，唐兴以来，惟旧相及扬历中外有德望者乃为之。仙客本河湟典使，今骤居清要，恐羞朝廷"。

●87·"慎勿"二句：谓自李林甫以来，朝中大臣已有不识文字的胥吏之徒充任，宦官掌握禁军，这种政治混乱状况令人不能言说，也不忍听闻。以上十六句为第三段，作者提出了治理国家"系人不系天"的政治见解，抒发了对现实中的政治混乱不堪言说的忧愤。

使典作尚书，厮养为将军。[86]

慎勿道此言，此言未忍闻。[87]

品·评

开成二年春，李商隐进士及第。他对于国家政治已经有了深刻的思考。秋冬之际，因恩师令狐楚在山南西道节度使任上病重，商隐从长安赶赴兴元府，代令狐楚草遗表。十二月，从兴元奉令狐楚丧返回长安，途中蒿目时艰，作此百韵巨制。

甘露之变的惨痛教训是作者这几年反复思考的事，前录《有感二首》诸诗可以为证。他为令狐楚草遗表中特别提道："然自前年夏秋以来，贬谪者至多，诛戮者不少，伏望普加鸿造，稍霁皇威。殁者昭洗以云雷，存者霶濡以雨露，使五稼嘉熟，兆人乐康。用臣将尽之苦言，慰臣永蛰之幽魄。"（《代彭阳公遗表》）令狐楚是甘露之变后参与朝政的大臣，因得罪仇士良而以古稀之年出镇。商隐草表中痛惜宦官杀戮朝臣，郑注、李训之辈当年贬逐大批朝臣。无疑这是他们师生在草表时议论过的政治话题。因之，这份与长诗同时略前的草表，是不应该忽视的，令狐楚对他的影响也是不应忽视的。诗歌涉及宦官专权、藩镇割据、人民苦难、盗贼横行等现实问题，提出任用贤人的主张，可以说这是商隐以诗写就的长篇政论，实可与其义兼师友的刘蕡在数年前所作的贤良对策媲美。从诗人出处交游论，这又是不能忽视的知人论世问题。

此诗是商隐学杜的一个明显标志。从构思、表现手法上，作者拟《北征》《自京赴奉先县咏怀五百字》，然不及杜诗之沉郁顿挫，篇幅则过之。篇中村民的大段议论及描述，则仿"三吏""三别"，质朴亲切亦似之。冯浩评曰："'边'字三见，'民'字、'奔'字二见，木庵、湛园颇病之。然远则汉魏，近则杜韩，皆所不避，古诗不忌重韵，顾亭林论之详矣。"

赠刘司户蕡

01

江风扬浪动云根，
重碇危樯白日昏。*02*
已断燕鸿初起势，
更惊骚客后归魂。*03*

注·释

● 01·刘蕡（fén）：字去华，河北昌平（今北京）人。宝历二年登进士第。大和二年应贤良方正能直言极谏科，上万言策，针对当时弊政，提出"法宜划一，官宜正名"，主张"择宰相""择将帅""择庶官""择长官"，对宦官专权、藩镇跋扈进行猛烈抨击。考官冯宿、贾悚等睹其策论以为晁错、董仲舒无以过之。"而中官当途，考官不敢留蕡在籍中，物论喧然不平之……令狐楚在兴元，牛僧孺镇襄阳，辟为从事，待如师友。"（《旧唐书·刘蕡传》）但《新唐书·刘蕡传》称："宦人深嫉蕡，诬以罪，贬柳州司户参军，卒。"从冯浩以来的注家都以为李商隐赠、哭刘蕡诸诗所谓"司户"即指"柳州司户参军"一职，其实不确。1992年上海古籍出版社出版周绍良先生所编《唐代墓志汇编》，该书大中一一七号收录刘蕡次子刘理墓志谓："烈考讳蕡，皇秘书郎贬官，累迁澧州员外司户。"李商隐赠、哭刘蕡诸诗都具有浓烈的湖湘色彩，诗中所谓"司户"正是指"澧州员外司户"。本诗作于会昌元年初春，李商隐南游江湘之时（详参冯浩诗注及《玉溪生年谱》）。

● 02·云根：江边山石。碇：系船的石礅。危樯：高高的桅杆。冯注引陆昆曾语曰："江风吹浪，而山为之动，日为之昏。只十四字，而当日北司专恣，威柄凌夷，一齐写出。"

● 03·燕鸿：刘蕡为河北昌平人，故以燕地鸿雁为喻。初起势：刘蕡对策，士林感动，朝野赞佩，但受宦官打击，对策落第。骚客：屈原放逐乃赋《离骚》，此喻刘蕡。后归：刘蕡由柳州量移澧州，故称。《全唐文》卷八一二载，改开成六年为会昌元年的《南郊改元赦表》云："宜顺时以布泽，可大赦天下。"刘蕡量移澧州当在其时。

●04·汉廷急诏：《汉书·贾谊传》载，贾谊得罪权贵被贬为长沙王太傅。后岁余，文帝思其才，将其召回。这句慨叹刘蕡虽得量移，而不能如贾谊那样被召回朝廷。楚路高歌：用《论语·微子》："楚狂接舆歌而过孔子，曰：'凤兮凤兮，何德之衰。'"刘蕡在澧州任员外司户，故以楚狂接舆比之。这句慨叹时代动乱与孔夫子嗟凤伤麟正同一情怀。叶葱奇先生《李商隐诗集疏注》疏解这句为"悲愤世衰道微"，极为有见。

●05·"万里"句：刘蕡曾在令狐楚兴元幕府，李商隐开成二年赴兴元当与这位对策震动朝野的友人议及时政，商隐相关诗作可以为证。今天在这万里湖湘之地重逢，自当悲喜交集。"凤巢"句：刘蕡是士林赞誉的贤人，如今与君门远隔，国事可忧，正如贾谊之可痛哭也。《帝王世纪》："(凤凰)止帝之东园，或巢阿阁。"比喻贤人在朝。与宋玉《九辩》"君之门兮九重"和诗人《行次西郊作一百韵》"九重黯已隔，涕泗空沾唇"似之。

品·评　文宗在甘露之变后一直受制于宦官，自叹周赧王、汉献帝受制于强诸侯，"今朕受制于家奴，以此言之，朕殆不如"。开成五年正月，终于抑郁而死，宦官拥立李炎，是为武宗。武宗即位，命李德裕为相是有为之举。但另一方面，宦官专权如故，仇士良怂恿武宗杀死安王溶、陈王成美，贬宰相杨嗣复、李珏，谏议大夫裴夷直，并企图杀害之。李商隐诗首联赋中含比，感情激越，表现出对宦官暴横的愤恨，对国家前途的忧虑。中间两联先切入刘蕡对策遭黜，接着用屈原、贾谊及接舆的故事，并结合刘蕡经历加以改变点化，用典十分精切。从刘蕡直言被黜的遭际，作者展示了此前千余年中智者对于世道衰微的无奈，志士爱国而被放逐，贤人忧世而遭贬谪等典型事例，历史的沉重更令人感受到晚唐政治风浪滔天、日昏舟危的氛围。葛常之《韵语阳秋》引杨亿："论义山诗，以包蕴密致，演绎平畅，味无穷而炙愈出，钻弥坚而酌不竭。"这是具体而微的一例。结联中"欢"的是万里相逢，"泣"的是贤人遭斥，君门九重，国运堪忧，两句收束得简洁有力，包蕴不尽。

哭刘蕡

01

上帝深宫闭九阍，
巫咸不下问衔冤。*02*
黄陵别后春涛隔，
溢浦书来秋雨翻。*03*

注
释

● *01*·诗作于会昌二年秋。去年春在黄陵（今湖南湘阴，舜之二妃娥皇、女英所葬处，故名），商隐与刘蕡相逢后分别。今秋得刘蕡讣闻，时诗人正在长安，一连写了四首哭吊诗，可见两人感情非同寻常。

● *02*·深宫：一作"深居"。九阍：传说天帝所居有官门九重。巫咸：屈原《离骚》："巫咸将夕降兮，怀椒糈而要之。"首联就刘蕡死于浔州而想起骚人屈原，直指上帝深居九重，不遣巫咸降临，以询问人世冤情。《离骚》中巫咸降临，说到武丁用傅岩、周文王用吕望等君臣遇合故事。此反其意而用之，实谓皇帝深居宫中，不问刘蕡因对策直言而冤谪的情况。

● *03*·黄陵：旧本作"广陵"，冯注改为黄陵，并作考证，是。溢浦：浔阳（今江西九江）。颔联谓，去年在黄陵分别正值春涛汹涌，从此江湖相隔；今日从溢浦传来君的讣闻，恰当秋雨翻洒。两句是景语，也是情语，悲情喷涌而出。

●04·安仁：西晋潘岳，字安仁，以作哀
诔（lěi）文著称。诔：古代叙述死者生前
行事的一种哀悼文。宋玉：或称是屈原弟
子。《史记·屈原列传》说宋玉、唐勒、景
差，"皆好辞而以赋见称，然皆祖屈原之从
容辞令，终莫敢直谏"。招魂：楚辞中有
《招魂》一篇，王逸以为是宋玉为屈原招魂
而作。

●05·风义：风度气节，指刘蕡对策慷慨
直谏。同君：与君同等，视作平辈朋友。
哭寝门：《礼记·檀弓》："孔子曰：'师，
吾哭诸寝；朋友，吾哭诸寝门之外。'"意
即不敢视为平辈朋友，而看作师辈哭于寝
门之内。

只有安仁能作诔，

何曾宋玉解招魂。*04*

平生风义兼师友，

不敢同君哭寝门。*05*

品·评 管世铭《读雪山房唐诗序例》曰："不知其人视其友。观义山《哭刘蕡》诗，知
非仅工词赋者。"推而广之，李商隐的胸襟志节亦可从赠、哭刘蕡诸诗中见之。
首联责问上帝，亦即责问皇帝，《赠刘司户蕡》中"凤巢西隔九重门"即是此
意。年轻的诗人本有"欲回天地"之志，自视颇高。但他对当时士林崇敬的刘
蕡不只有深厚情谊，而且是由衷钦佩。颔联中"春涛""秋雨"的生离死别之情
何等深挚。颈联说："身似安仁，只能作诔；才如宋玉，不解招魂，言不能使之
复生也。"（屈复《玉溪生诗意》）其实，句中还含有对自己文士生涯的自责。商
隐曾比刘蕡为"骚客"屈原，而宋玉之徒只是"祖屈原之从容辞令，终莫敢直
谏"，其更深层的意思实在是以刘蕡为师友而自励。因之，结联推重刘蕡风度气节，
视其为师尊，为终身心仪的榜样。李商隐诗文在风花雪月之外，又始终保持其
关切政治、关注国运的入世精神，这是读者须知的。

哭刘司户蒉

路有论冤谪，言皆在中兴。 *01*
空闻迁贾谊，不待相孙弘。 *02*

注·释

● 01·"路有"二句：意谓刘蒉讣闻传来，路上行人都在谈论他直言被冤谪之事，他的对策谠论都是为了国家的中兴。中兴：再兴，重新振兴。刘蒉对策在大和二年，至其死于澧州任已是会昌二年，可见十余年间朝官士人的舆论。刘蒉对策后七年发生甘露之变，宦官之祸不幸被他言中，因此，李商隐一吊再吊并非仅出于个人私谊，而是关涉国家兴衰的大事。

● 02·迁贾谊：贾谊谪长沙，后岁余，文帝思其才，将其召回（详见《赠刘司户蒉》注04）。刘学锴、余恕诚《李商隐诗选》说："'迁贾谊'当指刘蒉自贬所放还……如以'迁'为迁谪，则刘蒉谪贬柳州，早已成为事实，不得谓之'空闻'。"说法颇可信。前引《刘珵墓志》曰："烈考讳蒉，皇秘书郎贬官，累迁澧州员外司户。"详见《赠刘司户蒉》注01，与刘、余二位注解切合。盖刘蒉前为柳州司户从八品下，柳州为下州；迁澧州司户从七品下，澧州为上州故也。相孙弘：以公孙弘为相。汉武帝时征公孙弘为博士，出使匈奴，不合武帝意，被黜。复应贤良文学对策第一，累官至宰相。其早年经历颇似刘蒉，故纪昀称第四句"尤精切"。

● *03*•“江阔”二句：明写“哭”。澧州在洞庭湖西长江南边，与京城长安遥隔大江，惟有回首遥望寄哀。天高：天意高难问，指君主高居深宫，刘蕡奇冤难雪，只有抚胸哭吊。

● *04*•去年：会昌元年。黄陵：参见《哭刘蕡》注 *03*。结联以去年雪中送别反衬今日闻讣哭奠，感情真挚，沉郁悲壮。

江阔惟回首，天高但抚膺。*03*

去年相送地，春雪满黄陵。*04*

品·评

李商隐赠、哭刘蕡五首成一组诗，其中七律两首、五律三首，这里选了三首。冯浩注引《容斋续笔》曰：“义山重迭致哀，细味之，实一时所作，或有代人之作而并存者。”此处所选评的诗有云“黄陵别后春涛隔”，又云“去年相送地，春雪满黄陵”。显然都是李商隐切实经历过的事，并非“代人之作”。诗人一哭再哭，以至于四哭，实基于两人共同的政治理想与远大抱负。史称刘蕡“尤精《左氏春秋》。与朋友交，好谈王霸大略，耿介嫉恶，言及世务，慨然有澄清之志”。年轻的诗人怀有“欲回天地”之志，狂狷相值，大声镗鞳，哭刘蕡所以一抒己之怀抱，是至性至情的流露，何必“代人”作哉！

纪昀称第四句“尤精切”。若能考订刘蕡生平事实，第三句“空闻迁贾谊”何尝不精切！“迁”字为全诗关键，悼其虽得放还，但迫于宦者势炽仍不得重用。颔联上下句埙篪相应，构成全诗沉郁顿挫之基调。这一组诗中：“汉廷急诏谁先入？楚路高歌意欲翻。”“只有安仁能作诔，何曾宋玉解招魂。”“已为秦逐客，复作楚冤魂。”(《哭刘司户二首其二》)均备极沉郁顿挫之致。诗意须从史实中参悟，惜注家尚未于此细察耳！

诗之“尤精切”，不只切人切事，而且切于楚地江湘。冯浩之前的注家泥于史文谓刘蕡“贬柳州司户参军卒”一语，往往将柳州牵混入笺注中，颇为勉强。冯浩注《哭刘司户二首》曰：“玩诗语虽贬柳州，而实卒于江乡（即江湘）。”冯浩诚不愧清儒中义山第一解人。诸诗所展示的江湘风物，如“骚客”“楚路”“巫咸”“黄陵”“宋玉”“贾谊”“楚冤魂”“荆江”等，无不切合刘蕡“累迁澧州员外司户”的事实，不可移置别地。读者细细品味，自可切实体会义山诗的精切。

赠别前蔚州契苾使君 01

何年部落到阴陵，
奕世勤王国史称。02
夜掩牙旗千帐雪，
朝飞羽骑一河冰。03

注·释

●01·题下自注："使君远祖国初功臣也。"蔚（yù）州：唐属河东道，蔚州治所在今山西灵丘。契苾使君：指前蔚州刺史契苾通，此时领兵赴振武（治所在今内蒙古和林格尔西北）。《资治通鉴》会昌二年九月："李思忠请与契苾、沙陀、吐谷浑六千骑合势击回鹘。乙巳，以银州刺史何清朝、蔚州刺史契苾通分将河东蕃兵诣振武，受李思忠指挥。通，何力之五世孙。"诗当作于此时稍后。契苾，唐代少数民族铁勒族之一部落。

●02·阴陵：阴山。上引《资治通鉴》文有胡三省注曰："契苾种帐，大和中附于振武；契苾何力，太宗时来朝，遂留宿卫。"振武在阴山一带。奕世：一代接一代。《国语·周语》："奕世载德，不忝前人。"

●03·颔联承上"奕世勤王"述其五世祖契苾何力征吐谷浑、高丽的功绩。《旧唐书·契苾何力传》：贞观七年"时吐谷浑主在突沦川，何力复欲袭之……乃自选骁兵千余骑，直入突沦川，袭破吐谷浑牙帐……浑主脱身以免，俘其妻子而还"。传又曰："龙朔元年，又为辽东道行军大总管。九月，次于鸭绿水，其地即高丽之险阻，莫离支男生以精兵数万守之，众莫能济。何力始至，会层冰大合，趣即渡兵，鼓噪而进，贼遂大溃，追奔数千里，斩首三万级，余众尽降，男生仅以身免。"

●04·襁（qiǎng）负：用布幅把婴儿兜负在背上。青冢：王昭君墓，在今呼和浩特南。壶浆：箪食壶浆，指蕃儿、狄女迎接契苾通部队。白登：白登山，汉高祖刘邦曾被匈奴围困于此，地在今山西大同东北。颈联两句述契苾通部进军振武，受到北方归顺部落的拥护，李德裕《请何清朝等分领李思忠下蕃兵状》曰："契苾通本自蕃中王子，先在蔚州，且遣分领，必上下情通，更无所虑。"（《会昌一品集》卷一四）文末注为"会昌二年十月八日"。以文证诗，可见当时事实。

●05·鸊鹈（pì tí）泉：《新唐书·地理志》注，丰州西受降城（在今内蒙古杭今后旗）"北三百里有鸊鹈泉"。郅（zhì）都：西汉人，景帝时任济南太守，迁中尉，执法严峻，被贵戚称为"苍鹰"。后任雁门太守，匈奴惮之。

蕃儿襁负来青冢，

狄女壶浆出白登。 04

日晚鸊鹈泉畔猎，

路人遥识郅都鹰。 05

品·评 李商隐的政治诗深刻反映现实，其所述于史书信而有征是一大特点。本诗首联点明契苾家族世代勤王的事实载在"国史"。颔联分述契苾何力征吐谷浑和高丽时的英勇事实。颈联扣住"奕世"，叙述契苾通奉命赴前线防御回鹘南侵，受到北方归顺部落的拥护欢迎。契苾家族五世二百余年间的勤王功绩，举其大端，要言不烦，不愧为大手笔。结联以双关作结，余味深长。郅都威严，有"苍鹰"之称，胡人惮之。以此比喻契苾通校猎备战，识其鹰而知其人，威严不可侵犯。契苾通无疑是郅都那样一位能有力阻止敌人侵陵的战将。会昌三年正月，契苾部在抗击回鹘乌介可汗的决战中立功，后来契苾通成为唐朝北方重镇振武节度使（见《文苑英华》），实现了诗人对于契苾使君所赋予的殷切期望。作为少数民族的契苾家族在民族大融合中作出的杰出贡献，是值得歌颂、记功史册的。

行次昭应县道上送户部李郎中充昭义攻讨 [01]

将军大斾扫狂童，
诏选名贤赞武功。 [02]
暂逐虎牙临故绛，
远含鸡舌过新丰。 [03]

● 01·行次：旅次，指旅行途中停留之处。昭应县：今陕西临潼。户部李郎中：当指原昭义大将李丕。《新唐书·武宗纪》载，会昌四年三月，"石雄兼冀氏行营攻讨使，晋州刺史李丕副之"。李德裕《会昌一品集》卷四有《授李丕晋州刺史充冀氏行营攻讨副使制》，作于会昌四年三月上旬，李商隐诗当作于同时。研究者或因诗题"户部李郎中"与李德裕《授李丕汾州刺史制》中称"兼御史中丞李丕"不一致，因而疑诗中之李郎中不是李丕，而是另一人。其实，昭义镇叛乱后，朝廷任命的攻讨主将只有数人，而充冀氏行营攻讨副使的只有李丕。李丕为石雄副使载在史册，无可怀疑。题中"户部"，《戊签》作"吏部"，或题有误，或李丕任"郎中"，史文不载，以俟再考。

● 02·将军：指石雄。初任李彦佐为攻打昭义叛镇的晋绛行营主将，但作战不力。《资治通鉴》会昌三年九月庚戌，"以石雄代李彦佐为晋绛行营节度使"。狂童：昭义镇刘从谏病死，其侄刘稹自称留后，不遵朝命，故诗称其为"狂童"。"诏选"句：李德裕《授李丕晋州刺史充冀氏行营攻讨副使制》曰："李丕颇有大虑，常好奇功。自为攻拒之书，尤邃揣摩之术。"可见李丕独特的军事才能。赞：襄赞、佐助。

● 03·虎牙：西汉名将田顺的名号，借指石雄。故绛：晋绛行营所在地，在今山西翼城东。鸡舌：鸡舌香，即今人所谓丁香。汉代尚书郎奏事于明光殿，口含丁香。此用尚书郎典故应题中"郎中"。新丰：昭应县前称新丰。

● 04·"鱼游"二句：意谓刘稹抗命自立如鱼游于沸水之鼎，鸟筑巢于危弱的树枝，覆灭在即。

● 05·勒：刻石。勋庸：功勋。《周礼·夏官司马》："王功曰勋，国功曰功，民功曰庸。"燕石：《后汉书·窦宪传》：窦宪大破北单于，登燕然山（今蒙古人民共和国杭爱山），刻石勒功。伫（zhù）：等待。纶綍：皇帝的诏书。"綍"字在律诗中须读古音仄声。

鱼游沸鼎知无日，

鸟覆危巢岂待风。04

早勒勋庸燕石上，

伫光纶綍汉庭中。05

品·评 李商隐这首以讨伐昭义镇刘稹叛乱为题材的诗，及此前所作以抗击回鹘乌介可汗扰边的《赠别前蔚州契苾使君》，堪称诗人政治诗中的七律双璧。商隐的七律政治诗、言志咏怀诗大率沉郁悲慨、潜气内转，但这两首诗则以其鲜明的立场，对当时外族入侵、藩镇叛乱的现实，表现出强烈的爱憎。诗中充满乐观自信，对爱国将领给以热情的歌颂，怀抱殷切的期望，在悲慨淋漓的李诗基调上，透示出亮色。冯浩注引何焯评曰："颇似梦得'相门才子称华簪'篇，落句犹有开、宝风气。"确实，"伫光纶綍汉庭中"是会令人遥想盛唐辉煌的。

海客

注·释

● 01·海客乘槎(chá):《荆楚岁时记》载,汉武帝令张骞使大夏,寻河源,乘槎经月而至一处,见城郭如州府,室内有一女织,又见一丈夫牵牛饮河。骞问曰:"此是何处?"答曰:"可问严君平。"织女取支机石与骞俱还。后至蜀问君平,君平曰:"某年某月客星犯牛、女。"支机石为东方朔所识。此处作者对传说加以改变,用来抒发自己的感愤。星娥:织女星。

● 02·牵牛:牵牛星。传说中织女为牵牛之妻。

海客乘槎上紫氛,
星娥罢织一相闻。⁰¹
只应不惮牵牛妒,⁰²
聊以支机石赠君。

品·评　这是大中元年作者应桂管观察使郑亚辟请,任支使兼掌书记时所作。本年二月,郑亚由给事中出为桂管观察使,崔嘏撰《授郑亚桂府观察使制》,皆为赞美之辞,可见当时朝论之影响。郑亚为李德裕党的中坚人物,尽管牛、李党争在宣宗初政时牛党得势,李德裕已罢相,但李党还是有一定实力的。李党在会昌年间制外族侵陵、平昭义叛镇、改革吏治弊政、防止科举舞弊等方面的政绩,素为诗人所赞赏。这就是诗人借用神话传说来表示自己赴桂管幕职,不在乎他人议论的原因所在。

冯浩笺注曰："'海客'比郑，'星娥'自比，'支机石'喻己之文采，'牵牛'比令狐也，孰知其遥妒之深哉！"又曰："三句谓不惮他人之妒也。时令狐绹在吴兴，未几亚贬而绹登用，遂重迭陈情而不省矣。"此说多为后世注家采用，基本上可信。但这里也有把寓言比喻说得太死的弊病。如"牵牛"比令狐绹一说就太勉强。大中元年，李商隐与令狐绹的关系是芥蒂互生而友谊尚存。且当时令狐绹位不过湖州刺史，并不掌握大权。次年二月，召拜考功郎中，不久知制诰、充翰林学士，至大中四年任宰相。他对屡启陈情的李商隐还是提供了一些帮助的。按照冯浩之说："未几亚贬而绹登用，遂重迭陈情而不省矣。"诗人仿佛反复无常没有骨气似的，这倒须一辨。"牵牛"应指彼时牛党中掌大权而朋党积习较深的那种人。商隐开成三年应博学宏词考试，先被周墀、李回二位试官录取，复试时被所谓"中书长者"落下，并骂李商隐："此人不堪，抹去之。"（《与陶进士书》）从此以后，诗人不断经历仕宦风波。自开成四年释褐为秘书省校书郎，到大中元年罢职秘书省正字，近十年未得升迁。诗曰"罢织"，实谓"罢职"之不足惜，他痛恨的是那种以朋党偏见排斥人的权要，抒发了长期沉沦下僚的感愤。

连类而及，说到诗人与恩师令狐楚关系，有《白云夫旧居》一诗亦须一辨。诗云："平生误识白云夫，再到仙檐忆酒垆。墙柳万株人绝迹，夕阳惟照欲栖鸟。"这本是一首题赠道流的诗。因令狐楚的表奏自称"白云孺子表奏集"，冯浩等注家就以为"白云夫"指令狐楚。后来笺注者从冯说者不少。但细思之，商隐对这样一位有着知遇之恩的老师终身怀着敬意，突然说出"平生误识白云夫"（按冯注引徐氏解为"早知今日系人心，悔不当初不相识"）。那么，李商隐还成什么人呢？诗中所描写的仙檐，墙柳万株，行人绝迹，夕阳空照，栖鸟欲归，明明是修道者的环境，岂是父子宰相令狐氏的旧居？证诸商隐佚诗《访白云山人》："瀑近悬崖屋，阴阴草木清。自言山底住，长向月中耕。晚雨无多点，初蝉第一声。煮茶归未去，刻竹为题名。"（孙望《全唐诗补逸》）"白云夫"为修道者应是无疑的。

《海客》这一类政治诗受到爱李商隐诗的笺注家误解，可见知人论世之不易。

旧将军

注·释

● 01·云台：东汉时南宫云台。明帝永平中，显宗追感前世功臣，乃画二十八将于南宫云台，其外又有窦融等合三十二人。荡寇勋：借古讽今。寇，兼指外患内乱中人物，如当时的回鹘乌介可汗、泽潞叛镇刘稹之类。

● 02·"日暮"二句：用李广故事。《史记·李将军列传》："屏野居蓝田南山中射猎，尝夜从一骑出，从人田间饮，还至灞陵亭。灞陵尉醉，呵止广。广骑曰：'故李将军。'尉曰：'今将军尚不得夜行，何乃故也！'止广宿亭下。"旧：一作"故"。

云台高议正纷纷，

谁定当时荡寇勋？ ⁰¹

日暮灞陵原上猎，

李将军是旧将军。 ⁰²

品·评　《新唐书·宣宗纪》大中二年："七月己巳，续图功臣于凌烟阁。"同书《李憕传》又曰"大中初，又诏求李岘"等三十七人画像，续图凌烟阁。这些都是唐初至贞元时的功臣。首句所谓"高议""纷纷"无不含有讽意。次句从达官权要们评议历史上的功臣，回到当时的现实，这对李商隐说来不免有切肤之痛。本年二月，其府主桂管观察使郑亚贬循州，李商隐失职北归。九月，再贬潮州司马李德裕为崖州司户，其恩师湖南观察使李回贬贺州刺史。大中初，商隐代郑

032

亚撰拟《会昌一品集序》，对李德裕会昌朝中抗击回鹘、平定昭义等功绩给予高度评价，极赞李德裕是"万古之良相"。诗人不仅用诗文歌颂会昌功臣的功绩，而且以实际行动支持过平定昭义的战争。会昌三年，他就代岳父河阳节度使王茂元起草致刘稹书，正告刘氏：叛乱绝无好下场，只有归顺朝廷才是出路。再设身处地分析一下，当朝廷诸公高议纷纷之时，正是李商隐罢职从桂管返京的途中。作为文人，他只是支持朝廷的正确政策，并不想在朋党之争中谋取私利，如今却因李党的失势，无端遭受池鱼之殃。诗的似嘲似讽，深沉慨叹亦唯有联系相关的历史背景来加以理解了。

一首七绝可以包容丰富的内涵，往往需要用典。此诗用典，将西汉、东汉、唐代前期、当前的事件人物，通过今昔对比，融会于一体，启人深思。东汉明帝时云台高议是追感前世功臣，大中诸公续绘功臣于凌烟阁的同时却在迫害当代功臣，今之视昔，形同而实异。抗击匈奴的名将李广遭到灞陵尉的轻视呵斥，会昌功臣却被大中君相一再贬谪，大谬不然，今胜于昔。通过生动形象的历史画面是否能领略如许深刻的含义，则在于读者的自得了。

钧天

01

● 01·钧天：神话传说谓天之中央。

● 02·"上帝"二句：说的是钧天广乐，即所谓天上众神灵欣赏的音乐。《史记·赵世家》载，赵简子病中梦游天上，醒后对大夫说："我之帝所甚乐，与百神游于钧天，广乐九奏万舞，不类三代之乐，其声动人心。"

● 03·伶伦：相传黄帝时为乐官，《吕氏春秋·古乐》："昔黄帝令伶伦作为律。"孤生竹：指用孤竹制成的管乐器。却：反而。

上帝钧天会众灵，

昔人因梦到青冥。 02

伶伦吹裂孤生竹，

却为知音不得听。 03

在封建社会政治腐败之时，英俊沉沦，庸才贵仕是文人们经常形诸笔墨而痛心疾首的事。诗讲的是不懂律吕的赵简子因梦入钧天听广乐，而制订律吕的伶伦反而因为精通音乐不得与闻上帝的钧天广乐。这一故事，说明"贤者不必遇，遇者不必贤，人世浮荣，怳同一梦"（杨致轩评语）。其意义则在揭示出用人之滥、吏治败坏是最严重的政治腐败。

这首诗是否针对某人某事而言？论者意见不一。冯浩引徐湛园说："暗诮子直，兼自伤也。"令狐绹，字子直，大中二年二月，由湖州刺史内迁考功郎中，不久知制诰，充翰林学士。商隐《寄令狐学士》结联云："钧天虽许人间听，闾阖门多梦自迷。"论者由此以为冯浩等人的说法是有根据的。但再仔细推敲一下，其中也不无可商酌处。大中前期，令狐绹骤然由湖州召回充翰林学士，擢中书舍人，李商隐对其有所艳美和期待。桂幕罢归后的《寄令狐学士》《梦令狐学士》《令狐舍人说昨夜西掖玩月因戏赠》《子直晋昌李花》《宿晋昌亭闻惊禽》诸诗不是自叹卑微，就是美绹清贵；不是婉辞辩白，就是希冀援引。若谓此时又作诗"暗诮子直"，这一矛盾心态如何解释？

我看笺注诗文与其过于指实，不如多闻阙疑。大中时期，商隐与令狐绹的关系日渐疏远，《九日》诗："郎君官贵施行马，东阁无因再得窥。"五代及宋人笔记多据此造作二人交恶故事，冯浩则驳斥之，以为"盖大中二年，绹已充内相，故异乡把盏，远有所思，恐其官已渐贵，我还京师，尚未得窥旧时之东阁，况敢望其援手耶？预为疑揣，不作实事解，弥见其佳"。冯氏系年尚可商，"不作实事解"颇通达。

这篇《钧天》诗，如果也能"不作实事解"，不拘囿于一人一事，将其看作是对大中初期庶逐功臣贤才、擢用党私庸人的政治现象的批判，就更符合作者登第入仕以来，坎坷沉浮，辗转幕府的愤懑之情。冯浩诗注时有精义，但有时亦不免拘执，披沙拣金，亦在于读者权衡情理而自得之了。

常侍有感 故驿迎吊故桂府

注·释

● 01 · 大中五年，郑亚死于循州贬所。本年秋，归葬长安。故桂府常侍即指郑亚。常侍：散骑常侍之简称，正三品。郑亚出镇桂管为御史中丞，正四品下。岑仲勉以为"常侍"，"或追赠之官也"（《唐史余沈》）。

● 02 · "泣过"句：姚培谦曰："非此雨况，不见凄其极致。"

● 03 · 丹旐（zhào）：为棺枢引路的旗，俗称魂幡。

饥乌翻树晚鸡啼，
泣过秋原没马泥。[02]
二纪征南恩与旧，
此时丹旐玉山西。[03]

品·评　郑亚卒年史无明文。大中五年春，商隐有《献旧府开封公》诗云："幕府三年远，《春秋》一字褒。"三年前郑亚由桂管贬循州，商隐罢职北归，但坚信青史自有公论，故此时寄诗郑亚仍以《春秋》相勉慰。这年秋季，柳仲郢出任东川节度使，商隐应辟于秋冬之交离京赴东川，一去五载，未曾回过长安。因此，作者在长安迎吊故桂府常侍郑亚的诗必定作于本年秋季，由岭南循州归葬长安须数月时日，故郑亚当卒于春或夏。此可由商隐此二诗推得。

首两句写景备极凄意。饥乌绕树，晚鸡悲啼，秋雨如泣，泥湿马蹄，姚培谦所谓："非此雨况，不见凄其极致。"然诗写秋暮苦雨不见"雨"字，却令人感受到"天若有情天亦老"的悲怆，作者对郑亚贬死的深刻同情由此可见。

此诗颇有深意，有些注家已注意到这一点。其中第三句如不联系党争事实，则无法解释。冯浩参证史实解释说："《旧书传》《新书传》：李德裕在翰林，郑亚以文章谒，深知之，出镇浙西，辟为从事。德裕于长庆二年观察浙西者八年。亚之赴辟，未知何年，至此时〔周按：大中五年（851）〕，要与二纪之数相符矣。此征南指德裕也。亚坐德裕党贬而死，则以死报其恩旧矣，题所以云'有感'也。"冯氏把问题放到具体的历史条件下加以分析，故其说颇可信。陈寅恪论诗文典故中的所谓"今典"，就是指这种知人论世，是笺诗注家们尤须把握的。诗题中"故驿"二字不也可细味吗？《偶成转韵》诗云"明年赴辟下昭桂，东郊恸哭辞兄弟"，表明他当年从郑亚赴桂管由东郊出发。"此时丹旐玉山西"，玉山，即蓝田山，如今却在此迎吊故府归柩。姚培谦曰："'此时'二字有力。"物是人非，今昔殊异，无待指陈，在景物中自然流露出来了。而诗人对李德裕、郑亚贬死的哀伤，自身沉沦的感慨，亦自在不言之中。

李诗的丰富内涵常常通过用典来表现，他的政治诗尤其善用所谓"今典"。这是诗人艺术表现的一个特点，读者尤须关注。

无题

⁰¹

万里风波一叶舟，

忆归初罢更夷犹。⁰²

碧江地没元相引，⁰³

黄鹤沙边亦少留。

益德冤魂终报主，

阿童高义镇横秋。⁰⁴

人生岂得长无谓，⁰⁵

怀古思乡共白头。

注·释

● 01·纪昀评曰："此是佚去原题而编录者署以《无题》，非他寓言之比。"这是一首失去原题的诗。

● 02·夷犹：犹豫不定。《楚辞》："君不行兮夷犹。"诗作于楚地，故用楚语。

● 03·地没：程梦星曰"当作'地脉'"，是。李德裕《次柳氏旧闻·补遗》："泓师与张说相宅，戒勿动西北土，以损旺气。后见气索，果掘三坑，说欲填之，泓曰：'客土无气，与地脉不相连。'"

● 04·益德：翼德。《三国志·蜀书·张飞传》："张飞，字益德……先主伐吴，飞当率兵万人自阆中会江州。临发，其帐下将张达、范强杀飞，持其首，顺流而奔孙权。"冤魂报主事未详。阿童：《晋书·羊祜传》："（王）濬又小字阿童。"又《王濬传》："除巴郡太守。郡边吴境，兵士苦役，生男多不养。濬乃严其科条，宽其徭课，其产育者皆与休复，所全活者数千人。"

● 05·无谓：犹无为。吴乔曰："'岂得长无谓'，思有所建立也。"

品·评

这首失去原题的七律诗与商隐抒写男女之情的《无题》风格迥异，受到历代注家高度评价。陆鸣皋曰："沉郁之思，直逼老杜。"程梦星曰："律体中陡健之格，其法自杜子美出也。"然注家对诗中句意、典故亦不无猜测，甚至说："此篇未详。"（《辑评》何焯语）

陈寅恪《李德裕贬死年月及归葬传说辨证》说此诗是李商隐"大抵大中六年夏间奉柳仲郢命迎送杜悰，并承命乘便至江陵路祭李德裕归柩之所作，或其他居东川幕中时代之著述"。笔者基本赞成陈氏的假设,并撰有《李商隐三峡行役诗辨——兼论证陈寅恪先生的一项假设》(见《首届唐宋诗词国际学术会议论文集》)。这首今典与古典交融的政治诗,作为一个颇有代表性的案例值得细细探讨。

大中六年,李烨扶其父李德裕棺柩由崖州归葬洛阳,随同归葬的尚有其母刘氏等棺柩估计有十余具之多。①李商隐奉东川节度使柳仲郢之命,在江陵路祭李德裕归柩。诗前半首抒写"忆归",后半首极赞德裕生死为国,兼以自励,思有所建立。沉雄壮,感人至深。

陈寅恪说:"此诗为商隐于江陵为李烨所赋……'初罢'者,非'罢桂府'之'初罢'。考烨贬蒙州立山尉,于大中六年以前奉诏特许归葬,其时尚未除父丧也。其奉诏北归葬亲,既在父丧服未除中,必罢立山尉职。其过江陵时距罢立山尉职不久,故谓之'初罢'。"此说固可通,但商隐四年前因李党失势,郑亚被贬而罢职,过江陵一带曾有惊心动魄的风浪之险。《偶成转韵七十二句赠四同舍》云:"顷之失职辞南风,破帆坏桨荆江中。"因之,首联解为当年因李党牵连,失职南归曾历惊涛骇浪之险似亦贴切。由此而知商隐之沉沦漂泊实与同情会昌功臣相关,诗人感怀基于其对李德裕会昌政治的认同。颔联二句,注家或谓未详。陈寅恪亦谓:"此二句不能得其确解。"但从李德裕归葬言之,此似言其身行经过之地。姑试解如下,以俟研治玉溪生诗的同道指正。德裕贬死崖州,途经万里,终得归葬,是当时重大事件。舟过海峡,岭南之珠江,漓江经灵渠与湘江、长江相通,此即所谓"碧江地没元相引"也。舟过江陵东下武昌,"黄鹤沙"指此。当年李德裕被贬潮州即由洛阳启程,经淮河、长江赴岭南。此番归柩有十余具之多,陆行极为不便,仍按当年赴岭南路线还归洛阳,乃事理之必然。由江淮水路去洛阳乃唐代漕运之通道也。商隐在武昌所咏之诗如《江上》《听鼓》大率作于此时,亦可取以参证。颈联二句,陈氏谓:"德裕……生前既以武功邀奇遇,死后复因边事蒙特恩,又曾任西川节度使,建维州之勋,其以益德为比,亦庶几适切矣。不必更求实典,恐亦未必果有实典,而今人不知也。"陈氏既已释"益(翼)德"句之古典,又阐释德裕在蜀建勋之今典,同时表示对"今典"不必过于追求其含义,持论审慎。但陈氏以李回贬谪比喻下句中王濬似可再加斟酌。顺陈氏释第五句今典之思路,鄙意以为"阿童高义"句乃复以蜀中英雄比喻李德裕。旧注谓王濬守巴郡,禁巴人不得弃子,所全活者甚众,足称"高义"。李德裕大和四年冬出镇西川,与王濬一样为益州最高长官。西川经南诏侵扰,民不聊生。李德裕到西川加强边防,向南诏索取被俘人民四千人归成都。《资治通鉴》本年载:"德裕乃练士卒,葺堡鄣,积粮储以

---

① 傅璇琮《李德裕年谱》大中六年引李潘《唐故郴县尉赵郡李君墓志铭并序》:"君躬护显考及昆弟亡姊凡六丧,洎仆驭辈有死于海上者,皆辇其柩悉还。"

备边，蜀人粗安。"以此称其"高义"，亦无不合。设身处地而论，商隐由东川经三峡路祭李德裕归柩，一路经过张飞、王濬当年活动的场所，有感于他们一死一生皆有功业伟绩，由此比喻曾为西川节度使的李德裕，可谓精切。至于一联两句用典指同一人的写法，这倒是李商隐诗的一个特点。如《重有感》颔联"窦融表已来关右，陶侃军宜次石头"两句就均指泽潞镇刘从谏。结联"怀古"是追慕张飞、王濬之宏伟事业，"思乡"则因德裕归葬而引起自己思乡之念，"岂得"二字警醒自身不可碌碌无为。

诗歌用典，不论古典、今典，其内涵的丰富性有相当大的张力。旧注中用张飞、王濬比李德裕诸说都有一定依据，但并不可能穷尽其可比性。如"冤魂报主"当出颜之推《冤魂志》，然今存《冤魂志》残本已无张飞这方面的记载，则其古典、今典之含义亦无从确解了。如王濬成平吴之功，三国归晋，勋业甚伟，以此与李德裕抗击回鹘，平昭义叛镇，使幽州、成德、魏博一时归顺朝廷的功绩相比，堪称各有千秋。李商隐《会昌一品集序》曾对李德裕的这些功绩细细陈述，若谓"阿童高义镇横秋"有如此这般的丰富含义，亦非无根之谈。文本在不同读者的眼里可以读出不同的内容，并非虚言。

燕台诗四首 ⁰¹

（选一）

风光冉冉东西陌，

几日娇魂寻不得。

蜜房羽客类芳心，⁰²

冶叶倡条遍相识。⁰³

暖蔼辉迟桃树西，⁰⁴

高鬟立共桃鬟齐。⁰⁵

雄龙雌凤杳何许？

絮乱丝繁天亦迷。⁰⁶

醉起微阳若初曙，

映帘梦断闻残语。⁰⁷

愁将铁网罥珊瑚，⁰⁸

海阔天宽迷处所。

注·释

● 01·燕台：原指燕昭王筑黄金台招贤，唐代惯以燕台指称使府。燕台四首均以女子身份抒情，写的是使府后房姬妾，其中也交错着诗人怨尤的诉说。四首分题《春》《夏》《秋》《冬》，是一组互有关联的艳情诗。这里选的是第一首诗《春》。

● 02·蜜房：蜂房。羽客：蜜蜂，暗指诗人年轻时学道。

● 03·冶叶倡条：喻歌伎舞姬者流。

● 04·暖蔼：春日温暖的烟霭。蔼，通"霭"。辉迟：春日迟迟。

● 05·桃鬟：桃花盛开如女子云鬟。

● 06·雄龙雌凤：喻指府主与其姬妾。絮乱丝繁：喻女子内心的纷乱迷惘。两句比喻中兼有象征。

● 07·残语：梦醒努力记忆心上人的残存之语。

● 08·铁网罥（juàn）珊瑚：《新唐书·拂菻国传》："海中有珊瑚洲，海人乘大舶堕铁网水底。珊瑚初生磐石上……铁发其根，系网舶上，绞而出之。"比喻设法寻觅心上人的踪迹。罥，牵挂。

● 09 · 研丹擘（bò）石 :《吕氏春秋》:"石可破也，而不可夺坚；丹可磨也，而不可夺赤。"喻爱情坚定不移。擘，剖开。冤魄：冤魂。

● 10 · "夹罗"二句：将夹罗衣衫收入竹箱，穿上单绡衣，暗指由春入夏。香肌衬着玉佩略有凉意，状春夏之交的天气。

● 11 · "今日"二句：今日春风也受不了如此怨恨，化作幽光消失在海中。喻女子身不由己随人而去。

衣带无情有宽窄，

春烟自碧秋霜白。

研丹擘石天不知，

愿得天牢锁冤魄。⁰⁹

夹罗委箧单绡起，

香肌冷衬琤琤佩。¹⁰

今日东风自不胜，

化作幽光入西海。¹¹

品 · 评　这组艳情诗被清代注家称为"哀感顽艳"，其情感之炽烈，词采之富艳，意境之朦胧，皆受注家赞赏，但其所言之具体情事，注家则各有所见。纪昀、张采田甚至以为此诗是有寓托的政治诗，不免过于深求，大失本旨了。

　　商隐未登进士前有《柳枝五首》，其序言已提到这组艳情诗，可见是弱冠前后的作品。当时连一位普通的商人家女儿也听得懂这组诗。

　　《柳枝五首》序言里说，商隐的堂兄李让山曾在洛阳家园中朗诵《燕台诗》，邻居柳枝年十七听到后惊问："谁人有此？谁人为此？"让山说："此吾里中少年叔耳！"柳枝手断衣带，请让山赠诗人以乞诗，这就引出李商隐未中进士前的又一段爱情故事，另文再说。就此可知《燕台诗》绝非政治诗，而是诗人年轻时的一段感情记录。这组诗写得幽咽迷离，忽断忽续，多用比喻象征来表情示意，很少平直之语，弄得解者纷纷，莫衷一是。中晚唐诗坛有此一派，李贺长吉体就具有这些特点。商隐此诗用长吉体而更隐约其辞。诗中的女主角是使府姬妾，从诗句多用女仙为比看，则此人曾为女冠。诗中自称"蜜房羽客类芳心"，商隐曾学仙玉阳，可能是这位女主角的道友，因此产生恋情。冯浩曰："'铁网珊瑚'，他人取去也。"其实，"雄龙雌凤杳何许"，已象征伊人随使府流转他乡，难觅踪迹，"铁网珊瑚"似喻寻觅伊人踪迹。诗的本事无从考证，其大略如此尚是可以把握的。

冯浩称此诗"幽咽迷离，或彼或此，忽断忽续，所谓善于埋没意绪者"。作者既然不肯明白诉说，读者就没有必要一字一句求其确解，而事实上也不必死于句下。作者传递给读者的是强烈的主观情绪，瑰奇的客观物象，幽咽凄迷的意境。这类诗的题材在元稹笔下可以化作《会真诗》那样惊艳猎艳的故事，在白居易笔下则有《琵琶行》那样的现实主义叙事长诗。元白诗因其叙事清晰而广为流传，李商隐诗因其瑰奇朦胧而赢得历代文士的探索欣赏。中晚唐诗坛的多种风格于此可见一斑。

柳枝五首

- 01·洛中里娘：洛阳城中坊里的姑娘。
- 02·吹叶嚼蕊：将叶子放在口中吹奏，与下句"调丝擪（yè）管"对举。
- 03·调丝：调弄弦乐器，指演奏。擪管：用手指按捺管乐器。
- 04·怨断：哀怨断续，不绝如缕。
- 05·接故：接待相熟的邻居。
- 06·"疑其"句：意谓疑其生活放纵，醉梦颠倒，无人来媒聘。《玉篇》："娉，娶也。"
- 07·从昆：堂兄。
- 08·少年叔：年轻的堂弟。古人以伯仲叔季称兄弟，叔即指弟。

柳枝，洛中里娘也。[01]父饶好贾，风波死湖上。其母不念他儿子，独念柳枝。生十七年，涂妆绾髻，未尝竟，已复起去；吹叶嚼蕊，[02]调丝擪管，[03]作天海风涛之曲，幽忆怨断之音。[04]居其旁，与其家接故往来者，[05]闻十年尚相与，疑其醉眠梦物断不娉。[06]余从昆让山，[07]比柳枝居为近。他日春曾阴，让山下马柳枝南柳下，咏余《燕台诗》。柳枝惊问："谁人有此？谁人为此？"让山谓曰："此吾里中少年叔耳！[08]"柳枝手断长带，结让山为赠叔乞

● 09・乞诗：求诗。

● 10・比马：并马而行。

● 11・丫鬟毕妆：头梳双髻，衣妆整齐。以此反衬平时"涂妆绾髻，未尝竟，已复起去"的放纵随便。

● 12・抱立扇下：两手抱臂，立于门下。

● 13・湔裙水上：朱鹤龄注引《玉烛宝典》："元日至晦日，并为酺食，士女湔裙度厄。"湔，洗。古时人们在正月至水边洗裙以避灾。

● 14・以博山香待：《考古图》："炉像海中博山，下盘贮汤，润气蒸香，像海之四环。"意谓当焚香以待，暗指约之私欢。

● 15・卧装：行李。

● 16・东诸侯：张友鹤注《唐宋传奇选·王知古》："有王知古者，东诸侯之贡士也。"张注曰："洛阳是东都。将东都的地方官比作古代诸侯，所以称为'东诸侯'。"

● 17・戏上：戏水岸上。戏水在陕西临潼东。

● 18・寓诗：传诗、寄诗。墨其故处：题写在柳枝的旧居。

● 19・花房：花冠。蜜脾：朱鹤龄注引王元之记《蜂》："蜂酿蜜如脾，谓之蜜脾。"两句意谓蜜蜂与蝴蝶虽相逢于花丛，但蜂酿蜜与蝴蝶不同。

诗。⁰⁹明日，余比马出其巷，¹⁰柳枝丫鬟毕妆，¹¹抱立扇下，¹²风鄣一袖，指曰："若叔是？后三日，邻当去湔裙水上，¹³以博山香待，¹⁴与郎俱过。"余诺之。会所友有偕当诣京师者，戏盗余卧装以先，¹⁵不果留。雪中让山至，且曰："东诸侯取去矣。"¹⁶明年，让山复东，相背于戏上，¹⁷因寓诗以墨其故处云。¹⁸

花房与蜜脾，　蜂雄蛱蝶雌。¹⁹
同时不同类，　那复更相思。

● 20 · 弹棋：古时博戏的一种。沈括《梦溪笔谈》曰："弹棋……棋局方二尺，中心高如覆盂，其巅为小壶，四角微隆起。"

● 21 · "东陵"句：汉初召平为秦故东陵侯，汉时为布衣，种瓜长安城东，瓜甜美，世称东陵瓜。阮籍《咏怀》云："昔闻东陵瓜，近在青门外……五色曜朝日，嘉宾四面会。"

● 22 · 锦鳞：指水中自由游泳的鱼。绣羽：指树上美色的鸟。

● 23 · 步障：用来遮蔽视线或风尘的布帷或屏风。

本是丁香树，　春条结始生。

玉作弹棋局，[20] 中心亦不平。

嘉瓜引蔓长，　碧玉冰寒浆。

东陵虽五色，[21] 不忍值牙香。

柳枝井上蟠，　莲叶浦中干。

锦鳞与绣羽，[22] 水陆有伤残。

画屏绣步障，[23] 物物自成双。

如何湖上望，　只是见鸳鸯。

品·评　《燕台诗四首》与《柳枝五首》都是诗人中进士前的爱情诗。前者本事不明，又写得幽咽迷离，解者纷纷，亦唯有把握其大略即可矣。后者有长篇序言其本事，五首诗层层递进，诗意明白易解，是探讨作者早期爱情诗的重要材料。

这五首诗作于《燕台诗》之后，二十五岁中进士之前。注家或视其为艳情之作，但从序文与诗作的庄重真诚看，其应是商隐早期严肃的爱情诗，不同于当日文人才子的觅柳寻花之作。序文简直可以当作传奇小说读。柳枝父亲是洛阳富商，遭遇风浪，翻船淹死。其母不念儿子们，独独喜欢这个女儿。诗人年逾弱冠，才华横溢，充满着青春热情，他由洛阳赴长安应举之时，与十七岁的柳枝姑娘一见钟情。天真的柳枝妙善音乐，对诗歌又有很高的鉴赏能力。当作者堂兄李让山朗诵《燕台诗》时，其邻居柳枝竟能听懂这组幽咽迷离的诗作，惊问这是谁写的诗？让山就说，是我少年堂弟李义山所作。于是，柳枝手断衣带，请让山转赠义山乞诗。第二天，兄弟二人并马来到柳枝所居的里巷，看到她梳着双髻，两臂交错，衣装整齐，立于门下。读者注意：序文开头描写柳枝平日是："涂妆绾髻，未尝竟，已复起去。"如今一反常态，服饰修整，可见她对诗人的敬重。正由于此，她才会对诗人说："后三日，邻当去溅裙水上，以博山香待，与郎俱过。"可见她的腹笥不浅。古乐府《杨叛儿曲》："暂出白门前，杨柳可藏乌；欢作沉水香，侬作博山炉。"冯浩注曰"隐语益显矣"，"盖约之私欢也"。像《会真记》里的崔氏因爱张生才俊，私荐枕席的事，发生在中晚唐是并不奇怪的。因此，诗人愉快地答应了这位知音的邀请。但序文中却谎称，一位朋友恶作剧地将商隐行装带走了，他不得不追赶那位开玩笑的朋友而负了柳枝的约会。这一不高明的谎言自然是诗人有难言之隐所致。这年冬天，让山冒雪到长安，告诉堂弟：柳枝已被洛阳的地方长官娶取为姬妾了。义山感伤不已，作《柳枝诗》五首。明年，让山东还洛阳时，诗人请堂兄将这五首诗题写在柳枝的旧居。

李商隐以骈文著称，但他对自己的古文颇自信。《樊南甲集序》开篇即言："樊南生十六，能著《才论》《圣论》，以古文出诸公间。"他的这篇柳枝序放在中晚唐用古文写传奇的名作《会真记》《李娃传》中亦无愧色。鲁迅《中国小说史略·唐之传奇文》说元稹的《会真记》"时有情致，固亦可观，惟篇末文过饰非，遂堕恶趣"。而《柳枝五首》的序中却反映了作者对往日情侣的有情有义，对这段感情的严肃认真。下面的五首诗是序文的深化，诗与序两下照映，合成双璧。第一首似嘲如讽，自怨自艾，说柳枝为东诸侯娶取了，自己与她不是同类，何必相思呢？如果真正释然了，何必写诗！更何必写长序，娓娓道其本末！正因为不能忘情，所以第二首一再用比喻表达对柳枝的担忧和不平。丁香春天抽条后始有结，诗人有句云："芭蕉不展丁香结，同向春风各自愁。"（《代赠二首》其一）他的愁忧和不平都是为伊人而发。第三首进一步表示了对柳枝的赞美和珍重。叶葱奇说："上两句赞美柳枝的慧心丽质，下两句说她虽然这般美妙，自己却'不忍'对她轻薄。"第四首再接再厉，直呼"柳枝井上蟠"。井上是打水处，非柳枝托身之地，就像河浦水干、莲叶枯萎一样。下两句用水中和陆上珍贵的鱼鸟来比喻美慧的柳枝遭受东诸侯的摧残，他深深为自己所爱之人的命运担忧。第五首感叹世间有许多美好事物能成双作对，而自己却不能与心爱的柳枝结合，留下了无穷的遗憾。从诗的开头怨恨自己与柳枝不是同类，何必相思的反话，层层演进到最后感叹自己与柳枝不能结合，作者对柳枝的爱已げ发得淋漓尽致。《柳枝五首》与《会真记》那种惊艳猎艳的艳情诗不同，是基于事实经历的爱情自白，是商隐前期优秀的爱情诗，表现了他对真挚爱情的追求和高尚情操。

韩同年新居饯韩西迎家室戏赠 [01]

籍籍征西万户侯，[02]

新缘贵婿起朱楼。

一名我漫居先甲，[03]

千骑君翻在上头。[04]

云路招邀回彩凤，[05]

天河迢递笑牵牛。

南朝禁脔无人近，[06]

瘦尽琼枝咏《四愁》。[07]

注释

● 01 · 开成二年，商隐与韩瞻同登进士第，故称"韩同年"。唐代士人很重视提携和汲引，新进士成为贵家女婿，是一种社会风气。此诗非直接写恋爱，却可反映唐代进士婚姻重名家女的事实。

● 02 · 征西：韩瞻岳父王茂元时为泾原节度使，治泾州（今甘肃泾川北），地在长安之西，故称征西万户侯。

● 03 · 先甲：进士甲第，指商隐名次在韩瞻前面。

● 04 · "千骑"句：古乐府《陌上桑》："东方千余骑，夫婿居上头。"戏称韩瞻已成功娶得王茂元之女。

● 05 · 彩凤：指王氏女。

● 06 · 南朝禁脔：冯注引《晋书·谢混传》载孝武帝为晋陵公主求婚，王珣以谢混对，"未几，帝崩。袁山松欲以女妻之，珣曰：'卿莫近禁脔。'……混竟尚主"。此自指，兼寓自己与王茂元小女儿议婚事已成。

● 07 · 咏《四愁》：张衡《四愁诗》每章起句皆为"我所思兮"，指诗人自己对王茂元小女儿的思念。

品评

陈寅恪《元白诗笺证稿·艳诗及悼亡诗》说："唐代社会承南北朝之旧俗，通以二事评量人品之高下。此二事，一曰婚，二曰宦。凡婚而不娶名家女，与仕而不由清望官，俱为社会所不齿。"韩瞻与商隐中进士后，先后被泾原节度使王茂元选为东床快婿。韩瞻成婚在前。作诗之时，商隐尚未成婚，但已有议婚之举。正如《唐摭言》所言："进士宴曲江日，公卿家倾城纵观，中东床之选者十八九。"

这首诗生动地反映了士子那种对新科进士迎娶名家女的艳羡心理，作者生活在那个时代是未能免俗的。诗是"戏赠"韩同年，亦庄亦谐，戏谑中透出喜色。这在他的以凄丽缠绵、隐约迷离为基调的爱情诗里堪称别调。

前四句语带戏谑，说是泾原节度使为贵婿韩瞻在京城起造朱楼，我虽然在进士榜上名列前茅，你韩兄却在仕宦婚姻上跑到我前头去了。韩瞻为京兆万年人。诗借用《陌上桑》"东方千余骑，夫婿居上头"语说明韩已为王家乘龙快婿，且已入仕，用典情意俱精切。第五句点清题中"西迎家室"，因为泾原在京城西面，韩西去迎接妻子回长安新居。第六句笑牵牛为天河阻隔，反衬韩往来泾原、长安之便捷。结二句对老友故意诉苦，实则透示了自己掩抑不住的喜悦心情。诗人用"南朝禁脔"谢混以自比，寓有议婚已成，二人不仅同年，且有连襟之亲。正是这种特别的亲密关系，才使他敢于直言自己相思消瘦，咏《四愁》而不止。进士同年结亲名家女的欣喜，忘形到尔汝的亲密，溢于言表。

商隐乃一介贫士，韩瞻也须靠岳父为之造新居，王茂元择婿重才尤可称道者。商隐就婚王氏后，夫妻情深，累累形诸诗文，流传千秋。韩瞻有子冬郎，即后来名垂青史的韩偓。在晚唐乱世中，他是罕有的敢于与跋扈军阀抗衡的正直之士，可谓光耀先人。

代赠二首 01

注·释

● 01·题曰"代赠",乃代诗中女子所作。《昭明文选》赠答类诗歌中载有此类作品,初唐四杰如骆宾王《艳情代郭氏答卢照邻》亦然。

● 02·横绝:横度。《汉书·成帝纪》:"不敢绝驰道。"颜注:"绝,横度也。"此指下楼。

● 03·"芭蕉"句:芭蕉心紧缩,叶子未展开。丁香花蕾如结未放。"结"字用如动词,打结、固结。

● 04·"东南"句:汉乐府《陌上桑》:"日出东南隅,照我秦氏楼。秦氏有好女,自名为罗敷。"此化用其意,以示此女子之美慧贞洁。

● 05·离人:指此女。《石州》:唐代乐府曲名,其词有云:"自从君去远巡边,终日罗帏独自眠。"

● 06·春山扫眉黛:《西京杂记》:"(卓)文君姣好,眉色如望远山,脸际常若芙蓉。"

其一

楼上黄昏欲望休,

玉梯横绝月中钩。 02

芭蕉不展丁香结, 03

同向春风各自愁。

其二

东南日出照高楼, 04

楼上离人唱《石州》。 05

总把春山扫眉黛, 06

不知供得几多愁。

品·评

旧时笺注者谓此为艳情,如纪昀批曰:"二首情致自佳,艳体之不伤雅者。"从第二首女子所唱《石州》,乃知系思妇想念征夫之作。

第一首开头两句写女子黄昏时楼上远望,不见远人,下楼而见明月如钩,不言愁而愁思弥漫于字里行间。下两句移情于物,仿佛是即景生情,实则运思如神,为千古名句。芭蕉、丁香的物象似含愁情,用以比喻兼象征美慧女子思念征人的愁思,这是李商隐的独创。李璟的《摊破浣溪沙》用"丁香空结雨中愁"写思妇念远之情，可谓当行本色。戴望舒的《雨巷》塑造了一位"丁香一样地结着愁怨的姑娘"，在现代诗坛重现了传统文化的女神。其沾溉后人亦远矣！

第二首首句写其美慧贞洁如秦罗敷，次句点明为思妇想念征夫之作。后两句说眉如春山也容不下如许愁思。二首互补，相得益彰。

李商隐大中五年丧妻以后有不少悼亡之作，这类写爱情的诗已罕见。《代赠二首》大概是丧妻前的作品。

离亭赋得折杨柳 二首 01

注·释

● 01·离亭：离别送行之亭，如长亭、短亭。赋得：古时作诗为赋某事而拟题，称为赋得。折杨柳：为乐府曲子名。此二首在《乐府诗集》中被列入近代曲词。

● 02·无憀（liáo）：无聊赖、无所依赖。

● 03·争：唐人口语中"争"字，即今之"怎"字。拟：打算。句意为春风怎能打算爱惜柳条而不让人折呢！

● 04·依依：《诗经·小雅·采薇》："昔我往矣，杨柳依依。"依依为杨柳随风飘荡貌，状难分难舍。

其一

暂凭樽酒送无憀，⁰²

莫损愁眉与细腰。

人世死前唯有别，

春风争拟惜长条。⁰³

其二

含烟惹雾每依依，⁰⁴

万绪千条拂落晖。

为报行人休尽折，

半留相送半迎归。

品·评

此二诗被编入《乐府诗集·近代曲辞》，以白居易《杨柳枝二首》开头，皆为七言绝句。沈德潜《唐诗别裁集序》云："七言绝句，贵言微旨远，语浅情深，如清庙之瑟，一倡而三叹，有遗音矣。"盛唐王昌龄、李白之七绝"允称神品"，而晚唐李商隐等"克称嗣响"。这二首七绝就符合沈德潜的赞评。

第一首写离亭折杨柳枝送别，以行者口吻说出。樽酒劝慰，莫为分离而损折伊人。"愁眉""细腰"是柳，也是人，主客观通体交融，情景浑成。三、四句充满悲凄之情，联系诗人一生为贫而仕，飘荡南北的事实。"人世死前唯有别"绝非徒作惊人之论，而有切身之痛。

第二首以送者口吻说出。针对行者"人世死前唯有别"而不得不折柳的悲凄情怀，给以安慰，透出亮色。杨柳依依，袅娜多姿，在落晖夕照里万绪千条，景中寓情，人柳合一。三、四句告诉行人不要折尽柳条，留待他日迎君归来。二诗由凄婉入神转而温馨慰藉，曲折无限。

沈祖棻《唐人七绝浅释》说："这种两首诗用意一正一反、一悲一乐互相针对的写法，实从赠答体演化而来。"《文选》赠答诗录机兄弟《为顾彦先赠妇》及妇答诗似之，《玉台新咏》所录赠答诗更多。如果说商隐二诗从赠答体演化而来，其中最大的区别是两晋南朝人所作为代拟，商隐所作是切身感受。注家多谓商隐诗是和一位年轻姑娘作别之作，从措语的典雅、思想的纯正看，可谓之为夫妻长亭送别之作。"莫损愁眉与细腰"，或许字面较艳会令人联想到歌伎舞女，其实夫妻情深，用亲昵语也是有的。元稹《遣悲怀》就有"泥他沽酒拔金钗"这样的亲昵语。后来清代沈三白《浮生六记》中闺房记乐更是变本加厉。这类诗文读之增偷俪之重，自有其独到的价值。

春雨

怅卧新春白夹衣，⁰¹

白门寥落意多违。⁰²

红楼隔雨相望冷，

珠箔飘灯独自归。⁰³

远路应悲春畹晚，⁰⁴

残宵犹得梦依稀。⁰⁵

玉珰缄札何由达？⁰⁶

万里云罗一雁飞。⁰⁷

品·评

注家多谓此是商隐与相爱者意多违的感怀之作，类似艳情诗。但此说并无显证。商隐早年艳情诗有《燕台诗》四首之类，词采富丽，意境朦胧，盖不得不一吐情愫又不欲人尽知本事也。其入仕后的艳情诗如《无题》（昨夜星辰昨夜风）写得欢快热烈，结处以走马上朝与彼人暂别为憾。商隐艳诗的情致词风大抵如此，而《春雨》以清词丽句抒写雨夜怀人之情，纯用白描，思深意远，这是其忆内或悼亡诗的一贯风格。叶葱奇注断为大中四年，年三十八，"初到徐幕雨夜思家之作"，甚是。

继桂州郑亚幕府后，如今商隐又别妻远赴徐州卢弘止幕府，客居寥落，春雨怅卧，思家念妻之情与景相融互生。颔联尤为情景交融的名句。隔雨遥望红楼，想着人家欢聚，反衬自身触景伤情，感到冷落寂寞；他只能手提灯笼，在春雨如珠的夜晚，独自归来。"红楼""珠箔"的字面给人以珍贵及暖色，所表现的则是冷落惆怅之感。用乐景写哀情倍增其寥落怅惘。五句揣想家人念远伤离。六句长夜辗转，残宵依稀梦见家人。结联"玉珰缄札"悬想妻子鱼雁传书之不易；"万里云罗"透示出阴云弥漫，网罗万里，而自己如孤雁单飞，大有仕途多阻、希望渺茫之寓意。

商隐忆内或悼亡之作大率从对面着笔，揣想、悬想闺中人或仙去人情状，令人感到其伉俪情深。这些诗和艳情诗有别，读者细品可知。

房中曲

01

蔷薇泣幽素，翠带花钱小。 *02*

娇郎痴若云，抱日西帘晓。 *03*

枕是龙宫石，割得秋波色。 *04*

玉簟失柔肤，但见蒙罗碧。 *05*

忆得前年春，未语含悲辛。 *06*

归来已不见，锦瑟长于人。 *07*

今日涧底松，明日山头檗。 *08*

愁到天地翻，相看不相识。 *09*

注·释

● *01*·房中曲：《乐府诗集》将此诗归入新题乐府。据《旧唐书·音乐志》："平调、清调、瑟调，皆周房中曲之遗声也。"《房中曲》是作者自创的曲名，为悼念妻子王氏而作，并不入乐。

● *02*·花钱：蔷薇小花如钱状。

● *03*·娇郎：犹娇儿，指商隐幼小的儿子衮师。

● *04*·秋波：比喻清澈的眼波。白居易《筝》："双眸剪秋水。"

● *05*·蒙罗碧：蒙盖着碧色罗被。

● *06*·"忆得"二句：意谓回忆起前年（大中三年）春天，王氏曾欲言又止，满怀悲辛。

● *07*·"归来"句：大中五年春，商隐徐州府主卢弘止卒，遂罢幕职回京。张采田《玉溪生年谱会笺》曰："'归来'句则谓今不幸徐州罢归，方期重乐室家之好，而其人已不见矣，非妻殁在义山未归前也。"

● *08*·涧底松：左思《咏史》："郁郁涧底松"语本此，喻己之沉沦下僚。山头檗（bò）：黄檗，落叶乔木。《古乐府》："黄檗向春生，苦心随日长。"喻丧妻以后自己将长期痛苦。

● *09*·"愁到"二句：意本《古乐府》："天地合，乃敢与君绝。"商隐对亡妻的一往情深，于此可见。天地：一作"天池"。

品·评

这是李商隐在王氏死后的第一首悼亡诗，纯用乐府体。《房中曲》是自制题，写妻王氏死后的感受，即目所见，睹物思人，忆前忖后，备极凄意。

全诗十六句，每四句为一层，叙事抒情逐层而进，也是乐府诗的常用手法。首四句触目伤怀，庭院中蔷薇带露似泣，花小如钱，景中寓情，兴起悼亡。娇儿失母还不懂悲哀，日高始醒。这一细节描写十分真切地反映了作为丈夫和父亲的诗人，在丧偶之初的独特心情。第二层由窗外转到房中，枕头、玉簟、碧色罗被余香犹存，手泽所在，然而她的柔肤却永远消散了，唯有她那如秋水的脉脉眼波屡屡令人想起。冯浩注曰："王氏色美，而必尤艳于目，以后屡言之。"冯氏专精义山诗，故于细微处得其神韵。第三层再由眼前回思往事："忆得前年春，未语含悲辛。"这是他们贫贱夫妻百事可哀中最难忘怀的。"未语"之下的潜台词可以作种种猜测，但读者对诗人心灵深处的探索必须知人论世，这才较为切实。其《重祭外舅司徒公文》曰："昔公爱女，今愚病妻。"会昌时，王氏已多病，而丈夫奔走仕途，一再远游幕府。等他从徐幕罢归，方期重乐室家之好，而妻子的病加重了，到秋天终于逝世。其人不见，徒然见锦瑟而增悲。病弱女子生前独力持家的艰辛，丧妻鳏夫失伴后的痛心追悔，都可细细品味。最后四句抒写沉沦下僚之痛，累及家室之痛，再推想丧妻以后的悠长漫漫的痛苦，其中也包含着愧负伊人之意。但他们夫妻的情义仍是最真诚的，就如《古乐府》所云："天地合，乃敢与君绝。"诗人痴想，愁到天翻地覆的那天，恐怕又相见不相识了。其情痴思切，以平易语出之，自是乐府本色。

商隐悼亡诗是其爱情诗的一个重要方面。这些作品展示了作者对爱的真诚执着，具有高尚的情操和宝贵的审美价值。

此诗"归来已不见"一句注家有不同解释，应予辨正。或谓大中五年春夏间，王氏病逝，商隐从徐幕罢归赶回京城，夫妻未及见最后一面。本文注释引张采田说，以为商隐春夏间返京，王氏秋天病逝，"非妻殁在义山未归前也"。细按作者诗文，张采田说是可信的。大中五年四月初七前，商隐有《上兵部相公启》一文（参见本书文选所录此文的注释、品评）。本年四月乙卯（初七），令狐绹兼礼部尚书，不复兼兵部侍郎。文中透露此前令狐绹请商隐书写其父令狐楚元和时所作旧诗，以备刻成诗碑。换言之，商隐于本年春末应已从徐幕返京。若王氏逝于春夏之间，则商隐正处于丧妻之痛的时刻，令狐绹断无请商隐于此时书写诗碑之理。检商隐悼亡诗，《王十二兄与畏之员外相访见招小饮时予以悼亡日近不去因寄》中"秋霖腹疾俱难遣，万里西风夜正长"及张采田言："王氏之殁亦在秋初，《留别畏之诗》所云'柿叶翻时独悼亡'也。"确定王氏逝于本年秋天，商隐与妻子见过最后一面应无可怀疑。

王十二兄与畏之员外相访见招小饮时予以悼亡日近不去因寄[01]

谢傅门庭旧末行，[02]

今朝歌管属檀郎。[03]

更无人处帘垂地，

欲拂尘时簟竟床。[04]

嵇氏幼男犹可悯，

左家娇女怎能忘。[05]

秋霖腹疾俱难遣，

万里西风夜正长。[06]

注·释

●01·王十二兄：作者内兄，王茂元之子。畏之员外：作者连襟韩瞻，字畏之，大中五年时官尚书省某部员外郎（参见《韩同年新居饯韩西迎家室戏赠》诗）。

●02·"谢傅"句：《世说新语·贤媛》："王凝之谢夫人（道韫）……答曰：'一门叔父，则有阿大、中郎；群从兄弟，则有封、胡、遏、末。不意天壤之中，乃有王郎！'"谢道韫对丈夫王凝之有所不满。诗用此典，表示自己在王茂元诸子及女婿中位居末席，乃谦辞。

●03·檀郎：西晋潘岳，小字檀奴，故人称潘郎、檀郎。潘为美男子，唐人惯以檀郎称婿，此指韩瞻。

●04·"更无"二句：化用潘岳《悼亡诗》："展转眄枕席，长簟竟床空。床空委清尘，室虚来悲风。"意谓虚室无人，重帘垂地；欲拂去床上灰尘，却见长簟铺满空床。

●05·"嵇氏"二句：指自己的一双小儿女。《上河东公启》即云："或小于叔夜（嵇康）之男，或幼于伯喈（蔡邕）之女。"

●06·秋霖：一作"愁霖"，意即秋雨连绵。腹疾：腹泻。冯注引《左传》叔展曰："河鱼腹疾奈何！"万里西风：大中五年秋，李商隐已应东川节度使柳仲郢之辟，将远赴梓州（今四川三台）。

品·评 大中五年秋初，王氏病逝。商隐十分悲痛，兼之他从徐幕罢职归来，仕途又不顺利。令狐绹只帮他补了一个太学博士的闲职。七月，他在悲痛难禁之际，又答应东川节度使柳仲郢的辟请，决定再次抛下幼男娇女去西南梓州充当幕僚。内兄王十二和连襟韩瞻相访，请他小饮，意在安慰商隐的丧妻之痛。但他婉拒内兄与连襟的招饮，表面说是因为悼亡日近，实际上却有更为伤痛的隐衷。注家于此则罕有言及。

首联中自谦居于王家门庭诸子女婿的末行，虽然是客气话，却是"未羡王祥得佩刀"的诗人的难言之痛。王十二兄，据徐逢源推测是"茂元子侍御瓘"（见冯注所引），韩瞻官职是尚书省所属的员外郎，而李商隐不久前以文章干宰相令狐绹，得补太学博士。商隐居此冷官只数月即辞职赴东川之辟，内中自有难言的隐痛。颔联写空床长簟，房中无人。其他悼亡诗中还是一再提及，琐琐以陈。但现实中最让作者放心不下的则是幼男娇女。两年后，他在东川作《杨本胜说于长安见小男阿衮》，遥想娇儿"渐大啼应数，长贫学恐迟。寄人龙种瘦，失母凤雏痴"，催人泪下。他抛下孤苦的儿女，继桂管、徐州以后，又去东川，实在令今天的读者难以理解。"万里西风夜正长"，既是长夜辗转思念亡妻、悯惜儿女的写实，也是即将抛别儿女远赴东川的象征。东川之行一去五年，结果衰病目眚而归，不久便下世去了，可谓一语成谶。

这首诗有对妻子的深情悼念，有对儿女的悉心关爱，也有士人对于人生的执着追求。在今天的读者看来，他那一而再、再而三的离家远游，依人作幕颇令人费解。他在大中四年春徐州幕府作《偶成转韵七十二句赠四同舍》云："且吟王粲从军乐，不赋渊明归去来。"实可看出他的胸襟，也可以解答读者类似的疑惑了。商隐悼亡诗独标高格，值得珍视。

暮秋独游曲江[01]

注·释　●01·曲江：唐人亦称曲江池，地处长安东南，为当时著名的游览胜地。

荷叶生时春恨生，

荷叶枯时秋恨成。

深知身在情长在，

怅望江头江水声。

品·评　这首悼念所爱者的诗深情绵邈，可与《无题》（相见时难别亦难）媲美，异曲而同工。关于诗所悼念的对象，论者有两种不同的意见。冯浩以为诗系艳情，不入编年。其曰："前有《荷花》《赠荷花》二诗，盖意中人也，此则伤其已逝矣。"张采田《玉溪生年谱会笺》系本诗于宣宗大中十年，其曰："此亦追悼之作，与《赠荷花》等篇不同，作艳情者误。"细品《荷花》《赠荷花》二诗知其人为歌者，诗有怜香惜玉之意，而本篇语浅情深，庄重沉痛，情味自别。集中唯悼念亡妻王氏诸什与之最为切近，诗当为王氏所赋。

这首七绝虽然都是律句，但句与句之间不尽符合粘对规则。作者故意让一、二句之间不对，二、三句之间不粘，并采用其独擅的字句重用手法来叙事抒情。冯浩赞此"调古情深"，正说出了这首以律句所写的古绝，声调感怆悲凉，情思缠绵哀痛的特点。

诗一开头就用缓慢沉重的语气喃喃诉说起作者内心的憾恨："荷叶生时春恨生，荷叶枯时秋恨成。"上、下句七字里面有四字重复，类似的字句重用令人想起其七绝名篇《夜雨寄北》中关于"巴山夜雨"的吟咏，读来自有回环往复、似直而纡的情韵。这两句赋中寓比，把无情的曲江荷叶化为有情之物，仿佛荷叶的春生、秋枯都与诗人的哀思有关。句中春生、秋枯、恨生、恨成映衬对比，更丰富了诗的内涵。这样，诗的前半部分从语气、字句、修辞、写法诸方面无不恰当地表达出悼亡的沉痛感情。

第三句无限惋凄，将前两句所蕴含的绵绵深情推向无以复加的诗境。如此一往情深的悼亡语，正如其作于东川的《属疾》诗所云："多情真薄命，容易即回肠。"他也只不过暂存人世，最为伤痛的是常常触绪成悲，哀思难禁。"深知身在情长在"一句显得多么沉痛哀绝，唯有《无题》诗中"春蚕到死丝方尽，蜡炬成灰泪始干"的至情语可以仿佛。诗情亦由此臻于极至的境界。

前三句是至情语，结句则新境再展，转用婉曲语作收。又值暮秋之时，衰病垂暮的李商隐独游曲江，闻声起兴，触景伤情。"怅望江头江水声"，他似乎在怅望水声，而不是在听水声。表面的视听错乱，深刻地反映了他内心的怅恨茫然。通感所谓声入心通，这里正说明其听觉、视觉、感觉的交融沟通。诗人所视、所听并不真切，唯有思潮翻腾，哀痛难忍。曲江流水引起他前尘如梦的回忆，往事难追的怅恨，逝者如斯的叹息……诗戛然而止，却如曲江流水有悠悠不尽之势。

诗旨与系年是密切相关的。义山妻王氏于大中五年秋初病故。是年冬，义山赴东川节度使柳仲郢幕府。行至散关遇雪，作者有《悼伤后赴东蜀辟至散关遇雪》诗抒发伤悼之意："剑外从军远，无家与寄衣。散关三尺雪，回梦旧鸳机。"那么，《暮秋独游曲江》应是诗人在离长安前夕的大中五年暮秋，独自一人徘徊曲江的伤心之作。这地方曾是他当年进士及第、游赏宴集的乐土，是他与夫人王氏缔结良缘的起始地；如今王氏刚刚仙逝，他却不得不抛下幼儿弱女，远赴东川。此诗与《房中曲》《王十二兄与畏之员外相访见招小饮时予以悼亡日近不去因寄》都是同年所作，可见义山对亡妻的深情。张采田认为此诗是"追悼之作"是对的，但系诗于大中十年则不确。义山东川之行一去五载，随柳仲郢入朝抵达长安已是大中十一年春。笔者有《〈冯谱〉、〈张笺〉李商隐晚年事迹补正》一文考证其事，文载《唐代文学研究》第一辑，读者可参读。

悼伤后赴东蜀辟至散关遇雪 01

注·释

- *01·赴东蜀辟*：大中五年冬，商隐应东川节度使柳仲郢辟，正式启程。散关：诗文中习见之大散关，在今陕西宝鸡西南。
- *02·剑外*：剑阁以南，泛指蜀地，此指东川。
- *03·鸳机*：指家中的织锦机。

剑外从军远，⁰² 无家与寄衣。

散关三尺雪，　回梦旧鸳机。⁰³

品·评

商隐悼亡诗有乐府、律诗、绝句诸体，这首五绝小诗词约意丰，曲折有致，颇耐寻味。

屈复评曰："以'从军'起'无衣'，以'无衣'起'三尺雪'，四总结上三。"此诗结构环环相连，自然浑成，将作者悼亡之意曲折有致地流露出来。

诗的用语严正。一年前商隐在徐州幕府即已高唱："且吟王粲从军乐，不赋渊明归去来。"（《偶成转韵七十二句赠四同舍》）这应是他远赴桂幕、徐幕、东川幕府的一贯思想。"以'从军'起'无衣'"，自然让人联想到"修我戈矛，与子同仇"的爱国诗章《诗经·秦风·无衣》了。

如果说诗的前两句正大庄严，后两句却含蕴深婉。"以'无衣'起'三尺雪'"，旅途遇雪，思身上寒衣而梦妻子在旧鸳机上织作。纪昀评曰："气格高远，犹存开、宝之遗。'回梦旧鸳机'，犹作有家想也。缩退一步，正是加一倍法。"

全诗庄严正大与含蕴深婉交融，使之成为盛唐余响，骨气奇高。

正月崇让宅

01

密锁重关掩绿苔，

廊深阁迥此徘徊。*02*

先知风起月含晕，

尚自露寒花未开。*03*

蝙拂帘旌终展转，

鼠翻窗网小惊猜。*04*

背灯独共余香语，

不觉犹歌《起夜来》。*05*

注·释

● 01·崇让宅：诗人岳父王茂元在洛阳崇
让坊里所建的住宅，诗中曾多次提及，是
其与王氏婚后常住之地。

● 02·"密锁"二句：陆昆曾曰："宅无人
居，故重关密锁。廊深阁迥此徘徊，即潘
黄门'入室想所历'之意。"

● 03·月含晕：王褒《关山月》诗："风多
晕欲生。"月有晕将起风。屈复曰："二联
风露花月不堪愁对。"

● 04·帘旌：冯注："帘端施帛也。"帘子
顶端的布帛横沿。窗网：窗外布网，以防
鸟雀入室。

● 05·《起夜来》：一作《夜起来》，误。
《乐府解题》：《起夜来》其辞意犹念畴昔
思君之来也。"

品·评　大中五年初秋，义山妻王氏逝世。他却为着自己的仕途和理想，于这年冬天远
赴东川担任幕职。东川之行，一去五年，直到大中十一年春，他才随府主柳仲
郢返回长安。柳氏入朝任兵部侍郎，充诸道盐铁转运使，让商隐任盐铁推官。
此时，诗人衰病只是挂名推官而已。不久，东还郑州、洛阳，则此诗应作于大
中十二年正月。两个月后，诗人病逝。崔珏《哭李商隐》云"词林枝叶三春
尽"，可证其逝世于暮春三月。这首诗便是诗人悼亡的绝唱。

往年在诗人笔下繁华富丽的崇让宅，经历岁月的沧桑，如今已萧条冷落。其岳
父王茂元已死去十余年，妻子王氏也死去七年了。诗人在垂暮之时回到昔荣今
悴的旧居，不变的仍是对于王氏的挚爱。诗前半部分是其徘徊廊深阁迥之际的
触目伤怀，这座曾给予他多少温馨的庭院，如今已密锁重关，绿苔幽暗。月晕
将风，天寒花闭，是衰病之人对物候的敏感，也是其触景生情的心理反应。诗

后半部分转入曾给予他家室之欢的闺房描写。蝙蝠拂帘旌，老鼠翻窗网，较之燕飞旧时王谢堂前更觉凄凉。在夜深辗转惊猜之中，他对于已死多年的王氏仍一往情深，枕间似乎她的余香犹在，不觉让诗人吟起《起夜来》的乐府旧词。张采田评曰："悼亡诗最佳者，情深一往，读之增伉俪之重，潘黄门后绝唱也。"这种人间的真爱真情，使我们想起另一位垂暮诗人的悼亡诗。陆游《沈园》云："梦断香消四十年，沈园柳老不吹绵。此身行作稽山土，犹吊遗踪一泫然。"中国古人的爱情诗可以一直写到老死，而且写得如此认真庄重，因其出于至性至情，才能感人至深。

这首七律在对偶的运用上颇有特点，全诗八句成对，前六句工对，后两句成流水对，虽然字面不工整，却使整首诗从容流走，起结自然完美。

无题

01

八岁偷照镜，长眉已能画。 *02*

十岁去踏青，芙蓉作裙衩。 *03*

十二学弹筝，银甲不曾卸。 *04*

十四藏六亲，悬知犹未嫁。 *05*

十五泣春风，背面秋千下。 *06*

注·释

● 01·李商隐的无题诸作，既有爱情诗，也有借男女之情别具寓托的诗，不可一概而论。读者应抱知之为知之，不知为不知的态度，多闻阙疑，方为合适。

● 02·长眉：《古今注》："魏宫人好画长眉。"长眉也是唐人时尚。白居易《上阳白发人》："青黛点眉眉细长……天宝末年时世妆。"

● 03·踏青：唐人于三月巳日踏青。《梦粱录》："三月三日上巳之辰，曲水流觞故事，起于晋时。唐朝赐宴曲江，倾都禊饮踏青，亦是此意。"裙衩（chà）：裙子短裤。衣裙两旁开裂的缝叫衩。

● 04·筝：弦乐器，《风俗通》："筝，秦声也，蒙恬所造。"银甲：唐人称拨弦的指套为银甲。

● 05·藏六亲：六亲说法不一，此谓藏于深闺。杜甫《新婚别》："父母养我时，日夜令我藏。"意同。

● 06·秋千：《天宝遗事》："宫中至寒食节，筑秋千嬉笑为乐，帝常呼为半仙之戏。"民间亦当有此种游戏。

品·评

冯浩笺曰："《上崔华州书》'五年读经书，七年弄笔砚'，《甲集序》：'十六著《才论》《圣论》，以古文出诸公间。'此章寓意相类，初应举时作也。"冯氏推论此诗为商隐年轻时作，基本可信。诗通体托喻，以天真聪慧的姑娘自比，表现才貌出众的少女对于未来的多愁善感。作者未中进士前即以文才为令狐楚、崔戎等赏识，但他自恃甚高，忧虑遇合的敏感心理与诗中人有相类处，所谓托喻寄意大概如此，不必一一坐实。

读者对于这类作品，可以直接从文本切入，不要过于拘囿于作品的所谓寓托。诗显然是从乐府民歌《古诗为焦仲卿妻作》中"十三能织素，十四学裁衣，十五弹箜篌，十六诵诗书，十七为君妇，心中常悲苦"的叙事点化而来。八岁尚是髫龄童年，她已有爱美之心，"偷照镜"写其羞怯；"画长眉"状其略染时尚。三月上巳之辰，唐人倾城褉饮踏青，十岁的姑娘也随家人出游。《离骚》云："制芰荷以为衣兮，集芙蓉以为裳。"姑娘的裙衩就是这样鲜美，情趣就是这样高洁。"十二学弹筝，银甲不曾卸"，转写其才艺及刻苦学习的精神。到十四岁她已情窦初开，藏于深闺，悬心揣测自己的婚姻。到十五岁及笄之年，这位才貌出众的姑娘背面秋千，在春风中暗泣。姚培谦曰："背面春风，何等情思，即'思公子兮未敢言'之意。"实则，她更近于"可知我常一生儿爱好是天然，恰三春好处无人见"的杜丽娘。一个姑娘从天真活泼到多愁善感的成长过程，诗人寥寥数笔就将其刻画得栩栩如生，形神兼备。

诗虽学《古诗为焦仲卿妻作》开篇的几句叙事，但作者匠心独具地截取女子从童年到及笄的几个关键时段，于叙事中展示人物情感渐变的心路历程。最终，这位如花美眷在似水流年中的春愁，给予读者以联想的空间。董乃斌先生在《精神自由的强烈呼唤——论李商隐诗的主观化特征》一文中指出："主观化创作倾向在李商隐诗中可以说是渗透性的、弥漫性的。"[1]这种叙事中的抒情所表现出的主观化倾向也是值得细品的。

---

[1] 见《李商隐研究论集 1949—1997》第 540 页，广西师范大学出版社 1998 年 1 月出版。

无题

照梁初有情，出水旧知名。⁰¹

裙衩芙蓉小，钗茸翡翠轻。⁰²

锦长书郑重，眉细恨分明。⁰³

莫近弹棋局，中心最不平！⁰⁴

注·释

●01·"照梁"二句：何逊《看伏郎新婚诗》："雾夕莲出水，霞朝日照梁。何如花烛夜，轻扇掩红妆？"

●02·裙衩：见《无题》（八岁偷照镜）注释03。钗茸翡翠：宋玉《讽赋》："以翡翠之钗挂臣冠缨。"这种翡翠钗上端有茸茸花饰。

●03·"锦长"句：冯注引《晋书》："窦滔妻苏氏名蕙，字若兰，善属文。滔在符坚时为秦州刺史，被徙流沙，苏氏思之，织锦为回文旋图诗以赠滔，宛转循环，词甚凄惋，凡八百四十字。"眉细：《后汉书·五行志》："桓帝元嘉中，京都妇女作愁眉，细而曲折。"后人诗文因以细眉为愁眉。

●04·弹棋：见《柳枝五首》注释20。

品·评

此诗注家各有所见。冯浩曰："此寄内诗。盖初婚后，应鸿博不中选，闺中人为之不平，有书寄慰也。绝非他篇之比。"冯说得到张采田的支持，以为"冯说从首句悟出，可从"（《玉溪生年谱会笺》）。冯、张之说是有道理的。

商隐婚后，夫妻情深，以诗寄内，直赋其事。开成三年，作者应博学宏词科考试。据两年后的《与陶进士书》云"前年乃为吏部上之中书"，先是录取了；"后幸有中书长者曰：'此人不堪，抹去之！'乃大快乐"。其原因是在朋党倾轧中就婚王氏，被持有朋党偏见的人所恨，他的宏博考试就这样落选了。这对于汲汲求仕的年轻诗人是很大的打击。他的那封书信如嘲似讽，对宏博考试的不公大加抨击，可与此诗参读。

这是一首齐梁体的五律，首联即用何逊《看伏郎新婚诗》"雾夕莲出水，霞朝日照梁"句意，写王氏姿容清美，出身名门，兼点夫妻新婚。三、四句仍是屈原《离骚》芳草美人之意，貌似写妻子衣服首饰之鲜洁华美，实寓其秉性之高洁。诗后半部分代闺中人诉恨，锦长书郑重，贤惠堪比苏蕙；眉细传恨，则其人不只貌美而秉性刚正。结语弹棋中心不平，亦即人世间的不平，当是夫妻共同的愤慨。商隐寄内诗刻画出一位风姿绰约的名门闺秀所蕴含的豪爽英气，刚柔相济，令人难忘。

商隐与王氏伉俪情深，自开成三年结婚后，屡屡形之篇什，至死不衰。选诗甚多，不烦词费。可与本诗参读的还有《漫成三首》。张采田曰：《漫成三首》皆以何逊自比。其云'沈约怜何逊'谓爱之者也，'延年毁谢庄'谓谤之者也；'雾夕咏芙蕖，何郎得意初'谓新婚于王氏也；'此时谁最赏？沈范两尚书'谓周、李二学士以鸿博举之也。"（《会笺》）以诗证文，以文证诗，确凿可信。

无题二首

其一

昨夜星辰昨夜风，

画楼西畔桂堂东。[01]

身无彩凤双飞翼，

心有灵犀一点通。[02]

隔座送钩春酒暖，

分曹射覆蜡灯红。[03]

嗟余听鼓应官去，

走马兰台类转蓬。[04]

其二

闻道阊门萼绿华，[05]

昔年相望抵天涯。

注 · 释

● 01 · 画楼：一作"画堂"。

● 02 · 彩凤：相传凤凰有五彩羽毛，故称彩凤。灵犀：冯注："《汉书·西域传》：'通犀翠羽之珍。如淳曰：'通犀，谓中央色白，通两头。'《抱朴子》：'通天犀角有白理如绠，置粟中，鸡往啄辄惊，南人呼为骇鸡犀。'"此喻双方相爱之心如犀角一线相通。

● 03 · 送钩：古代饮宴时的一种游戏。《风土记》："义阳腊日饮祭之后，叟姬儿童为藏弭（kōu）之戏，分为二曹，以校胜负。"藏弭，即藏钩之戏。一钩藏在数人之中，一曹人猜另一曹人所藏之钩。分曹：分队。射覆：猜盆盂等物下面所藏之物，与上句送钩同为饮宴游戏。

● 04 · 听鼓应官：听到鼓声须上班当差。走马兰台：骑马到秘书省官署。兰台，秘书省在唐高宗龙朔二年改为兰台（见《新唐书·百官志》）。

● 05 · 阊门：吴县城西北门，在今江苏苏州。萼绿华：陶弘景《真诰》中的仙女，"以升平三年十一月十日夜降于羊权家"。是凡人遇仙的故事。

● 06·秦楼客:《列仙传》:"萧史善吹箫,作凤鸣,秦穆公以女弄玉妻之。"吴王苑内花:冯注:"暗用西施。"

岂知一夜秦楼客,

偷看吴王苑内花。⁰⁶

品·评　此为李商隐年轻时任职秘书省年间所作艳情诗,二诗关联,说明他当年曾与一位贵家姬妾有过恋情。其中第一首写得风光旖旎,传诵千年,值得深入探讨。

冯注引冯默庵评曰:"首二句妙,次联衬贴,流丽圆美,西昆一世所效,然义山高处不在此。"其说颇有见地。春风吹拂,星光闪烁,他在画楼西畔、桂堂东边遇见了她。首联点明那难忘的时间、地点,又渲染了优雅的环境气氛。颔联写那彩凤转瞬飞开了,不能公开比翼双飞,则此情不容于世俗可知。但心有灵犀,两情相通。这种超越平凡的朝暮相处而追求心灵深处的情爱确有动人之处。上半首四句如精金美玉,文辞清丽,对偶精工,"昨夜"一词的重复,突出了它的非常意义。"西昆一世所效"及千古传诵皆不为无因。

诗后半部分写在贵家饮宴上灯红酒暖的游戏,又送钩,又射覆,欢快热烈,热闹异常,但作者的内心是有失落感的。通宵觥筹交错的饮宴后,鼓声已起,到了上班当差的时候,他不得不像飘荡的蓬草去秘书省应差。商隐在秘书省任校书郎、正字一类的九品小官,他的嗟叹含有怀才不遇的因素。

其二七绝是对前一首的增益说明。那彩凤般的女子,听说来自苏州阊门,妙若女仙。"昔年相望"说明二人相识相知有年,若《燕台诗》里的那人似的。秦楼客是他以自己是节镇大臣王茂元女婿比秦穆公女婿萧史,唐人通常以节镇比古之诸侯。结句冯浩说:"暗用西施。"西施为吴王夫差所宠爱,应照首句"阊门"。二人虽心有灵犀,相知有年,但诗人拘于世俗礼法只能希冀于偶然邂逅或偷看一眼,风流才子总算没忘"发乎情,止于礼义"的圣教。冯默庵曰:"义山高处不在此。"这种古代文人的风流韵事原不足道,但其发生的文化背景则值得探讨。

当时贵家宴游的奢靡之风很盛,长庆年间,给事中丁公著上书曰:"国家自天宝已后,风俗奢靡,宴席以喧哗沉湎为乐。而居重位、秉大权者,优杂倡肆于公吏之间,曾无愧耻。"(《旧唐书》)其时,文坛领袖韩愈、白居易都未能免俗,至于商隐同时之杜牧、温庭筠辈更以风流自赏,形之篇什。商隐集中《妓席》《赠歌妓二首》《饮席代官妓赠两从事》诸诗也无不是这种风气的反映。《镜槛》诗更表现了对宴游淫靡之风的向往。旧日文人拈花惹草式的艳情是一种时代风气,有它的发生土壤及文化背景。今人没有必要赏其风流,应该对之作历史唯物主义的阐释。

无题二首

● 01 · 凤尾罗：亦称凤文罗。《白氏六帖》："凤文、蝉翼并罗名。"碧文圆顶：碧色纹的圆顶罗帐。两句意谓女主人公深夜深用凤文薄罗缝制碧色纹的圆顶帐子。

● 02 · 扇裁月魄：语出班婕妤《怨歌行》："裁为合欢扇，团团似明月。"车走雷声：语出司马相如《长门赋》："雷殷殷而响起兮，声象君之车音。"两句意谓当日与郎君一见，君车行过，女以团扇掩面，羞怯间仅得一面；车声殷殷如雷，两人未及交语相通。

● 03 · 金烬暗：烛花烧尽，烛光已暗。石榴红：入夏石榴花已开，比喻春光不再，时不我待。

● 04 · 斑骓：青白杂毛的马。《乐府诗集》载《神弦歌·明下童曲》："陈孔骄赭白，陆郎乘斑骓。徘徊射堂头，望门不欲归。"西南待好风：语出曹植《七哀》："愿为西南风，长逝入君怀。"

其一

凤尾香罗薄几重，

碧文圆顶夜深缝。[01]

扇裁月魄羞难掩，

车走雷声语未通。[02]

曾是寂寥金烬暗，

断无消息石榴红。[03]

斑骓只系重杨岸，

何处西南待好风？[04]

其二

重帷深下莫愁堂，

卧后清宵细细长。[05]

神女生涯原是梦，

小姑居处本无郎。[06]

风波不信菱枝弱，

月露谁教桂叶香？[07]

直道相思了无益，

未妨惆怅是清狂。[08]

● 05 · 莫愁：古代女子，嫁卢家为妇。梁武帝《河中之水歌》："河中之水向东流，洛阳女儿名莫愁。"

● 06 · 神女：宋玉《神女赋》记楚襄王梦见神女。"小姑"句：原注："古诗有'小姑无郎'之句。"《乐府诗集》载《神弦歌·青溪小姑曲》："小姑所居，独处无郎。"

● 07 · "风波"二句：意谓菱枝柔弱，风波偏要摧之，桂叶含芳，月露怎使之播香？其比喻意义在慨叹外力之摧折，使己之才能不得施展。

● 08 · 清狂：杜甫《壮游》："放荡齐赵间，裘马颇清狂。"意即放逸不羁。陆昆曾曰："自适其啸志歌怀之得也。"

品·评 二诗比喻寄托之意显然。诗中女主人公深夜孤苦相思，居处无郎，思郎而郎不归。其寄托之意何在？陆昆曾曰："按本传'令狐绹作相，商隐屡启陈情，绹不之省'。二诗疑为绹发。"后来，冯浩以为"将赴东川，往别令狐，留宿而有悲歌之作也"。陆、冯之说大致可信。唯一句一句求其确解，则令人难以接受。

读这类诗须对商隐与令狐绹关系有一个基本了解，否则会近于说梦的。两人早年情同手足，作者自称为"首阳之二子"。大中朝，李党失势，李商隐却从郑亚赴桂管，还代郑亚撰拟《太尉卫公会昌一品集序》，对李德裕和会昌之政给予极高评价。据《南部新书》记载，大中二年李德裕再贬崖州，令狐绚撰《李德裕崖州司户制》，对李德裕和会昌之政极尽诬蔑之能事。两相比较，此时这对"首阳"兄弟，政治见解根本不同了。《新唐书·李商隐传》："绚当国，商隐归穷自解，绚憾不置。弘止镇徐州，表为掌书记。久之，还朝，复干绚，乃补太学博士。"大中五年，宰相令狐绚补商隐为太学博士，虽属敷衍，亦系两代交谊，情不可却。商隐在太学博士任上只有数月，便打算随柳仲郢赴东川幕府。这对"首阳"兄弟，此时浮沉异势，正不啻浊水污泥清路尘了，故首章诗从"何处西南待好风"作结，乃用曹植《七哀》向其兄曹丕的比拟之意："君若清路尘，妾若浊水泥。浮沉各异势，会合何时谐？愿为西南风，长逝入君怀。"由此可见，诗为令狐绚作是无可怀疑的。

次章颈尾两联云："风波不信菱枝弱，月露谁教桂叶香？直道相思了无益，未妨惆怅是清狂。"寄慨身世之意显然。冯浩曰："菱枝本弱，哪禁风波屡吹，慨今也。"张采田说："慨党局也。"大致可信。结尾由感慨而顿悟，说即使相思全然无益，我不妨自适其啸志歌怀，放逸不羁。这样女主人公突然露出吟啸抒慨的诗人面目，作者借香草美人的寄托之意终于在篇末点出。

当然，广大读者不是历史考据者，在事情过去千年后，直接从文本入手把它们当作爱情诗读可不可以呢？我看也可以。不过，读者对作品大致的历史文化背景的了解也还是需要的。下面就试对相似的《无题》诗再作探讨。

无题四首

（选二）

● *01* · "来是" 二句：意谓伊人来会，去而绝踪，当日期约，徒成空言。当此之时，男主人公辗转难眠，楼上斜月犹在，五更钟起。

● *02* · "梦为" 二句：意谓朦胧间伊人入梦，梦中远别，泣不成声。惊醒后速作书信以抒思念之情，情词迫促竟连墨也未能磨浓。

● *03* · 蜡照：蜡烛光照所及。笼：笼罩。金翡翠：指灯照上描金的翠雀。麝熏：香炉中透出麝香的芬芳。绣芙蓉：冯注引杜诗"褥隐绣芙蓉"，指绣了芙蓉的褥。

● *04* · 刘郎：南朝宋刘义庆《幽明录》："汉明帝永平五年，剡县刘晨、阮肇共入天台山……溪边有二女子，姿质妙绝。见二人持杯出，便笑曰：'刘、阮二郎，捉向所失流杯来。'"这就是刘晨、阮肇入天台山遇仙的故事。后遂用此典为男女情事。蓬山：蓬莱仙山，此处泛指仙山。

其一

来是空言去绝踪，

月斜楼上五更钟。 *01*

梦为远别啼难唤，

书被催成墨未浓。 *02*

蜡照半笼金翡翠，

麝熏微度绣芙蓉。 *03*

刘郎已恨蓬山远，

更隔蓬山一万重。 *04*

其二

飒飒东风细雨来，

芙蓉塘外有轻雷。⁰⁵

金蟾啮锁烧香入，

玉虎牵丝汲井回。⁰⁶

贾氏窥帘韩掾少，

宓妃留枕魏王才。⁰⁷

春心莫共花争发，

一寸相思一寸灰。⁰⁸

●05·飒飒：屈原《九歌》："风飒飒兮木萧萧。"轻雷：司马相如《长门赋》："雷殷殷而响起兮，声象君之车音。"两句意谓东风飒飒飘来细雨，芙蓉塘外车音殷殷如轻雷。当此之时，诗中女主人公在如梦似幻的景象中期盼心上人的到来。

●06·金蟾：一种金色蟾蜍状的香炉。啮（niè）：咬。锁：香炉的鼻钮，开启后添入香料。玉虎：白石虎状辘轳。《海录碎事》："玉虎，辘轳也。"丝：系吊桶的绳子。

●07·"贾氏"句：西晋韩寿美容姿，权臣贾充辟为掾（yuàn）属。贾充女儿私窥悦之，遂私通，后成眷属（见《世说新语·惑溺》）。"宓（fú）妃"句：《洛神赋》："余朝京师，还济洛川。古人有言，斯水之神，名曰宓妃。"《文选》李善注："植将息洛水上，思甄后，忽见女来，自云：'我本托心君王，其心不遂。此枕是我在家时从嫁，前与五官中郎将，今与君王。'"即所谓神女荐枕席于东阿王曹植之事。

●08·"春心"二句：意谓忠贞爱情的"春心"不可与春花争发，寸寸相思最终会化成寸寸灰烟。这表面上是悟达语，实际上表示了矢志不渝的忠贞爱情。《庄子·齐物论》："形固可使如槁木，而心固可使如死灰乎？"

品·评　这是《无题四首》的首章和次章。第三首写满腹情意偏值春暮婉晚，侵晓独自离去。第四首自叹如"东家老女嫁不售"。四首一组写男女情事，寄托怀才不遇之慨。具体寄托发抒的对象为谁？注家说法不一，尚难以确指。

首章以男主人公口吻叙起，他思念的伊人曾来幽会，临行之时留有期约，但却从此绝踪，让他长夜难眠，直到斜月朦胧，五更钟起。恍惚间她来了，又匆匆别去，欲啼而不成声，原来是梦中相见。于是，他起而疾书衷情，书成竟发觉墨未磨浓。一连串细腻的外形描写，心理刻画，如梦似幻，情景凄迷。诗下半首在华丽的室内陈设中，点明他曾若刘郎有遇仙之艳，如今仙山远隔，更复万重，永无见期，长恨难消。人们不免会对他的深情多难而起悲悯之心。

次章以女主人公口吻叙起。她对爱情坚定执着，结果却希望破灭。首联以景物渲染烘托，写出她春心之美及其内心的希望。颔联赋中有比，兼含双关。香炉有锁，香烟可入。井水虽深，汲引可出。比喻相思细细，无处不在；相思深深，皆可传导。其中"烧香""牵丝"为谐音双关的"相思"。诗下半首用贾充女爱韩寿美貌与之私通终成眷属、洛水女神感曹植深情才华以荐枕的故事，以示美貌和才华终能获得爱情。然而，诗结处突然反转作悟达语，说春心不可与春花争艳，寸寸相思会化成寸寸灰烟。在其沉痛悲愤的语气中，人们感受到的是她对于爱的忠贞不渝，直到成了死灰也不会改变。

薛雪联系四章分析说："此是一副不遇血泪，双手掬出，何尝是艳作？"（《一瓢诗话》）李商隐秉负杰出文才，却因朋党之争沦落不遇，曾引起历代研究者的深深同情。今日的一般读者对这段历史文化背景大概只有粗略的知识，但他们如果从诗歌中感受到对于爱情忠贞不渝、执着坚定的高尚情操，也是很有意义的。

无题

相见时难别亦难，
东风无力百花残。⁰¹
春蚕到死丝方尽，
蜡炬成灰泪始干。⁰²
晓镜但愁云鬓改，
夜吟应觉月光寒。⁰³
蓬山此去无多路，
青鸟殷勤为探看。⁰⁴

注·释

● 01·"相见"句：曹丕《燕歌行》："别日何易会日难。"此句反其意用之，意谓相见固难，分别更是难忍。"东风"句：冯舒曰："第二句毕世接不出。"赞其词约意丰，道人所不能道。

● 02·"春蚕"句：朱彝尊曰："古乐府思作丝，犹怀作淮也，往往有此。"指出"丝"与"思"谐音双关。"蜡炬"句：蜡烛燃烧时流下烛脂，其状如泪，古诗中习称"烛泪"。

● 03·镜：动词，作照镜子用。云鬓：年轻女子丰盛的鬓发。应：料想。

● 04·蓬山：仙山。青鸟：神话传说中西王母的使者。《汉武故事》："七月七日，上于承华殿斋，忽有青鸟从西来，飞集殿前，上问东方朔。朔曰：'此西王母欲来。'有顷王母至。"

品·评

此是商隐无题诗的代表作，流传最广。七律八句，句句精美，联联堪传。但诗作意为何？解者纷纷，自清初吴乔《西昆发微》提出无题诸作都与令狐绹有关的说法，类似牵强附会的笺注时有所见。姚培谦笺注较为通达，其曰："此等诗，似寄情男女，而世间君臣朋友之间，若无此意，便泛泛与陌路相似，此非粗心人所知。"诗表现了人与人之间的美好感情，值得人们珍视。

笔者有《谈李商隐爱情诗及其历史文化背景》一文（安徽师范大学中国诗学研

究中心编《李商隐研究专辑》，上海古籍出版社 2003 年出版），拙文以为此诗是李商隐晚年的悼亡诗，愿再申此说。

首联说相见不易分别更是难忍，况当风弱花残、春景难驻之时两人又要分别。分别之难忍，作者在《离亭赋得折杨柳二首》其一已沉痛说过："人世死前唯有别，春风争拟惜长条。"冯舒赞"第二句毕世接不出"，风弱花残既渲染了两人分离的环境气氛，亦象征了诗人抛家别妻时前景黯淡。回顾当年随郑亚赴桂管之时正在暮春三月，诗意凄迷岂偶然哉？颔联为千古名句。"春蚕到死丝方尽"谓一息尚存，相思不歇。"丝"与"思"谐音双关。"蜡炬成灰泪始干"谓蜡烛烧成灰烬才停止流泪。"灰"使人联想到"灰色""灰暗"，充满悲剧色彩。两句既是诗人对亡妻深挚之爱的比喻和象征，也是王氏生前忍受独守家室，始终不渝对丈夫温柔坚执的爱的比喻和象征。

诗下半首转入对妻子仙逝后的想象。人世与幽冥相隔，然而他们的爱可以打破两个世界的界限。妻子在蓬莱仙山清晨对镜为我容饰，她孤栖仙山只恐怕会愁云鬓改吧。她夜晚吟诵我的爱情悼亡诗，相思憔悴，应不胜月光之寒吧。"但愁""应觉"都是料想之词。如杜甫《月夜》想象妻子"香雾云鬓湿，清辉玉臂寒"，都是对面着笔。所不同的是，杜甫想象那流离他乡的妻子，商隐却想象那仙去蓬山的亡妻。结联奇中出奇，翻作宽慰语自解，妻子在蓬莱仙山，我与她神灵相通，并不遥远。有青鸟代我探望，两情仍可时时相通。如此一往情深，感人至深的爱情诗，在义山生平中除妻子王氏无人足以当之。

总而言之，李商隐作品中虽然有一些内容轻薄的艳情诗，但那是当时士大夫所难免的风习，应给以历史唯物主义的解释。他的爱情诗表现了高尚的情操，读之增伉俪之重，才是其重要的价值所在。

马嵬二首

01

其一

冀马燕犀动地来， *02*

自埋红粉自成灰。

君王若道能倾国，*03*

玉辇何由过马嵬？ *04*

其二

海外徒闻更九州，

他生未卜此生休。*05*

空闻虎旅传宵柝，

无复鸡人报晓筹。*06*

注·释

●01·马嵬（wéi）：马嵬坡，在今陕西兴平西。唐玄宗天宝十五年六月，安禄山军队攻破潼关，唐玄宗与太子及杨国忠、杨贵妃姐妹等仓皇幸蜀。据《旧唐书·杨贵妃传》："从幸至马嵬，禁军大将陈玄礼密启太子，诛国忠父子。既而四军不散，玄宗遣力士宣问，对曰'贼本尚在'，盖指贵妃也。力士复奏，帝不获已，与妃诀，遂缢死于佛室。时年三十八，瘗于驿西道侧。"史称"马嵬之变"。二诗所咏即此事。

●02·冀马：冯注引《左传》："冀之北土，马之所生。"《资治通鉴》天宝十三年，"安禄山求兼领闲厩、群牧"等管理马匹的职务，密遣亲信选健马数千匹精心饲养，以作造反时用。燕犀：燕地的犀甲。冯注引徐陵《与王僧辩书》："跃冀马者千群，披燕犀者万队。"

●03·倾国：形容美色迷人，一般用作美女的代称。《汉书·外戚传》载李延年歌："北方有佳人，绝世而独立。一顾倾人城，再顾倾人国。"

●04·玉辇：皇帝的车辇。

●05·九州：原注："邹衍云：'九州之外，复有九州。'"战国时邹衍说：中国的九州为海内之小九州，名曰赤县神州。中国外还有海外大九州（见《史记·邹衍列传》）。他生：白居易《长恨歌》记杨贵妃死后，玄宗思念不已，命方士在海外仙山找到她。成仙后的杨贵妃字太真，她让方士带着金钗钿盒回复宗，并订他生婚约。

●06·虎旅：指护卫玄宗的禁军。柝（tuò）：夜间巡逻时的报警木梆。鸡人：宫中不蓄鸡，有值夜卫士敲更筹报晓，称鸡人。

●07・此日：马嵬兵变的这一天。《资治通鉴》至德元年六月丙申，"至马嵬驿，将士饥疲，皆愤怒"，引起兵变。六月癸未朔，丙申为十四日。当时七夕：陈鸿《长恨歌传》载，天宝十年七月七日玄宗和杨贵妃在长生殿相约生生世世为夫妻。
●08・四纪：十二年为一纪。玄宗在位四十五年，故称"四纪为天子"。莫愁：民间女子。参见前《无题》（重帷深下莫愁堂）注释05。

此日六军同驻马，

当时七夕笑牵牛。07

如何四纪为天子，

不及卢家有莫愁？08

品・评　唐玄宗和杨贵妃"马嵬之变"的悲剧故事，在唐人诗文中屡有描写吟咏。杜甫《北征》："不闻夏殷衰，中自诛褒妲。"郑畋《马嵬坡》："终是圣明天子事，景阳宫井又何人。"都说唐玄宗临危杀杨贵妃是英明之举。白居易《长恨歌》对李杨爱情悲剧深怀同情，其云杨氏之死是"宛转蛾眉马前死"；对杨氏原为寿王妃的事实采取为尊者讳的态度加以掩饰。李商隐此二诗则对玄宗皇帝加以批判讥讽，表现了他的过人胆识。

二诗互相联系，必须参读。第一首从杨贵妃赐死马嵬的事实论说。安禄山的冀马燕犀动地而来，不仅攻下洛阳，而且攻破潼关。玄宗皇帝带着杨贵妃等人仓皇出逃，在禁军兵变的胁迫下不得不令杨贵妃自尽。冯浩评"自埋红粉自成灰"句曰："两'自'字凄然，宠之适以害之，语似直而曲。"个中曲折，内涵丰富，陈鸿《长恨歌传》和白居易《长恨歌》已有详尽叙述。杨贵妃的专宠导致杨家权势熏天，杨国忠乱政，安禄山叛变，结果是杨贵妃因为"女人祸水"成为替罪羊被杀。那么，宠她的是谁呢？好色荒淫的玄宗难辞其咎。三、四句揭出诗旨："君王若道能倾国，玉辇何由过马嵬？"这一设问警醒严厉。如果玄宗能知道好色荒政有倾覆国家的危险，那么就不会有后来仓皇出逃，在马嵬发生兵变的事了。

法国喜剧作家莫里哀在《达尔杜弗》序言中说："一本正经的教训即使最尖锐，往往不及讽刺有力量。"第二首从第一首的就事实评说转到对李杨爱情传说的评说，用笔更大胆，批评更辛辣。杨贵妃死后，关于李杨生生世世为夫妻的传说很广。陈鸿《长恨歌传》叙述方士在海外仙山找到贵妃太真，太真说自己天宝十载七夕，独侍玄宗，"因仰天感牛女事，密相誓心，愿世世为夫妇"，并说："由此一念，又不得居此。复堕下界，且结后缘。或为天，或为人，决再相见，好合如旧。"诗一开头就对这种传说加以揶揄嘲讽：海外更有九州只是徒闻传说，难以信凭，而帝妃二人今生的夫妻关系肯定是以悲剧了结了。颔联专写玄宗仓皇幸蜀途中的处境。夜宿马嵬驿空闻禁军巡更的木梆声，再不能像往日在宫中高枕安卧听候鸡人报晓。第五句紧接上四句点明六军驻马发生兵变，杨贵妃被逼令自尽。第六句再回溯天宝十载七夕帝妃愿生生世世为夫妻的传说，此用逆挽法，极道劲跳脱。他们当时还笑牛郎织女一年才得一次相见，结果自己反落得这种下场。最后，诗人责问道：为何当了四十多年的皇帝，却不能保全己之所爱，反不如民间夫妻能相守到老呢？冷峻、尖锐的讽刺直指皇帝。说到底，帝妃之爱不得不屈从于残酷的宫廷斗争，玄宗的盟誓算得了什么！郁达夫《盛夏闲居读唐宋以来各家诗仿渔洋例成诗八首录七》第一首云："义山诗句最风流，五十华年锦瑟愁。解识汉家天子意，六军驻马笑牵牛。"郁达夫悟到了诗旨的深处。义山咏史洵当得"最风流"的佳誉。

龙池 01

注·释

● 01·龙池：在兴庆宫内，是玄宗为藩王时的故宅，地处京城东北。《唐会要》："开元二年七月二十九日，以兴庆里旧邸为兴庆宫。初，上在藩邸……宅内有龙池涌出，日以浸广，望气者云有天子气……至是为宫。"

● 02·云屏：云母屏风。羯鼓：《旧唐书·音乐志》："羯鼓正如漆桶，两手具击，以其出羯中，故号羯鼓，亦谓之两杖鼓。"

● 03·宫漏：古代宫中用铜壶滴漏以计时，漏尽更夜则天明。永：长久。薛王：睿宗第五子李业，初封赵王，后封薛王，开元二十二年已死。子李珋封嗣薛王。寿王：玄宗子李瑁（mào），娶杨玉瑛女王环。玄宗幸温泉宫，"使高力士取杨氏女于寿邸，度为女道士，号太真，住内太真宫。天宝四载七月，册立卫中郎将韦昭训女配寿邸"（《杨太真外传》）。

龙池赐酒敞云屏，

羯鼓声高众乐停。 02

夜半宴归宫漏永，

薛王沉醉寿王醒。 03

品·评

商隐对唐玄宗夺子寿王妃杨玉环为妃嫔的恶行屡有讥刺。《龙池》篇看似婉转多讽，实际上是绵里裹针。

龙池在兴庆宫，原是玄宗为藩王时的潜邸。因此，登位后他常在这龙兴之地与家人宴饮作乐。"赐酒敞云屏"，可见那是一次无分内外，诸王与妃嫔共同参加的家宴。突然，众乐停歇，羯鼓高奏，宴饮进入热烈的高潮。据南卓《羯鼓乐》记载，玄宗极爱羯鼓，尝听琴未毕，叱琴者出，曰："速召花奴将羯鼓来，为我解秽。"花奴是汝阳王李琏，最擅击羯鼓。作者如此叙写不仅暗示其凭个人喜好任意取求，而且以"众乐停"的一静，引出一路羯鼓的一喧，形成喧闹与清静的气氛转换，自然转入后半部分对寿王的特写。他听着铜壶的滴漏声辗转难眠。他应该见到了宴会上的杨贵妃，身遭夺妻之痛的耻辱有谁给予同情呢！诸王在欢饮后都已进入醉乡。诗举薛王以概其余，时薛王已死，与宴的当是嗣薛王，不必坐实为一人。商隐咏史常用此种手法。他同时也讽刺了诸王和妃嫔们的麻木不仁。

关于这类诗的评价颇可注意。冯浩引罗大经语而评曰："《鹤林玉露》曰：'词微而显，得风人之旨。'余谓正大伤诗教者。"宋人洪迈、魏庆之也都对此加以肯定，但清人的取向大率与冯浩同。沈德潜斥之为"轻薄"（《说诗晬语》），屈复曰："可以不作。"（《玉溪生诗意》）纪昀说："宋人称为佳作，误矣。"总之，宋人思想较为自由，对这类讥刺君恶的作品尚能欣赏赞许，清人则君道礼教观念日深，乾隆时的这几位著名文人的评价可从侧面反映文网之可怖。当然，清人亦有赞赏这类诗刺玄宗无道的，尤难能可贵。

骊山有感
01

骊岫飞泉泛暖香，

九龙呵护玉莲房。02

平明每幸长生殿，

不从金舆唯寿王。03

注·释

● 01·骊山：在昭应县（今陕西临潼）东南二里。《新唐书·地理志》："有宫在骊山下，贞观十八年置，咸亨二年始名温泉宫……（天宝）六载，更温泉宫曰华清宫。"宫中有温泉，称华清池。

● 02·骊岫（xiù）：骊山。岫，山穴、峰峦。九龙、玉莲：《明皇杂录》："玄宗幸华清宫，新广汤池，制作宏丽，安禄山于范阳以白玉石为鱼龙凫雁，仍为石梁及石莲花以献，雕镂巧妙，殆非人工。上大悦，命陈于汤中，又以石梁横亘汤上，而莲花才出于水际。"温泉中的石龙、莲花，含有玄宗对贵妃宠爱的寓意。

● 03·长生殿：《长安志》："天宝六载改温泉为华清宫，殿曰九龙，以待上浴；曰飞霜，以奉御寝；曰长生，以备斋祀。"长生殿是供帝妃斋祀的宫殿。寿王：见前《龙池》诗注释 03。

品·评

李商隐对唐玄宗和杨贵妃的事一咏再咏，接连加以讥刺抨击，实出于对玄宗父夺子妻的荒淫行为的义愤。陈鸿《长恨歌传》叙李杨相见之初曰："诏高力士潜搜外宫，得弘农杨玄琰女于寿邸，既笄矣……别疏汤泉，诏赐藻莹，既出水，体弱力微，若不任罗绮。光彩焕发，转动照人。上甚悦。"诗的一、二句正是写杨氏在华清池出浴，受到玄宗的万般爱护。温泉中的石龙、莲花意象可联想到帝妃之爱，而这些白玉石雕都是安禄山的进贡之物，又让人感到荒唐可笑。三、四句就史实加以尖锐讽刺。长生殿是供玄宗及嫔妃斋祀的地方，帝妃斋祀长生殿，诸王皆从玄宗祭祀，独独寿王不从，言外益彰其遭夺妻之痛。程梦星评曰："唐人咏太真事多无讳忌，然不过著明皇色荒已耳。义山独数举寿王，刺其无道之至，浮于《新台》，岂复可以君人！义山词极绮丽，而持义却极正大，往往如此，今人都不觉也。"这在清人中是迥乎流俗的评论。《诗经·邶风》中"新台有沘"是讽刺卫宣公夺其儿媳为妻的丑事，商隐的诗也可说是合于《诗经》的传统了。

唐代文人思想自由，很少忌讳。唐玄宗和杨贵妃的故事，人们想怎样写就怎样写，可以像白居易《长恨歌》那样为之一掬同情之泪，也可以像商隐的诗那样揶揄嘲讽，严辞抨击。洪迈在《容斋随笔》中为此大发感慨，说唐人敢于对本朝先世宫禁嬖昵之事，直辞咏寄，而"上之人亦不以为罪"。相比之下，他所处的时代，"今之诗人，不敢尔也"。不仅宋代文人不敢如此，赵宋以下，哪个朝代的文人敢对本朝皇帝妃子的丑事说三道四、严辞抨击？即此一端，亦可见唐诗的可贵吧！

华清宫

⁰¹

华清恩幸古无伦，⁰²

犹恐蛾眉不胜人。

未免被他褒女笑，⁰³

只教天子暂蒙尘。⁰⁴

注·释

● *01*·华清宫：《新唐书·地理志》："（天宝）六载，更温泉曰华清宫，治汤井为池，环山列宫室，又筑罗城，置百司及十宅。"见前《骊山有感》注释*01*。

● *02*·"华清"句：据乐史《杨太真外传》："上每年冬十月，幸华清宫，常经冬还宫阙，去即与妃同辇。华清宫有端正楼，即贵妃梳洗之所；有莲花汤，即贵妃澡沐之室。国忠赐第在宫东门之南，虢国相对。韩国、秦国，甍栋相接。天子幸其第，必过五家，赏赐燕乐。"《外传》对杨家的奢侈糜费有详尽描述。

● *03*·褒女：褒姒（sì），周幽王宠爱的女子。《史记·周本纪》："幽王嬖爱褒姒……褒姒不好笑，幽王欲其笑万方，故不笑。幽王为烽燧大鼓，有寇至则举烽火。诸侯悉至，至而无寇，褒姒乃大笑。幽王说之，为数举烽火。其后不信，诸侯益亦不至……申侯怒，与缯、西夷犬戎攻幽王。幽王举烽火征兵，兵莫至。遂杀幽王骊山下。"

● *04*·"只教"句：朱鹤龄注曰："言褒姒能灭周，而玄宗不久便归国，是贵妃之倾城犹在褒姒下也。"

品·评

晚唐诗有语言朴实、含义深刻的一种作法，读者须仔细领会。像这首诗，初读容易被三、四两句的尖刻讽刺所吸引，以为作者在讽刺杨贵妃之美不及褒姒，似乎在指责杨贵妃是引起安史之乱的祸根。这样的理解与作者相关的抨击玄宗好色误国的诗篇有了矛盾。"如何四纪为天子，不及卢家有莫愁。"诗人抨击的主要是玄宗，而不是贵妃。《龙池》《骊山有感》也是如此。本诗一、二句虽然平实却有深意。是谁使杨贵妃的恩幸自古以来无与伦比的呢？当然是玄宗。一人得道，鸡犬升天。杨氏得宠后，"可怜光彩生门户"，连姐妹兄弟都耀武扬威起来，权势熏天。杜甫在安史之乱前所作《丽人行》对此就有讽刺抨击。即使如此，玄宗还是"犹恐娥眉不胜人"，对杨氏的宠爱也可说是无以复加了。程梦星评曰："此诗谓明皇之宠杨妃，与幽王之嬖褒姒，今古色荒，事同一辙。"所见正是。

这首诗似乎是史论，但史论中有丰富的意象，诵诗而思史会引起许多联想。杜牧《过华清宫绝句三首》其二云："新丰绿树起黄埃，数骑渔阳探使回。霓裳一曲千峰上，舞破中原始下来。"也是将史论寓于具体的意象之中。杜牧诗虽不如商隐诗婉曲，显得劲直，但这些语言朴实、含义深刻的咏史诗是晚唐诗坛的奇葩，历来为人赞赏。

《龙池》《骊山有感》《华清宫》诸诗向来没有编年。刘学锴、余恕诚二位先生《李商隐诗歌集解》笺注《马嵬二首》曰："义山《为举人献韩郎中琮启》：'一日三秋，空咏《马嵬》之清什。'冯浩曰：'义山有《马嵬》诗二首，或琮亦赋之。意是诸人唱和之作也。'据义山《为濮阳公陈许奏韩琮等四人充判官状》，茂元镇泾原时，韩琮已在幕，故琮与义山为泾原同僚。马嵬又为长安、泾原往来所经，故此二首殆为泾原幕时与韩唱和之作。"说法颇有理，从之。《龙池》《骊山有感》《华清宫》诸诗以类相从，附编于此，以俟再考。

咏史

历览前贤国与家，
成由勤俭破由奢。⁰²
何须琥珀方为枕，
岂得真珠始是车？⁰³
运去不逢青海马，
力穷难拔蜀山蛇。⁰⁴

注 · 释

● 01 · 本篇题为《咏史》，实借古代事以喻当时现实，也可说是现实政治诗。诗系开成五年正月唐文宗死后的追悼之作。

● 02 · "成由"句：冯注："《韩非子》：秦穆公问由余曰：'古之时王得国失国何以故？'余对曰：'常以俭得之，以奢失之。'"句本此意，谓国君因勤俭而成功业，因奢侈而遭失败。

● 03 · 琥珀：植物树脂的化石，可作装饰品，中医可入药。其方形者可以为枕，称琥珀枕。真珠始是车：《史记·田敬仲完世家》："梁王曰：'若寡人国小也，尚有径寸之珠照车前后各十二乘者十枚。'"两句意谓文宗崇尚节俭，何须以琥珀枕、真珠车为珍宝呢？

● 04 · 青海马：《隋书·西域传·吐谷浑》："青海周回千余里，中有小山，其俗至冬辄放牝马于其上，言得龙种。吐谷浑尝得波斯草马，放入海，因生骢驹，能日行千里，故称青海骢焉。"此喻堪任大事的将相之才。蜀山蛇：相传秦惠王许嫁五女于蜀王，蜀王派五力士以迎五女。经蜀地梓潼，有大蛇钻入山中，五力士共拔蛇，山崩压死五力士和五女（见《华阳国志·蜀志》）。李白《蜀道难》云"地崩山摧壮士死"亦指此。冯注按曰："句意本刘向《灾异封事》：'去佞则如拔山。'"此喻仇士良等奸恶权阉。

● 05 · 南薰曲：《礼记·乐记》："昔者舜作
五弦之琴以歌南风。"《古诗源》录《南风
歌》："南风之薰兮，可以解吾民之愠兮。
南风之时兮，可以阜吾民之财兮。"此以舜
比喻文宗，谓其有爱民求治之意。苍梧：
《礼记·檀弓》："舜葬于苍梧之野。"苍梧
是帝舜所葬之地，在今湖南宁远。翠华：
古时帝王的仪仗，此指文宗。

几人曾预南薰曲，

终古苍梧哭翠华。 05

品·评

李商隐在大和年间和开成初年的不少政治诗中，对唐文宗任用李训、郑注导致
政治动乱是有所批评的。开成二年，商隐进士及第。开成四年，他又释褐为秘
书省校书郎。文宗勤俭朴素，努力求治的所作所为，还是让作者深为感动的。
开成五年正月，文宗在宦官的控制下抑郁而死，诗人联想起古代君主求治的事
迹，以探求文宗求治而失败的原因，沉痛地写了这首追悼之作，名曰"咏史"，
实则为政治诗。

明末诸生朱鹤龄精于史实典故，朱氏评此诗曰："史称文宗恭俭性成，衣必三
浣，可谓令主矣，迨乎受制家奴，自比周赧、汉献。故言俭敝奢败，国家常理，
帝之俭德，岂有珀枕珠车之事？今乃与亡国同耻，深可叹也。义山及第于开成，
南薰之曲尝闻之矣，其能已于苍梧之哭耶？全是故君之悲，托于咏史耳。"冯浩
全引此语，赞其笺释"明爽"。朱笺对诗旨的把握是正确的。

但深入挖掘，诗中还有一些今典可以注意。"运去不逢青海马"，比喻朝中无堪
任大事的将相之才。"运去"，时运不济。文宗勤俭求治，结果是宦官专权，欺
压君相。《资治通鉴》开成元年十一月载："上于延英谓宰相曰：'朕每与卿等
论天下事，则不免愁。'对曰：'为理者不可以速成。'……上复谓宰相曰：'我
与卿等论天下事，有势未得行者，退但饮醇酒求醉耳！'对曰：'此皆臣等之罪
也。'"君相受制于宦官的时运不济使诗人感觉到王朝崩颓的趋势；作为正直的文
人，他在颈联中提出"运去""力穷"的王朝命运问题，警醒世人，是了不起的。

《旧唐书·柳公权传》载："文宗夏日与学士联句。帝曰：'人皆苦炎热，我爱夏
日长。'公权续曰：'薰风自南来，殿阁生微凉。'……帝独讽公权两句，曰：'辞
清意足，不可多得。'乃令公权题于殿壁。"结联正是有感于君臣联句，有帝舜
《南风歌》爱民求治之意，而使诗人对文宗有怀抱永久的哀痛。疏通古典，并了
解今典，我们才能较好地把握此诗忧国忧民的精神实质。

景阳井

⁰¹

注
·
释

● 01 · 景阳井：据朱鹤龄注引《金陵志》："景阳井在台城内。"隋军渡江灭陈，陈后主与贵妃张丽华等逃入井中求生，最后被隋军俘获，张丽华被杀，弃尸青溪中。《南史·后妃·张丽华传》："及隋军克台城，贵妃与后主俱入井，隋军出之，晋王广命斩之于青溪中桥。"冯浩按："玩史文，是斩丽华弃诸溪水也。"

● 02 · 龙鸾：指陈叔宝和张丽华。陈后主叔宝原与张贵妃相约誓同生死，结果是一被杀，一被俘，不能誓死期。诗对陈后主贪生怕死加以讥诮。

● 03 · 西施：古代越国美女。勾践卧薪尝胆思报吴国之仇，乃以西施献吴王夫差。越国打败吴国后，夫差自杀。至于西施的下落，有两种说法。一说西施随范蠡泛舟五湖而去。一说越国杀西施，投之于水。诗取后一种说法。冯浩注引《困学纪闻》曰："墨子谓西施之沉，其美也，岂亦如隋之于张丽华乎？"墨子距吴越春秋时代较近，其谓越国杀西施沉之于水，可能更近于事实。

景阳宫井剩堪悲，

不尽龙鸾誓死期。⁰²

肠断吴王宫外水，

浊泥犹得葬西施。⁰³

品
·
评

冯浩以为这是开成五年正月文宗逝世后，商隐为悼念杨贤妃被杀而作的。其曰："此章只用水葬，以痛杨贤妃，不必辨水葬之可信否也。"但注家对此有不同看法，难以定论。我们把它作为纯粹的咏史诗读也是可以的。

在唐人的传说中，西施有时是以悲剧形象出现的。皮日休《馆娃宫怀古》云："响屧廊中金玉步，采苹山上绮罗身。不知水葬归何处？溪月弯弯欲效颦。"商隐此诗也是如此。但此诗将陈后主、张丽华与吴王夫差、西施对比，"不尽""犹得"，显示出作者不同的感情。他对于前者的贪生怕死是语含讥诮，对于吴王夫差愧愤自杀尚有同情。此外，诗歌的曲折见意也多为注家称道。宋张戒《岁寒堂诗话》云："此诗非痛恨张丽华，乃讥陈后主也。"何焯《李义山诗集辑评》："言要不如吴王肯死，却只说西施，故能不直致。"这些品评对读者理解诗旨颇有启益。

北齐二首 01

注·释

● 01·二诗咏北齐后主高纬嬖宠冯淑妃，导致国家覆亡的故事。

● 02·倾国：《汉书·外戚传》："(李)延年侍上起舞，歌曰：'北方有佳人，绝世而独立，一顾倾人城，再顾倾人国。宁不知倾城与倾国，佳人难再得！'"

● 03·"何劳"句：朱鹤龄注引《吴越春秋》："夫差听谗，子胥垂涕曰：'以曲作直，舍谗攻忠，将灭吴国，城郭丘墟，殿生荆棘。'"堪：一作"悲"。

● 04·小莲：《北史·冯淑妃传》："冯淑妃名小怜，大穆后从婢也。穆后爱衰，以五月五日进之，号曰'续命'。慧黠能弹琵琶，工歌舞。后主（高纬）惑之，坐则同席，出则并马，愿得生死一处。"玉体横陈：宋玉《讽赋》："主人之女又为臣歌曰：'内怵惕兮徂玉床，横自陈兮君之傍。'"已报"句：冯注引《北史纪》："武平七年十二月，周武帝来救晋州，齐师大败，帝弃军先还。入晋阳，留安德王延宗等守晋阳，帝走入邺。延宗与周师战于晋阳，大败，为所房。"晋阳：在今山西太原。

其一

一笑相倾国便亡， 02

何劳荆棘始堪伤。 03

小莲玉体横陈夜，

已报周师入晋阳。 04

其二

巧笑知堪敌万机，⁰⁵

倾城最在着戎衣。⁰⁶

晋阳已陷休回顾，

更请君王猎一围。⁰⁷

● *05*・巧笑：《诗经・卫风・硕人》："巧笑倩兮，美目盼兮。"万机：亦作"万几"，《尚书・皋陶谟》："兢兢业业，一日二日万几。"孔安国传："几，微也。言当戒惧万事之微。"意谓冯淑妃的巧笑足以使后主高纬荒废政事。

● *06*・"倾城"句：史载北齐平阳（在今山西临汾）失守，后主高纬遣兵反攻，"城陷十余步，将士乘势欲入。帝敕且止，召淑妃共观之。淑妃妆点，不获时至。周人以木拒塞，城遂不下"（《北史・冯淑妃传》）。冯淑妃戎装随军，多次贻误军机，诗故云然。

● *07*・"晋阳"二句：《北史・冯淑妃传》："周师之取平阳，帝猎于三堆，晋州亟告急，帝将还，淑妃请更杀一围，帝从其言……及帝至晋州，城已欲没矣。"按史实，第三句"晋阳"当作"平阳"。晋阳危急之时，后主欲北投突厥，为臣下劝阻，遂南奔邺。最后，后主与冯淑妃都离邺逃奔青州，在青州被北周军队俘获。

品・评 北齐后主高纬和冯淑妃的醉生梦死、荒淫失国在封建统治者中具有典型性，就像后来隋炀帝感叹自己的头颈不知哪天被人砍下那样，这是以俄顷淫乐易无穷之悲的荒唐典型。这两首诗在安排上是别具匠心的。大穆后将从婢冯小怜进献给后主的时间较早。平阳和晋阳的失陷，据《资治通鉴》记载分别在陈宣帝太建八年的十月壬申和十一月辛酉。太建九年正月，高纬和冯淑妃等逃出邺都奔青州，在青州被北周军队俘获，亡国之君在受尽屈辱后难逃被杀的可悲下场。

前首诗以使典议论发端，能引起深沉的历史感。周幽王为获宠姬褒姒一笑，结果围城不救。高纬为获冯小怜的欢心，结果也是城破国亡。"荆棘"用伍子胥对吴王夫差预言吴国将亡，殿生荆棘的故事。两句意蕴连贯，议论中极富意象。接着，诗再对后主的荒淫作特写式描述。后主溺于小怜的美色，愿得生死一处，终日宴饮游猎。"玉体横陈"是一幅触目的春宫图，是他们荒淫生活的典型写照。结果北周军队攻入晋阳，重镇一失，北齐旋亡。冯浩引钱良择语曰："故用极衷昵字，下句方有力。"名句千古流传，让人听到沉重的历史叹息。

如果说前首诗侧重于历史经验的阐发，那么后首诗则揭露了高纬和冯小怜最为荒唐的生活，从而揭示他们必然灭亡的命运。冯小怜的媚笑足以抵消昏主高纬日理万机的政事。他们终日宴乐游猎，小怜还身着戎装乱军干政。其中最严重的事是平阳危急，她阻止后主的援救，而昏主竟然一切听从。《资治通鉴》陈宣帝太建八年十月载："齐主方与冯淑妃猎于天池，晋州告急者自旦至午驿马三至……至暮，使更至，云'平阳已陷'。乃奏之。齐主将还，淑妃请更杀一围，齐主从之。"平阳失陷，从此晋阳、邺都门户洞开，他们的荒淫纵乐是导致亡国的根本原因。史言冯淑妃"慧黠"，这种恃美色才艺而自作聪明的"慧黠"，遇上荒淫专断的国君，可以造成严重后果。唐武宗时，王才人色艺出众，宠冠后庭。武宗畋猎，王才人"袍而骑，校服光侈，略同至尊，相与驰出入，观者莫知孰为帝也"（《新唐书·武宗王贤妃传》）。这与高纬、冯小怜戎装围猎有些相似，故有不少注家以为诗歌可能讽武宗畋猎之事。但冯浩不以为然，因为武宗是有为之君，非亡国之君高纬可比。他认为"寄托未详，当直作咏史看"。诸家纷争，莫衷一是。读诗者多闻阙疑，慎言其余可也。

诗在史料安排上作了精心剪裁改造，此亦义山咏史诗的一个特点。如《齐宫词》将萧宝卷被杀于含德殿改为永寿殿，《南朝》诗将梁元帝都城江陵改为金陵。前首诗将冯小怜进御之夕与北周破晋阳这两件并非同时发生的事浓缩到极短的一瞬间，很好地揭示了隐藏在事件表象下的本质。后首诗"晋阳已陷休回顾"句，按史实，"晋阳"应是"平阳"，故注家或以为此系义山记误。但参稽义山咏史诗，时有故意改换地点的特点，又可能是有意为之。因为平阳是北齐西部防御北周的重镇，在地域上固然重要；但是晋阳更是北周政治的根本所在地，根本一失，大势去矣。诗人如此一改，似更有动人心弦的力量。义山咏史诗在历史真实的基础上所达到的艺术真实，给人以无穷的回味。

瑶池
01

瑶池阿母绮窗开，*02*

黄竹歌声动地哀。*03*

八骏日行三万里，

穆王何事不重来？*04*

注·释

● *01* · 瑶池：冯浩注引《穆天子传》卷三："天子宾于西王母，天子觞西王母于瑶池之上。西王母为天子谣曰：'白云在天，山陵自出。道里悠远，山川间之。将子无死，尚能复来。'天子答之曰：'予归东土，和治诸夏。万民平均，吾顾见汝。比及三年，将复而（尔）野。'"

● *02* · 阿母：西王母亦称玄都阿母，见《汉武帝内传》。

● *03* · "黄竹"句：《穆天子传》卷五："日中大寒，北风雨雪，有冻人，天子作诗三章以哀民，曰：'我徂黄竹，□员阌寒。'"冯氏按："玩传文，黄竹当在嵩高之西，长安之东，与西王母相远，固不必拘耳。"

● *04* · 八骏：传说中周穆王的八匹骏马，名称说法不一。《穆天子传》卷一："天子之骏，赤骥、盗骊、白义、逾轮、山子、渠黄、华骝、绿耳。"八骏日行三万里而不能践约，言外之意穆王已死。

品·评 本篇流传颇广，注家多以为讽刺学仙之虚妄。何焯、程梦星明确指出诗是刺唐武宗求仙之无益。李商隐生活的时代，宪宗、武宗之死都与妄求长生有关。武宗时，诗人已入仕为官，皇帝"饵方士金丹，性加躁急，喜怒不常"（《资治通鉴》会昌五年九月）。这种事情已喧腾一时。作者哀悼皇帝英年早逝，写下《昭肃皇帝挽歌辞三首》之后，再就武宗的求仙丧命写一首婉转讽刺的诗，是可能的，也显示了商隐思虑的周详，能够明辨是非非。

传说中的周穆王在瑶池与西王母相会宴饮，分别时西王母约他再来，周穆王答应"比及三年，将复而（尔）野"。三年过去了，周穆王虽有日行三万里的八匹神骏，何以不践三年之约呢？作者没有直接抨击求仙之妄，却是通过诘问，让人思而得之。措辞婉转而托意遥深。

以周穆王比喻唐武宗还具有哀思之意。《穆天子传》载："日中大寒，北风雨雪，有冻人，天子作诗三章以哀民。""黄竹歌声"是哀痛民生多艰，说明周穆王有爱民之心。武宗在位外御强敌，内平叛镇，打击过度膨胀的佛教势力，都是有利于国计民生的好事。作者对武宗的感情是复杂的。《茂陵》诗云："谁料苏卿老归国，茂陵松柏雨潇潇。"他很想在武宗时代有一番作为，谁料想服阆入京才几个月，武宗就死了。明乎此，我们才能理解这首短小的七绝中蕴含的复杂感情。鲁迅素爱"玉溪生清词丽句"，其《无题》中"万家墨面没蒿莱，敢有歌吟动地哀"的诗句显然化用了"黄竹歌声动地哀"的意象。鲁迅赞赏的就是这种哀民生多艰的屈子般的精神。商隐在"黄竹歌声"中敏感地听到"动地哀"的时代呼声。从开成二年的《行次西郊作一百韵》到这首《瑶池》，显示了晚唐时代多灾多难的沉重。这种忧国忧民的精神自然会引起历代读者的共鸣。

四皓庙 01

本为留侯慕赤松，⁰²

汉廷方识紫芝翁。⁰³

萧何只解追韩信，

岂得虚当第一功？⁰⁴

注·释

● *01*·四皓：商山四皓。据《史记·留侯世家》载，东园公、夏黄公、绮里季、甪（lù）里四人，年皆八十有余，避秦乱，隐居商山，时称商山四皓。汉高祖召见，不应。后高祖欲废太子刘盈，另立赵王如意。吕后用留侯张良计，迎四皓，辅太子，遂使高祖召戚夫人指四人叹曰："我欲易之，彼四人辅之，羽翼已成，难动矣。"太子刘盈得不废。

● *02*·留侯：张良封留侯，汉初无意于权位，乃曰："今以三寸舌为帝者师，封万户，位列侯，此布衣至极，于良足矣。愿弃人间事，从赤松子游耳。"（《史记·留侯世家》）赤松：传说中的仙人。

● *03*·紫芝翁：指四皓，他们在隐居时作《紫芝歌》云："晔晔紫芝，可以疗饥。"

● *04*·"萧何"句《史记·淮阴侯列传》："信数与萧何语，何奇之……何闻信亡，不及以闻（来不及将事情上报），自追之……居一二日，何来谒上，上且怒且喜，骂何曰：'若亡，何也？'何曰：'臣不敢亡也，臣追亡者。'上曰：'若所追者谁？'何曰：'韩信也。'"这就是萧何追韩信的故事。第一功：《史记·萧相国世家》："高祖以萧何功最盛，封为酂（zàn）侯，所食邑多。""及奏位次……关内侯鄂君进曰：'群臣议皆误。夫曹参虽有野战略地之功，此特一时之事……萧何转漕关中，给食不乏。陛下虽数亡山东，萧何常全关中以待陛下，此万世之功也……萧和第一，曹参次之。'……高祖曰：'善。'"

品·评

这首咏四皓的诗讲的都是《史记》中张良、萧何、韩信等人的故事，且全以议论出之。纪昀贬之曰："酷似胡曾《咏史诗》，义山何以有此？"（《辑评》）胡曾的《咏史诗》通俗易懂、语言质朴，可作三家村村塾中的蒙童课本，自有其可吟诵的接受者。义山此诗酷似胡曾《咏史诗》，却有深意，不可贬之过甚。

冯注引徐湛园笺曰："此诗为李卫公发。卫公举石雄，破乌介，平泽潞，君臣相得，始终不替，而卒不能早定国储，使武宗一子不得立，有愧紫芝翁多矣。故假萧相以讥之。"徐笺甚精辟，唯此诗不是"讥之"，而是"伤之"。

大中元年九月，商隐代郑亚撰拟《太尉卫公会昌一品集序》，并参与编辑了李德裕会昌时期所作的全部政治文献，在序言中对李德裕举石雄、破乌介、平泽潞等功绩给予高度评价。序言曰：武宗曾称赞李德裕是"我将俾尔以大手笔，居第一功"。这绝不是凭空吹捧，而应是朝臣皆知的事实。晚唐时代王朝形势江河日下，李德裕襄赞武宗使朝廷一度出现中兴的希望，比之萧何，当之无愧。作者深为惋惜的是李德裕能为萧何，却不能像张良那样早定接班人，结果是新君上台，一反会昌之政，李党一概遭到贬谪，王朝前途莫测。这才是诗人忧心之所在。张采田笺三、四句谓："卫公恃功自固，所赏拔者武人而已。卒为金壬旅进，身亦不保，欲求一紫芝翁而不可得矣！"真正是强作解人。李德裕先后举用郑章、陈夷行、李绅、李让夷、柳仲郢、李回、郑肃、郑亚，这些人或有清刚之誉，或以才名学识著称，商隐诗文称赞不已；"赏拔者武人"，岂是诗旨所在？徐笺慨叹其"不能早定国储"，精切不移，诗旨深意亦正在此。以此度之，诗应作于大中元年九月，商隐序《会昌一品集》以后。

杜牧咏史诗亦有语言质朴，全用议论的作品，如《题乌江亭》《题横江馆》《汴河怀古》诸作便是。商隐另一首《四皓庙》（羽翼殊勋）亦复如是。晚唐小李杜有此类咏史诗，至咸通以后胡曾继起，专用通俗易懂的语言评述历史人物及历史事件，对后来的讲史小说产生了较大影响。

韩碑

01

元和天子神武姿,

彼何人哉轩与羲。*02*

誓将上雪列圣耻,

坐法宫中朝四夷。*03*

淮西有贼五十载,

封狼生貙貙生罴。*04*

注·释

●01·韩碑：韩愈在平淮西叛镇后受命所作《平淮西碑》。唐宪宗元和九年闰八月，彰义节度使吴少阳死，其子吴元济匿丧以病上报，并自领军务，四出攻掠。朝廷决定讨伐之，但诸军指挥不一，久战无功。元和十二年七月，裴度以门下侍郎、同平章事兼彰义节度使，仍充淮西宣慰招讨处置使，奏韩愈为彰义行军司马；判官、书记，皆朝廷之精选。八月，裴度赴淮西督战，履行其曾对宪宗发下的誓言："臣誓不与此贼俱生！"十月十六日，李愬雪夜入蔡州（今河南汝南），擒吴元济，蔡州平。十二月，诏韩愈撰《平淮西碑》以勒石纪功。韩文多叙裴度战略决策之功。李愬不平，其妻乃唐安公主女，出入禁中，诉于宪宗谓韩碑文辞不实。诏令磨去韩碑，命翰林学士段文昌重新撰文勒石。商隐此诗推重韩碑。诗应与韩愈《平淮西碑》参读，才能理解这篇晚唐七古的杰作。

●02·元和天子：唐宪宗李纯。轩与羲：轩辕氏与伏羲氏，以代表三皇五帝。极赞宪宗功德可与三皇五帝相比。

●03·雪：洗雪。列圣耻：上指玄宗、肃宗、代宗、德宗、顺宗诸帝所经历的屈辱。韩愈《平淮西碑》所谓"至于玄宗……孽芽其间（指安史之乱）。肃宗代宗，德祖顺考，以勤以容。大憝（指安史之辈）适去，稂莠不薅（指朱泚、李希烈叛乱及安史余党降唐为藩镇者时叛时降，不听诏命）"。法宫：正殿。朝四夷：《平淮西碑》曰："既定淮蔡，四夷毕来，遂开明堂，坐以治之。"

●04·"淮西"句：唐彰义节度使（治蔡州）辖申、光、蔡三州。《平淮西碑》中的"蔡帅之不廷授，于今五十年，传三姓四将"，即指自宝应元年七月李忠臣为淮西节度使，至元和九年裴度等决议对淮西用兵之时，前后已五十三年。李忠臣以后，李希烈、陈仙奇、吴少诚、吴少阳据淮蔡作乱。封狼：大狼。貙（chū）：似狸而大，一名貗。罴（pí）：熊的一种。

不据山河据平地，

长戈利矛日可麾。⁰⁵

帝得圣相相曰度，

贼斫不死神扶持。⁰⁶

腰悬相印作都统，

阴风惨淡天王旗。⁰⁷

愬武古通作爪牙，⁰⁸

仪曹外郎载笔随。⁰⁹

行军司马智且勇，

十四万众犹虎貔。¹⁰

入蔡缚贼献太庙，

功无与让恩不訾。¹¹

帝曰"汝度功第一，

汝从事愈宜为辞。"¹²

● 05 • 日可麾：即鲁阳挥戈使太阳倒退的传说。《淮南子·览冥训》："鲁阳公与韩构难，战酣日暮，援戈而扠（挥）之，日为之反三舍。"比喻淮西割据者猖狂对抗朝廷派遣的军队。

● 06 • "贼斫"句：《通鉴》元和十年六月，淄青镇李师道派刺客入京暗杀主张讨伐淮西的大臣，宰相武元衡上朝途中被杀，"又入通化坊击裴度，伤其首，坠沟中，度毡帽厚，得不死"。

● 07 • "腰悬"句：裴度以宰相赴淮西督战，实际上是诸将的统帅。都统：统帅。"阴风"句：纪昀评曰："十四万兵如何铺叙？只'阴风'七字空际传神，便见出号令森严，步武整齐，此一笔作百十笔用也。"

● 08 • 愬：李愬为唐随邓节度使。武：韩公武系宣武镇韩弘子，率兵隶李光颜军。古：李道古为鄂岳蕲安黄团练使。通：李文通为寿州团练使。爪牙：武臣猛将。《平淮西碑》中叙述宪宗命愬、武、古、诸人为将，讨伐淮西。

● 09 • 仪曹员外郎：礼部员外郎。裴度出师时奏礼部员外郎李宗闵为判官（《新唐书·李宗闵传》）。

● 10 • "行军"句：裴度奏右庶子韩愈为行军司马。貔（pí）：貔貅，一种猛兽。此喻军队勇猛。

● 11 • "入蔡"句：《资治通鉴》元和十二年十月："（裴）度曰：'兵非出奇不胜，常侍（李愬检校左散骑常侍）良图也。'"李愬奇袭之计得到裴度赞许。十月壬申（十五日）攻蔡州城，癸酉（十六日）擒吴元济（详见《通鉴考异》）。恩不訾（zī）：皇恩不可估量。訾，计量、估量。

● 12 • "帝曰"二句：《平淮西碑》："丞相度朝京师，道封晋国公，进阶金紫光禄大夫，以旧官相。"这是对裴度首功的褒奖。愈宜为辞：《平淮西碑》："群臣请纪圣功，被之金石。皇帝以命臣愈。"两句均是宪宗当时所说的话。

愈拜稽首蹈且舞,

"金石刻画臣能为,[13]

古者世称大手笔,

此事不系于职司,[14]

当仁自古有不让"[15],

言讫屡颔天子颐。[16]

公退斋戒坐小阁,

濡染大笔何淋漓。[17]

点窜《尧典》《舜典》字,

涂改《清庙》《生民》诗。[18]

文成破体书在纸,

清晨再拜铺丹墀。[19]

表曰"臣愈昧死上",

咏神圣功书之碑。[20]

● 13 · 稽首:叩头跪拜,以示恭敬。金石刻画:刻在钟鼎和碑石上的纪功文字。

● 14 · 大手笔:有关朝廷大事的文字。《新唐书·苏颋传》:"自景龙后,与张说以文章显,称望略等,故时号燕许大手笔。"义山《会昌一品集序》赞李德裕为"大手笔"。"此事"句:化用韩愈《进撰平淮西碑文表》:"兹事至大,不可轻以属人。"职司:指朝廷中负责起草文告的翰林院中的学士,言外对后来翰林学士段文昌重新撰写的《平淮西碑》有贬意。

● 15 · "当仁"句:《论语·卫灵公》:"当仁不让于师。"韩愈说:"兹事至大,不可轻以属人。"即有当仁不让之意。

● 16 · 颔:动词,此作点头用。颐:下巴。两字合在一起意为点头同意。

● 17 · 斋戒:撰文前斋戒沐浴,以示严肃恭敬。淋漓:笔墨酣畅,淋漓尽致。

● 18 · "点窜"二句:意谓韩碑力追《尚书》《诗经》古雅的文体,写得庄重典雅。《尧典》《舜典》是《尚书》中的两篇,韩碑叙事用古雅散文,似之。《清庙》《生民》是《诗经》中《周颂》《大雅》的两篇四言体诗,韩碑铭文全用四言,亦似之。

● 19 · 破体:朝廷制诰例用四六骈文,韩愈根据纪功内容采用古雅的《尚书》《诗经》体,故赞其为破体。丹墀(chí):以丹漆涂饰的台阶,指宫殿。

● 20 · "咏神圣功"句:特指歌颂宪宗的英明独断。《平淮西碑》:"既伐四年,小大并疑。不赦不疑,由天子明。凡此蔡功,惟断乃成。"

碑高三丈字如斗，

负以灵鳌蟠以螭。[21]

句奇语重喻者少，[22]

谗之天子言其私。

长绳百尺拽碑倒，

粗砂大石相磨治。[23]

公之斯文若元气，

先时已入人肝脾。

汤盘孔鼎有述作，

今无其器存其词。[24]

呜呼圣皇及圣相，

相与烜赫流淳熙。[25]

公之斯文不示后，

曷与三五相攀追。[26]

● 21·蟠以螭（chī）：石碑上端有螭龙盘绕的雕饰。

● 22·句奇语重：极赞韩文语句奇特，语意庄重。朱彝尊评曰："四字评韩文，即是评此诗。"又曰："题赋《韩碑》，诗定学韩文，神物之善变如此。"又曰："此诗韵即学韩文，非学韩诗也。识者辨之。"

● 23·"长绳"二句：意谓韩碑归功裴度，而战役中，李愬雪夜入蔡州擒吴元济有大功，韩碑叙述简略，或诉碑文不实，颇有上闻朝廷者，宪宗命磨去韩文，诏段文昌重作。

● 24·汤盘：商汤沐浴的盘。孔鼎：孔子祖先正考父的鼎。汤盘孔鼎都有铭文传世，盘和鼎已年久不知去向了，其意谓韩碑虽被推倒磨去文字，但韩文仍可千古流传。

● 25·圣皇及圣相：宪宗及裴度。烜赫：形容声名威望隆盛。

● 26·三五：三皇五帝。

●27·过：遍。胝（zhī）：胼（pián）胝，即手掌或足底的老茧。

●28·七十有二代：《史记·封禅书》："古者封泰山，禅梁父者七十二家。"封禅是帝王登泰山筑坛祭天，在山南梁父山上辟基祭地，以告功德。明堂：帝王宣明政教的地方。两句意谓韩碑连同古来封禅大典可成七十二家，并可作为皇帝宣明政教大典的基石。

愿书万本诵万过，

口角流沫右手胝。[27]

传之七十有二代，

以为封禅玉检明堂基。[28]

品·评

李商隐《韩碑》是用心经营之作，为历代学人推崇备至，视之为晚唐七古第一，可当之无愧。

韩愈《平淮西碑》极意歌颂唐宪宗和裴度君相一心，对淮西叛镇用兵的战略和坚决态度，对加强中央政府的威望，警告两河割据的藩镇，促进王朝的统一，都具有积极意义。李商隐以韩碑为题，诗篇句奇语重，对韩文主旨有深刻理解，故化用韩文，阐发君相一致实施战略决策的决定性作用，见解卓越。诗歌多处用韩文，朱彝尊评曰："题赋《韩碑》，诗定学韩文，神物之善变如此。"辨析正确。韩文叙述李愬雪夜入蔡州擒吴元济，尚有具体描写；至商隐诗中仅"入蔡缚贼献太庙"一句带过，下句"功无与让恩不訾"又归功裴度第一。其对于战略决策与战术实施的分别是十分清楚的。这些是李诗对韩文有所发展处，是有其独特的思想价值的。后来，作者在大中元年代郑亚撰拟《太尉卫公会昌一品集序》，歌颂唐武宗与宰相李德裕君相一心，内平泽潞叛镇，外御少数民族首豪的侵陵，其所关心的仍是中央政府的威望及王朝的统一。毫无疑问，在晚唐社会普遍混乱的状况下，作者一再呼吁君相同心，重振朝纲，是具有积极意义的。

清姜炳璋《选玉溪生诗补说》评曰："淮西之役，晋公以宰相督师，则功罪系焉。韩碑归美天子，推重晋公，'春秋法'也。况碑文于愬功原未尝略，前人论之详矣。义山此摩昌黎酷肖。或云义山与段文昌之子成式交，故不敢贬段。愚谓诗取蕴藉，极力推重韩碑，则段碑自见，义山原未尝有讳也。若侈口诋毁，岂复成风雅乎？"姜氏评说时有卓见，论者罕及，今特表而出之，以助读者对此诗的理解。

咸阳 01

● 01·咸阳：秦都咸阳，在今陕西咸阳。

● 02·嵯（cuó）峨：高峻的样子。"六国"句：史载秦始皇每击破诸侯，则在咸阳北阪上按照被灭诸侯国宫室的样式建造殿屋，把所灭国的美人、钟鼓放置在里面。

● 03·天帝醉：张衡《西京赋》："昔者大帝（天帝）说秦穆公而觐之，飨以钧天广乐，帝有醉焉，乃为金策，锡用此土，而翦诸鹑首。"李善注：翦，尽也。鹑首是星宿名，秦的分野属此。意思是天帝悦秦穆公而接见之，以钧天广乐飨之。天帝醉了，将鹑首分野的土地全部给了秦国。

● 04·"不关"句：反贾谊《过秦论》而用之。贾曰："秦地被山带河以为固，四塞之国也。自缪公以来，至于秦王，二十余君，常为诸侯雄，岂世世贤哉？其势居然也。"

咸阳宫阙郁嵯峨，

六国楼台艳绮罗。 02

自是当时天帝醉， 03

不关秦地有山河。 04

品·评

此诗就秦灭六国兴感，必作于长安。作年尚难确定。

一、二句写秦灭六国的煊赫气势，互文见义，极富含蕴。秦始皇破灭诸侯国，每每依照其宫室，作之咸阳北阪上，将掠夺来的美人钟鼓放置其中。表面写秦灭六国，不可一世。实际上，其象征意义则在暗示秦与六国一样，正在穷奢极欲中重蹈亡国覆辙。

三、四句专就秦事发议论，作翻案文章。贾谊《过秦论》说秦称雄诸侯的原因之一是有山河之险，即所谓"秦地被山带河以为固"。诗人则唱反调，说那是天帝醉了，把下土赐予了秦穆公。然而，有醉必有醒，无情的历史证明秦灭六国而旋踵自亡。言外见得皇权神授之不足凭信，山河险阻亦不足凭信。那么，治理天下靠什么？诗人早在《行次西郊作一百韵》中就申言："又闻理与乱，系人不系天。"

清代姜炳璋《选玉溪生诗补说》评此诗曰："咸阳宫阙之高，六国绮罗之丽，互文也……秦得天下，由于天帝之醉，然醉则易醒，故六国既没，秦亦遽亡。炯戒之意，出于谑词，却非杜撰。妙绝！"姜氏评笺置之诸家评中独具卓见。

此诗通篇使事用典，对有关秦的诸种说法加以辨析议论，翻出新意。其虽不能如文章那样铺陈尽致，然用笔曲折，意蕴丰富，启人深思。其与杜牧咏史之淋漓犀快，各擅胜场。

鄠杜马上念汉书 01

世上苍龙种，⁰² 人间武帝孙。⁰³
小来唯射猎， 兴罢得乾坤。⁰⁴
渭水天开苑， 咸阳地献原。⁰⁵
英灵殊未已， 丁傅渐华轩。⁰⁶

注·释

● 01 · 鄠（hù）杜：《汉书·宣帝纪》：宣帝刘询少年时，流落民间，尤乐杜鄠之间。《汉书注》："杜属京兆，鄠属扶风。"鄠，鄠县（在今陕西西安）。杜，杜县（在今陕西西安东南），宣帝元康元年更名杜陵，为宣帝陵墓。诗人走马鄠杜，有感于汉宣帝故事，作此诗。

● 02 · 苍龙种：姚培谦注引《史记》："薄姬曰：'昨暮夜，妾梦苍龙据我腹。'高帝曰：'此贵征也，吾为女遂成之。'一幸生男，是为代王。"代王是后来的汉文帝，犹言宣帝是文帝嫡系子孙。

● 03 · 武帝孙：宣帝是武帝曾孙，戾太子孙。出生数月发生所谓"巫蛊事"，戾太子和宣帝生父母史皇孙及丑夫人皆遇害，这位武帝曾孙虽在襁褓，也身陷狱中。

● 04 · "小来"二句：宣帝幼时因戾太子事件的牵连，几遭不测，在母家史氏及戾太子旧属的关心下成长。"高材好学，然亦喜游侠，斗鸡走马，具知闾里奸邪，吏治得失。数上下诸陵，周遍三辅……尤乐杜鄠间，率常在下杜（在长安南）。"（《汉书·宣帝纪》）后因汉昭帝无子，昌邑王刘贺继位，霍光因刘贺淫乱废之，遂立刘询为帝，是为宣帝。"兴罢"句：言其走马射猎之际得天下，事属偶然。

● 05 · "渭水"二句：意谓宣帝得天地之助，天开乐游苑于渭水之滨，地献杜陵原于京城，有中兴气象。《汉书·宣帝纪》："（神爵）三年春，起乐游苑。""元康元年春，以杜东原上为初陵，更名杜县为杜陵。"咸阳：古代习惯以咸阳指称长安。

● 06 · 英灵：宣帝死后之灵，指其余威。丁傅：朱注引《汉书》："哀帝时帝舅丁明封阳安侯，皇后父傅晏封孔乡侯。"华轩：华美的高轩大车，为显贵所用。

品·评

诗题《鄠杜马上念汉书》，当然不是诗人走马鄠杜之间读什么《汉书》，而是对于《汉书》烂熟于胸的诗人有感于"尤乐杜鄠间"的汉宣帝，浮想联翩，发抒感慨。他以一首短短的五律，概括了从汉高祖刘邦到汉哀帝刘欣二百余年的历史。姚培谦评曰："盖世英灵，当其时，则天地为之转旋；时既过，则狐鼠不免潜伏。四十字中，具有排山倒海气势。"

诗一开头抓住宣帝出身高贵，述其祖先文帝是所谓"苍龙种"，附以神奇的传说，推源到汉高祖与薄姬。接着，说他是武帝曾孙，并冠以"人间"二字，引出无限辛酸。他因祖父戾太子所谓"巫蛊事"，父母一起被害。宣帝出生数月残酷的命运就等待着他。首联大起大落，人世罕见。颔联写他自幼流落民间，艰难困苦，玉汝于成，终于锻炼得文武全才，又深知吏治得失，民间疾苦。命运最终眷顾到这位历尽磨难的帝王贵胄，仿佛在偶然间继任了帝位。颈联"写其福祚弘远，天地佑之；起乐游之苑，三辅风华；作杜东之原，五陵繁盛也"（程梦星评语）。史称宣帝是中兴之君。至此，前六句几度大起大落，到天地佑之，宣帝事业达到繁盛的顶峰。

盛衰倚伏，西汉亡于外戚专权，推源而论，宣帝不得辞其咎。《资治通鉴》宣帝神爵元年载："上颇修饰，宫室、车服盛于昭帝时；外戚许、史、王氏贵宠。"由此启成帝之任外戚，延及哀帝，外戚丁、傅二家贵盛，最后王莽篡位。结联是盛极而衰，与前六句形成鲜明对照。"渐"字极有分寸，写出了外戚从宣帝、元帝、成帝到哀帝的渐变过程。

注家多以为商隐此诗有讽刺唐宣宗之意。其实，晚唐文宗、武宗、宣宗在王朝形势江河日下的情况下，都作过力挽颓势的努力，这与汉宣帝力图中兴的努力有相似之处。他们都是在纷乱的南北司矛盾中继位，其偶然性亦与汉宣帝相似。此外，武宗之好射猎，宣宗之宠信外戚也都与汉宣帝的行事相似。作者借古讽今，用意良深。尤其宣宗宠信其舅舅郑光，屡遭大臣犯颜直谏，西汉亡于外戚专权的历史教训是深刻的。最高统治者重用亲属，给予种种特权，甚至庇护其犯罪的下属，无法无天，这是最严重的政治腐败。当时大臣中的有识之士就明确对宣宗说："国常赋，窭人下户不免，奈何以外戚废法？"（《新唐书》）李商隐的诗透露出宣宗朝表面风光之下，大中末政甚有可忧之处。政治腐败导致宦官专权、藩镇割据、南北司矛盾的加剧，唐王朝就在腐败中走向灭亡，这是李商隐和他同时代的有识之士所不愿看到的，但他们忧国忧民的情怀，千年之后仍令人敬佩。

漫成五章 *01*

沈宋裁辞矜变律，*02*
王杨落笔得良朋。*03*
当时自谓宗师妙，
今日唯观对属能。*04*

李杜操持事略齐，
三才万象共端倪。*05*
集仙殿与金銮殿，
可是苍蝇惑曙鸡。*06*

注·释

● 01·《漫成五章》看似信手挥洒，但五首诗连成一体，是形散而神聚的组诗。

● 02·沈宋：初唐诗人沈佺期和宋之问。《新唐书·文艺传》："唐兴，诗人承陈隋风流，浮靡相矜。至宋之问、沈佺期等研揣声音，浮切不差，而号律诗，竞相袭沿。"矜变律：矜夸他们创制的新变律诗。

● 03·王杨：初唐诗人王勃和杨炯。他们与卢照邻、骆宾王合称"初唐四杰"，诗为字数所限，以"王杨"代指"四杰"。良朋：指初唐诗中讲究对偶，这对律诗的定型同样是有贡献的。

● 04·宗师：奉为师表的人物。对属（zhǔ）：诗文中撰成对句，亦叫"属对"。《旧唐书·元稹传》："常欲得思深语近，韵律调新，属对无差，而风情宛然；而病未能也。"

● 05·事略齐：指李白和杜甫的文才见识大略相同，他们不是规规矩矩小儒式的书生。三才：古称天、地、人为三才。万象：世间众多事物。端倪：头绪、苗头。《庄子·大宗师》："反复终始，不知端倪。"两句意谓李白和杜甫所秉持的文才见识大略相同，他们的诗歌中能写出天地间和社会间万物变化的头绪。

● 06·集仙殿：集贤殿，是皇帝召见贤才的地方。《新唐书·杜甫传》："天宝十三载，玄宗朝献太清宫，飨庙及郊，甫奏赋三篇。帝奇之，使待制集贤院。"金銮殿：指天宝元年，李白被贺知章推荐，"言于玄宗，召见金銮殿，论当世事，奏颂一篇……有诏供奉翰林"（《新唐书·李白传》）。苍蝇：喻在皇帝面前谗毁李、杜的小人。曙鸡：喻李杜。

生儿古有孙征虏，

嫁女今无王右军。[07]

借问琴书终一世，

何如旗盖仰三分？[08]

代北偏师衔使节，

关东裨将建行台。[09]

不妨常日饶轻薄，

且喜临戎用草莱。[10]

●07·孙征虏：孙权。《三国志·吴书·孙权传》注引《吴历》曹公攻濡须："公见舟船器仗军伍整肃，喟然叹曰：'生子当如孙仲谋，刘景升儿子若豚犬耳！'"王右军：王羲之。《世说新语·雅量》："郗太傅在京口，遣门生与王丞相书求女婿。丞相语郗信：'君往东厢，任意选之。'门生归，白郗曰：'王家诸郎，亦皆可嘉，闻来觅婿，咸自矜持，唯有一郎在东床上，坦腹卧，如不闻。'郗公云：'正此好！'访之，乃是逸少，因嫁女与焉。"

●08·琴书：指王羲之才艺；王是书圣，古代琴书并称，此专就王氏书法而言。旗盖：指孙权拥有鼎足三分之业。《三国志·吴志·孙权传》注引《吴书》："紫盖黄旗，运在东南。"这是吴国陈化对曹丕说的话，表示吴国将兴，先哲知命。

●09·"代北"二句：叙石雄因破回鹘、平泽潞的功绩升任节镇大臣事。《资治通鉴》会昌三年正月："庚子，（石雄）大破回鹘于杀胡山，可汗被疮，与数百骑遁去，雄迎太和公主以归。"七月，晋军行营节度使李彦佐殊无讨伐刘稹之意，"德裕因请以天德防御使石雄为彦佐之副，俟至军中，令代之"。九月，"庚戌，以石雄代李彦佐为晋绛行营节度使"。代北偏师：代州（今山西代县）之北的天德防御使石雄所率领的军队。衔使节：石雄先任晋绛行营节度副使，带使节衔。建行台：石雄代李彦佐任晋绛行营节度使，建立自己的统军机构。此中所述均有史料之依据。饶轻薄：很被人轻视。石雄出身低微，还曾遭流放，故朝臣中有人轻视之。

●10·草莱：地位低下之人。

●11 · 郭令：郭子仪，官至中书令。《资治通鉴》代宗永泰元年载：回纥、吐蕃合势进犯，郭子仪冒险入回纥军营，说服其酋长药葛罗，"竟与定约而还。吐蕃闻之，夜，引兵遁去"。韩公：张仁愿，封韩国公。《资治通鉴》中宗景龙二年三月载："朔方道大总管张仁愿筑三受降城于河上。"从此，突厥不敢随意来犯。

●12 · 两都：京城长安和东都洛阳。耆旧：父老。见朔风：此指大中三年收复河湟地区，西北边地的民情风俗复现唐风。《资治通鉴》大中三年二月载："吐蕃秦、原、安乐三州及石门等七关来降。"八月，"河陇老幼千余人诣阙，己丑上御延喜门楼见之，欢呼舞跃，解胡服，袭冠带，观者皆呼万岁"。

郭令素心非黩武，

韩公本意在和戎。[11]

两都耆旧偏垂泪，

临老中原见朔风。[12]

品·评　《漫成五章》是关涉诗人生平经历及思想变化的连章体组诗。以七绝连章成组诗的在唐代颇有佳作，如杜甫《戏为六绝句》、刘禹锡《金陵五题》，皆唱叹有情，千古流传。商隐的这一组诗虽未达到杜甫、刘禹锡诗的高度，却是研究他的思想生平的重要篇章。冯浩曰："此五篇之线索，而义山一生吃紧之篇章也。其体格则全仿老杜。"

首章评初唐四杰和沈宋在唐诗发展中的作用，并借以自喻。李商隐早年为令狐楚所赏识，授以四六骈文章奏之学，自以为可由此致身通显。岂料后来因朋党倾轧，沉沦下僚。章奏之学成了他操笔事人充当大官幕府的工具。"今日唯观对属能"是自我解嘲，是冷峻的幽默。

次章极赞李白和杜甫文才杰出，识见高远。言外见出李杜并非陋儒书生，本可大展宏图，但他们为小人所排挤诋毁，不为世所用。"可是苍蝇惑曙鸡"，读者能听到诗人的愤慨和深深的惋惜。

三章赞美孙权之武功和王羲之之文才，并富有启发性地设问：王羲之以琴书自娱，书圣才艺，名垂千秋，比之孙权雄踞东南，鼎足三分的帝业又如何呢？就像韩愈在《柳子厚墓志铭》里提出的那样，柳子厚怀才不遇，文学辞章必传于后，这与办将相于一时，"孰得孰失，必有能辨之者"。同样是发人深省的问题，韩愈的取向明显，李商隐却是按而不断，让人们依据自身的人生经验去思考，含义深永。

四章就会昌年间，出身低微的石雄在大破回鹘和平定泽潞的重大战役中屡建奇功，赞美宰相李德裕任人唯贤。冯浩说："雄受党人排摈，义山受党人之累，故特为之鸣不平，而致慨于卫国（李德裕曾封卫国公）也。"此诗作于大中时期，李党被贬谪以后。作者诗文一再为李德裕等鸣不平，表示其对李党会昌政治的赞美，冯注切合作者受朋党倾轧的遭遇而言之，是切实可信的。作者强烈的政治是非和正义感令人钦佩。

五章再接再厉，借郭子仪、张仁愿的故事为李德裕处置回鹘和吐蕃的政策辨白。大中三年，秦、原、安乐三州及石门等七关兵民归国，杜悰收复维州，可以说是会昌时期成功的安边政策，福及子孙，功到于今。全祖望《答胡复翁都宪论义山〈漫成五章〉帖子》曰："以张、郭比卫公亦良然。但其赋此诗恐是因杜悰之再复维州而发。方文宗时卫公复维州，牛僧孺以开边衅抑而阻之，卫公深以为恨。大中三年，悰卒复之而卫公亦即于是年卒矣。维州为西番要地，复之本非黩武，而即所以和戎，特见阻于党人之门户。今悰成卫公之志而卫公卒不及见也，故垂泪而伤之。"历史学家论咏史诗确有独到的见解，大可为文学研究者之参考。

五章均以议论出之，确是杜诗七绝连章体的遗韵。诗中感情强烈，爱憎分明，唱叹有情而正气充溢。其议论的精辟尤可推许。冯浩注基本可信，但亦有须辨正者。如其谓："（令狐）绹以浅陋之胸，居文学禁密之职，岂非苍蝇之乱晨鸡耶？"又说："孙仲谋比令狐之有贵子，王右军自比。"诗不达诂，韵语多歧，注家如此对号入座的解释，不得不令人生疑。试想一下，大中四年，令狐绹任宰相后，大中五年春，商隐还有《上兵部相公启》，复以文章干绹，令狐绹还帮助他补太学博士。他一方面求人帮助，一方面又骂人是"苍蝇"，那么李商隐还成什么人呢？这些地方在解释时是否留有余地为好？值得一思。再者，把"生子当如孙仲谋"这样的创业英雄比之令狐楚有贵子令狐绹，这在第三章中如何解释得通？五章诗的结构是前两章论文治文才，后两章论武功韬略，中间第三章举孙权之武功和王羲之之文才，按而不断，启人深思。孙权在这里不是反面形象。诗人差不多同时所作《骄儿诗》告诫儿子说："儿慎勿学爷，读书求甲乙。穰苴司马法，张良黄石术。便为帝王师，不假更纤悉。"大中前期，商隐归穷无计的时候曾一度自嘲章奏之学的无用，向往以武功韬略立功的业绩，这里既可看出诗人思想变化的轨迹，又可证实孙权、郭子仪、张仁愿、李德裕、石雄，以及王羲之、李白、杜甫等都是他心仪的人物，他所不满的只是那些雕章琢句、不切实际的文人陋儒。即如首章"今日唯观对属能"云云，也是自嘲自讽，并不是对恩师令狐楚的不恭。大中时期，他亲手二度自编四六骈文集，集中就收录有悼念令狐楚的祭文、代为撰写的遗表，情真意切。学者应注意诗人一时愤激语与实际行为之间的矛盾，不能遽下判断。冯浩为清代李商隐研究第一人，但他某些疏漏失误对后人的影响也是不小的，读者应慎之。

筹笔驿

01

猿鸟犹疑畏简书，
风云长为护储胥。 02
徒令上将挥神笔，
终见降王走传车。 03

注·释

● 01 · 筹笔驿：在今四川广元北，相传诸葛亮出师北伐曾在此地驻军，筹划军事，因称筹笔驿。其地唐时属利州绵谷县，近嘉陵江，为川陕水陆交通要冲。义山往来利州有诗记之，本篇为大中十年冬随柳仲郢入朝时所作。

● 02 · 简书：古时写在竹简上的军书。《诗经·小雅·出车》："岂不怀归，畏此简书。"朱熹注："简书，策命临遣之词也。"储胥：护卫军营的木栅栏藩篱。两句意谓诸葛亮驻军的筹笔驿历经数百年，猿鸟畏疑，似当年军书威严尚在；风云聚集，似当年藩篱严正护卫。

● 03 · 徒令：空使。上将：主帅，指诸葛亮。挥神笔：运笔筹划军事，料敌如神。降王：蜀汉后主刘禅。《三国志·蜀书·后主传》："(邓)艾至城北，后主舆榇自缚，诣军垒门。艾解缚焚榇，延请相见。因承制拜后主为骠骑将军……后主举家东迁，既至洛阳。"可见蜀汉灭亡情形。传(zhuàn)车：古代驿站的专用车辆。

管乐有才真不忝,

关张无命欲何如! *04*

他年锦里经祠庙,

《梁父吟》成恨有余。 *05*

● *04·* 管乐：管仲和乐毅。《三国志·蜀书·诸葛亮传》："亮躬耕陇亩，好为《梁父吟》……每自比于管仲、乐毅，时人莫之许也。惟博陵崔州平、颍川徐庶元直与亮友善，谓为信然。"管仲是春秋时齐国政治家，辅佐齐桓公称霸。乐毅是战国时燕国政治家，帮助燕昭王打败齐国。真不忝：真不愧。关张：关羽和张飞。关、张为蜀先主刘备结义兄弟，权位极重。关羽镇荆州袭曹仁于樊城。孙权遣吕蒙袭取荆州，关羽兵败被杀。刘备起兵为关羽报仇，张飞率兵万人自阆中会江州，临发为其帐下将张达、范强所杀。无命欲何如：夭亡丧命令智者无奈何，意即诸葛亮得不到关羽、张飞的帮助。语本《列子·力命》："然而生生死死，非物非我，皆命也，智之所无奈何。"

● *05·* 他年：往年。锦里：姚培谦注引《蜀志》："锦里，成都地名，武侯祠在焉。"《梁父吟》：《乐府诗集》有诸葛亮《梁甫吟》一篇，述丞相晏婴以二桃杀三士的故事，恐非诸葛亮作。《乐府诗集》曰："《梁甫吟》盖言人死葬此山，亦葬歌也。"这只是诸葛亮隐居隆中时喜欢的一首诗歌。

品·评　商隐七律中，这是一首颇得杜诗神韵的作品。杜甫《蜀相》推崇"鞠躬尽瘁，死而后已"的诸葛亮；"出师未捷身先死，长使英雄泪满襟"，使千百年来胸怀英雄理想的读者感动不已。商隐在大中五年冬以东川幕府判官身份赴西川推狱，曾游成都武侯祠，作《武侯庙古柏》。"谁将出师表，一为问昭融"，诗人欲高举诸葛亮的《出师表》问一问悠悠上苍，其慷慨激昂亦似杜甫。五年后，他又随柳仲郢入朝，途经筹笔驿，览古兴怀，凭吊诸葛亮当年北伐驻军的遗迹。

诗人怀着虔诚的敬意来到这演出过英雄史诗的地方，猿鸟风云在数百年间都怀有敬畏扶持之意，因为诸葛武侯曾在此筹划军事。是景语也是情语，首联一扬，高不可及。颔联出人意外的一抑，却是无情的历史事实。诸葛亮料敌如神，为国尽瘁，却改变不了蜀国灭亡的命运。他死后不久，邓艾奇兵袭击成都，后主刘禅出降，到洛阳去当安乐县公了。诗歌在一扬一抑之间自然会引起人们的深思。颈联就是回答人们疑问的，也是很精辟的历史探索。诸葛亮的政治谋略和军事才能无愧于管仲、乐毅这些历史上的英雄人物，但他没有关羽、张飞这样的大将辅佐，真叫英雄徒呼奈何。第六句指出蜀国败亡是由于关羽、张飞不幸早天，蜀国大将后继无人，诸葛亮独木难支。颈联上下句一扬一抑，让读者对诸葛亮的卓越才能与蜀国的悲剧命运所构成的矛盾作进一步深思。结联忆及当年在成都咏《武侯庙古柏》已有举《出师表》问天之愤，今日吟罢《梁父吟》更觉憾恨有余。顿挫盘郁，收结道劲而多余韵。何焯曰："通首用意沉郁顿挫，绝似少陵。"（《辑评》）纪昀曰："须知神韵筋节皆自抑扬顿挫中来。"（《诗说》）所见略同。

咏史重在史识。此诗说诸葛亮有管、乐之才，无奈关、张夭丧，无人辅佐，独力难支，大厦之将倾。当年《武侯庙古柏》亦谓："玉垒经纶远，金刀历数终。"所谓"历数"，亦即杜甫《咏怀古迹》其五"运移汉祚终难复，志决身歼军务劳"之旨。李商隐和杜甫一样，他们歌颂的是诸葛亮明知不可为而鞠躬尽瘁为之的精神。诗歌在沉郁顿挫中流溢着浩然正气。历代学者赞赏义山学杜而得其藩篱正着眼于此。

听鼓

注·释

● 01 · 城头：指江夏郡城（今湖北武昌）。迭鼓：《文选》谢朓诗："迭鼓送华辀。"李善注："小击鼓谓之迭。"

● 02 · 城下句：陆游《入蜀记》："黎明离鄂州，便风挂帆，沿鹦鹉洲南行……洲盖祢正平被杀处……水色澄澈可鉴。"

● 03 · 渔阳掺（càn）：鼓曲名《渔阳参挝》的简称。《后汉书·祢衡传》："衡方为《渔阳参挝》，蹀躞而前。"李贤注："参挝（zhuā）是击鼓之法。"祢正平：祢衡，东汉末年著名文士。冯注引《后汉书》："曹操欲见之，而衡称狂病不肯往。操怀忿，闻衡善击鼓，乃召为鼓史，因大会宾客，阅试音节……次至衡，衡方为渔阳参挝……声节悲壮，听者莫不慷慨。进至操前，先解袒衣，次释余服，裸身而立，徐取岑牟单绞著之，毕，复参挝而去。操笑曰：'本欲辱衡，衡反辱孤。'"这就是后来演为祢衡击鼓骂曹的故事，掺，《后汉书·祢衡传》作"参"。

城头迭鼓声，⁰¹ 城下暮江清。⁰²
欲问渔阳掺， 世无祢正平。⁰³

品·评

这首诗展现了李商隐思想性格中倔强刚直的一面。他年轻时的诗文之作，已时时表现出傲视权贵的思想，如开成三年作《安定城楼》云："不知腐鼠成滋味，猜意鹓雏竟未休。"对排挤打击他的所谓"中书长者"予以蔑视。又如开成四年，他刚刚入仕就因活狱案触怒顶头上司，愤而攮纱帽作《任弘农尉献州刺史乞假归京》诗。这首诗是他行经江夏，听城头鼓声阵阵，见城下江水澄澈，想起东汉末年嫉恶如仇的祢衡。因为作为一介文士的祢衡敢于击鼓辱曹，曹操把他送给了刘表；刘表又容不得他，复转送江夏太守黄祖；最终，祢衡被黄祖杀于鹦鹉洲。在那个纷乱的时代，秉负绝代之才的文士以直道事人，竟落得如此下场。诗人目望芳草萋萋的鹦鹉洲，他不禁感叹："欲问渔阳掺，世无祢正平。"在商隐的交游中，他所崇敬的刘蒉就是一位正直敢言的勇士。美国学者刘若愚在其所著《李商隐的诗——九世纪中国的巴洛克诗人》(*The Poetry of Li Shang-yin: Ninth-Century Baroque Chinese Poet*) 一书中评笺《听鼓》曰："李商隐作此诗时很可能想起了无畏直言的刘蒉，因此，我把此诗编在两首哭吊刘蒉的诗后。"①这是很有道理的。冯浩曰："此游江乡作。"江乡之游，商隐与刘蒉在黄陵晤别，这位祢正平式的勇士还在，此时不得说"世无祢正平"。我认为此诗很可能是大中六年李商隐奉柳仲郢之命，在江陵路祭李德裕归柩，随后送李德裕家人护柩由江陵下江夏时所作。岑仲勉《玉溪生年谱会笺平质·(己) 缺证》之"李德裕归梓年"条，完全赞同陈寅恪《李德裕贬死年月及归葬传说辨证》关于大中六年，李商隐在江陵路祭李德裕归柩的假设，陈寅恪甚至认为："大中六年夏季义山奉柳仲郢之命，下峡祭吊卫公之柩，因送至襄阳，事毕复命，还归东川，其上峡时已是秋深。"我则以为李德裕归柩由水路下长江，经淮河返洛阳，这曾是李德裕当年贬潮州时所走的路线。因之，江夏是其必经之地，《无题》"万里风波"诗云"黄鹤沙边亦少留"可以为证。参见该诗的品评及相关考证。商隐大中元年代郑亚撰拟《太尉卫公会昌一品集序》已赞李德裕为"万古之良相"。此后，会昌有功将相被贬，诗人再三为之鸣不平。他不避时势忌讳，正直敢言，表现了祢衡、刘蒉那样的可贵精神。当然，在实际生活中，他为了仕途家计有时也会向当权者告哀乞怜，显示出庸俗的一面。但是，文士之正直薪火相传是李商隐诗的闪光点，异常珍贵。

---

① 刘若愚《李商隐的诗》第 135 页《听鼓》笺注原文：It is possible that in writing this poem Li Shang-yin had in mind the fearless and outspoken Liu Fen. I am therefore placing it immediately after the two elegies for Liu. 1969 年，美国芝加哥大学出版社出版。

齐宫词

永寿兵来夜不扃，01
金莲无复印中庭。02
梁台歌管三更罢，
犹自风摇九子铃。03

注·释

- 01・永寿：南齐废帝萧宝卷为潘妃起造的宫殿名。扃（jiōng）：关闭。永元三年，雍州刺史萧衍乘废帝昏乱率兵攻京城，齐大臣王珍国、张稷慑祸，乃谋应萧衍，夜开云龙门，勒兵入殿。当夜，废帝在含德殿吹笙歌作《女儿子》，兵至被杀；王珍国等斩其首送萧衍。
- 02・"金莲"句：《南史·齐废帝东昏侯传》："（永元三年）又别为潘妃起神仙、永寿、玉寿三殿……又凿金为莲花以贴地，令潘妃行其上，曰：'此步步生莲华也。'"萧衍入齐宫，收嬖妾潘妃诛之。
- 03・梁台：南朝习以台称朝廷宫禁，梁台即梁宫。九子铃：《南史·齐废帝东昏侯传》："庄严寺有玉九子铃，外国寺佛面有光相，禅灵寺塔诸宝珥，皆剥取以施潘妃殿饰。"

品·评

题曰《齐宫词》，主旨则重在表现梁朝新主淫乐相继，重蹈前朝覆辙。举一斑而见全豹，六朝悲恨相续的趋势在诗歌的特写场景中自然地流露显现出来，二十八个字的七绝可以有如此丰富的内涵，耐人吟诵。

起笔以形象的笔触叙写齐梁易代的历史。萧衍兵围建康（今江苏南京），齐东昏侯萧宝卷犹自花天酒地，在含德殿吹笙歌作《女儿子》。齐宫夜间连宫门都不关闭，即使在外敌围城的情况下，齐主还是如此，其醉生梦死之状也就有了典型意义。义山将含德殿发生的兵乱事件搬到潘妃的永寿殿，更突出了帝妃荒淫奢侈以致祸乱的教训，也使下句"金莲无复印中庭"自然浑成，含义深永。诗后半部分用玉九子铃贯串齐梁，富有寻绎遗教的深刻意义。上承"兵来"，由齐入梁，梁台即旧时之齐台。时又夜深，梁朝新主歌舞弦管之乐初歇，当年东昏侯为装饰潘妃宫室而摘取的庄严寺玉九子铃又在风中摇曳作响，不禁使人想到"金莲无复印中庭"的前代下场。

义山咏史好用议论，但此诗主要用记叙写法，改换场景，以唱叹出之，意蕴丰邃。

南朝

01

地险悠悠天险长，*02*

金陵王气应瑶光。*03*

休夸此地分天下，

只得徐妃半面妆。*04*

注·释

● *01*·诗题作《南朝》，而诗所咏为梁元帝事，其意在举以概偏安江左的南朝，不得拘囿于一人一事。

● *02*·地险：南朝都城建康地势险要，晋张勃《吴录》："刘备曾使诸葛亮至京，因睹秣陵山阜，叹曰：'钟山龙盘，石头虎踞，此帝王之宅。'"天险：指建康城外的浩渺长江。

● *03*·金陵王气：冯注引《吴录》："张纮言于孙权曰：'秣陵，楚武王所置，名曰金陵。秦始皇时，望气者云金陵有王者气，故断连冈，改名秣陵。'"瑶光：北斗七星为第一天枢、第二璇、第三玑、第四权、第五玉衡、第六开阳、第七摇光。

● *04*·徐妃半面妆：梁元帝妃徐昭佩无姿容，性妒忌，与元帝不睦。元帝二三年才至徐妃处，徐妃怨恨，因元帝只有一眼，知其将至，故意妆半面以待，元帝见则大怒而出。

品·评

金粉南朝败亡相继，是商隐咏史常用的题材。本诗选取南朝君主自恃上应天象，下据形胜，却只图偏安的事实，发抒议论。诗从古称金陵的南朝都城建康说起。诸葛亮到江东联合吴以抗曹操，曾赞此地是"钟山龙盘，石头虎踞，此帝王之宅"。这便是它的地险。城外浩渺的长江则是它的天险。除了这些自然山川形胜之外，南朝诸帝更得意于此地星象之佳。吴地属斗宿分野，"瑶光"是北斗第七星，这就是说南朝诸帝不只自恃有形胜之险，更以为上应天象，气运特别好。"休夸此地分天下"，这不是一统天下，而是半壁江山。南朝苟安江左的事实对昏庸君主们所夸示的王气形胜作了最有力的嘲讽。而南朝统治者之间钩心斗角，你争我夺的种种丑行更是数不胜数。义山独具匠心，竟找出梁元帝和徐妃不和的故事，来比拟南朝只有半壁江山的可笑又复可悲。徐妃姿容不美，元帝二三年才入房。徐妃因元帝独眼，故意以半面妆相待。帝妃不睦的故事，粗看似有妙语之趣，实质是以笑谑为讥刺，因其关涉严肃主题，便无纤巧艳丽之嫌。

此诗在调动时空上极有创意，梁元帝建都江陵，诗却从金陵王气形胜说起；梁元帝和徐妃的矛盾却可概见南朝统治者的腐朽。程梦星评曰："以为六代君臣，偏安江左，曾无混一之志，坐视神州陆沉，其兴其亡，盖皆不足道矣。愚谓诗真可空前绝后，今人徒赏义山艳丽，而不知其识见之高。"评价为"空前绝后"，言过其实了；但赏其史识，却是知言。

隋宫

⁰¹

紫泉宫殿锁烟霞，

欲取芜城作帝家。⁰²

玉玺不缘归日角，

锦帆应是到天涯。⁰³

于今腐草无萤火，

终古垂杨有暮鸦。⁰⁴

地下若逢陈后主，

岂宜重问后庭花。⁰⁵

● 01·隋宫：此专指隋炀帝杨广在江都（今江苏扬州）的行宫。同题之作有二，这里所选的七律之外，另有七绝"乘兴南游不戒严"一诗，都是讽刺杨广南游穷奢极侈，终致国亡身灭可耻下场的。二诗可互参。

● 02·紫泉宫殿：长安宫殿。司马相如《上林赋》："丹水更其南，紫渊径其北。"这是状长安山水形胜之美。《文选》李善注"紫渊"为紫泽，诗人避高祖李渊名讳改作紫泉。芜城：刘宋鲍照作《芜城赋》，以伤广陵（今江苏扬州）经战乱之荒芜，故广陵又有芜城之名。

● 03·玉玺（xǐ）：皇帝的印，为政权之象征。日角：指人的前额隆起如日，有帝王之相。冯注引《旧唐书·唐俭传》：李渊召唐俭衍时事，唐俭曰："明公日角龙庭，李氏又在图牒，天下属望，指麾可取。"锦帆：炀帝下江都乘龙舟，以官锦作帆，此指其舟船。

● 04·腐草无萤火：旧说萤火虫从腐草中生出。《资治通鉴》大业十二年五月："帝于景华宫征求萤火，得数斛，夜出游山，放之，光遍岩谷。"此言隋宫荒芜，连腐草中也无萤火虫了。终古：长久以来。

● 05·陈后主：南朝陈的末代皇帝陈叔宝。后庭花：《玉树后庭花》曲，为陈后主与其宠妃张丽华所喜好的靡靡之音，历代认为是亡国之音。《隋遗录》载：炀帝在江都，昏湎滋深，梦游吴公宅鸡台，与陈后主相遇。见后主舞女数十，其中一人迥美，帝屡目之，后主曰："即丽华也。"因请丽华舞《玉树后庭花》，丽华徐起，终一曲。后主问帝曰："龙舟之游乐乎？始谓殿下致治在尧舜之上，今日复此逸游，大抵人生各图快乐，襄时何见罪之深耶？"帝忽寤，叱之，恍然不见。

前人评李商隐诗有谓之"獭祭"者，即说其诗多用典故，堆砌成文，难于理解。这首七律几乎句句有典故，但咏隋亡遗事，所用都是人们较熟悉的故实，大量用典又出新意，反觉得典雅丰厚，成为传诵名作。

首联从字面上看是说杨广抛下长安宫殿，龙舟千里到江都去寻欢作乐。而紫渊为长安名胜，弃形胜之地赴芜城，寓其荒嬉至于昏聩之意。鲍照当年作《芜城赋》，实因痛感于刘宋之时十年间广陵两遭兵祸。诗用"芜城"，不用广陵、江都，影射炀帝以危机四伏的芜城为家，必无善终。史载大业十二年，炀帝将出巡江都，建节尉任宗，奉信郎崔民象、王爱仁上书极谏，都被这个昏暴的杨广斩首，其不亡乃天理不容。如此自然过渡到隋唐易代，李渊有日角之相，玉玺终于归唐。诗人虚笔设想，要不是如此，炀帝昏聩真会把龙舟开到天涯海角。诗无理而妙，联系同题七绝"乘兴南游不戒严，九重谁省谏书函？春风举国裁宫锦，半作障泥半作帆"所云，读者可以想象，当时杨广不仅暴戾拒谏，而且弄得全国疯狂，百姓受害。"锦帆应是到天涯"是对七绝所云的合理推测。纪昀《诗说》评曰："便连未有之事一并托出，不但包括十三年中事也，此非常敏妙之笔。"这是用典之妙至于神妙的例子。

诗后半部分由设想转而遥想，遥想二百年前，两京与江都之间发生的事。炀帝在南巡江都前于洛阳景华宫忽发奇想，征求萤火虫得数十斛，夜出游山，放出数十斛萤火虫，光遍山谷。其穷奢极侈，不恤民力，罕有其匹。诗把这荒唐的场景移至江都隋宫，二百年后的隋宫，荆棘荒草，连萤火虫也没有了，唯有隋堤上垂杨幕鸦，一片死气沉沉。虽是写景，却兴在象外。结联注家都引《隋遗录》故事，小说家言，流传自广。如果撇开这一熟知的故事，将结联视为诗人冷冷的旁白、讽刺及批判，如黄侃《李义山诗偶评》所曰："平陈之役，炀帝为晋王，实总戎重。末路荒淫，过于叔宝。故举后主以为类，讥刺之意甚显，不必以稗官所记魍鬼事实之也。"这样的阐释与诗的整体仍是十分贴切自然的。义山用典在若有若无之间，极尽自然，也实为大家手笔。

贾生 01

注·释

- *01*·贾生：贾谊，西汉文帝时期著名政论家、辞赋家。年二十余为博士，官至太中大夫，力主改革政制，受到大臣周勃、灌婴等反对，贬长沙王太傅。数年后被召回长安。复为梁怀王太傅，王堕马死，因自伤为傅无状，郁郁而死。
- *02*·宣室求贤：贾谊自长沙被召回长安，文帝在未央宫前殿正室，即所谓宣室召见他。
- *03*·才调：才情。无伦：无与伦比。《史记·屈原贾生列传》："上因感鬼神事而问鬼神之本。贾生因具道所以然之状。至夜半，文帝前席，既罢，曰：'吾久不见贾生，自以为过之，今不及也。'"
- *04*·"可怜"二句：意谓可惜文帝白白地夜半向贾生垂询请教，他不问关系百姓民生的大事，却问什么鬼神虚妄之事。可怜：可惜。前席：古时席地而坐，移坐向前谓前席。

宣室求贤访逐臣， 02

贾生才调更无伦。 03

可怜夜半虚前席，

不问苍生问鬼神。 04

品·评

宣室奉召是封建时代文人艳美的君臣遇合盛事，义山则独具慧眼地看出了事件里杰出人才被视同卜祝的不幸。贾谊政见卓越，《治安策》《论积贮疏》《过秦论》千古流传，亦为历代统治者中的有为之主所激赏，而司马迁《史记》偏偏要活龙活现地描写文帝向贾谊请教鬼神事的一个情节。司马迁是汉朝臣子，他的信史凭实录说话，很少作主观评价。到李商隐笔下，宣室奉召的故事就有了不同寻常的解说了。

诗的基本结构是前扬后抑。文帝仿佛求贤若渴，既"求"又"访"，其谦恭的神情宛然若见。诗句亦叙亦说，"宣室"寓夜召意，"逐臣"寓自长沙召回意，纯是对《史记》原文的提炼。"贾生才调更无伦"，既是作者对贾谊才能风调无与伦比的赞美，又隐括了文帝夜召所说"吾久不见贾生，自以为过之，今不及也"一语。只要熟悉故事，人们不难从议论叙事里领略到丰富的诗歌意象。

诗后半部分以冷语作议论，抓住文帝倾听贾生具道鬼神事而忘情前席的举动，着"可怜"二字，感慨系之。贾生怀经邦济世之才，却被君主视同卜祝，这才是真正意义上的怀才不遇。王勃《滕王阁序》早就说过："屈贾谊于长沙，非无圣主。"此时，在李商隐看来，其不幸更甚于此前之迁谪长沙。或许如论者所言，诗中寄寓了义山自己的怀才不遇之痛。但是，这已经不重要了。作品客观上提出的是，贾谊这样的卓越人才，生在所谓文景之治的盛世，受到圣主文帝的赏识，结果还是怀才不遇。这样的问题，让千年来的才智之士伤痛，亦让力求有为的统治者们深思。二十八个字的文本竟有如此魅力，让人赞叹不已。

伍丨咏物诗

初食笋呈座中

注·释

● 01 · 箨（tuò）：笋壳。竹类主干所生的叶，竹笋破土而出时包于外。苞：此指破土而出的笋，状如花苞。
● 02 · 於陵：冯注引《元和郡县志》："淄州长山县本汉於陵地。"地在今山东邹平东南。
● 03 · 皇都陆海：《汉书·地理志》："故秦地于《禹贡》跨雍、梁二州……有鄠、杜竹林，南山檀柘，号称陆海，为九州膏腴。"唐皇都长安南面鄠、杜竹林，物产丰富，被称为陆海。

嫩箨香苞初出林，⁰¹

於陵论价重如金。⁰²

皇都陆海应无数，⁰³

忍剪凌云一寸心。

品·评

徐湛园曰："此疑从崔戎兖海作。"冯浩从徐氏说，以为是商隐早年居兖海观察使（治兖州，在今山东兖州）崔戎幕府时所作。大和七年，商隐应进士试，不第。翌年春，随从表叔崔戎赴兖州。诗系在兖州幕府宴会上的即兴之作，以破土初出的嫩笋自喻，抒发了青年诗人的凌云壮志，同时联想到京城鄠、杜竹林，美材无数，又有美材遭摧折之殷忧。

诗咏物寄兴，情感激越而多愁善感。首二句先描述初出林的幼笋鲜嫩清香，喻其品质之美，需要爱才者予以呵护扶持。接言其价值千金，却被剪伐作兖幕宴席上的佳肴，感伤之情溢于言表。於陵地在今山东邹平东南，所产般肠竹笋颇名贵。"於陵论价重如金"，平平叙来，却蕴含着怜才惜物之情。三、四句由咏物转出寄兴，由此从幕府宴会上的食笋联想到皇都长安，那素有"陆海"之称的鄠、杜竹林更有无数美材，鲜嫩清香的幼笋是可以长成凌云大竹的，可是它们被无情地吃掉了，如此暴殄天物，于心何忍！诗意由隐渐显，远而不尽，达到了人与物一体的境界，富于韵外之致，显示出诗人早期诗作已初具"深情绵邈"的风格。

泪

注
·
释

● 01·永巷：古代幽禁妃嫔的地方。

● 02·离情：离别之愁情。风波：指丈夫在外有风波之险。

● 03·"湘竹"句：相传帝尧之二女娥皇、女英为帝舜二妃。舜南巡，死于苍梧。二妃追至江湘之间，泪洒湘竹而逝。

● 04·岘（xiàn）首碑：《晋书·羊祜传》：羊祜为荆州都督开设庠序，惠爱人民。其死后，襄阳百姓于岘首山羊祜游憩之处建庙立碑。望其碑者，莫不流涕，杜预因名曰"堕泪碑"。

● 05·紫台：紫宫。此用昭君和番故事，为习见典故。杜甫《咏怀古迹》其三有云："一去紫台连朔漠，独留青冢向黄昏。"

● 06·"兵残"句：《史记·项羽本纪》："项王军壁垓下，兵少食尽，汉军及诸侯兵围之数重。夜闻汉军四面皆楚歌，项王乃大惊曰：'汉皆已得楚乎？是何楚人之多也！'此即四面楚歌故事。

● 07·灞水桥：亦称灞桥，在长安东边。《开元天宝遗事·销魂桥》："长安东灞陵有桥，来迎去送皆至此桥，为离别之地，故人称之销魂桥也。"青袍：唐代八品、九品下级官员穿青色衣服，此指下层官员或文士。玉珂：以玉作马口勒的装饰，借指达官贵人。

永巷长年怨绮罗， *01*

离情终日思风波。 *02*

湘江竹上痕无限， *03*

岘首碑前洒几多。 *04*

人去紫台秋入塞， *05*

兵残楚帐夜闻歌。 *06*

朝来灞水桥边问，

未抵青袍送玉珂。 *07*

品
·
评

此诗多用典故，八句共写了七件可垂泪的事。前六件泪所言永巷冷宫、思妇惦念涉历风波的丈夫、舜之二妃泪染斑竹、岘山堕泪碑、昭君出塞、四面楚歌，都是人们熟悉的典故，读来不感到艰深，反而让人们从典故中体味到凝重的历史感。结联谓历史上的种种悲痛之泪，比起青袍文士在灞桥送别达官贵人时的内心伤痛来都有所不及。这显然是将江淹《恨赋》《别赋》的写法移植到律诗中来，在晚唐诗歌的创作中有创新意义。

七言律诗用前六句排列种种典实，末二句结出主旨的写法，在义山诗中还有《茂陵》《闻歌》诸作。结构上的特点是先言他物以引起所咏之词，以前六句兴起末二句，典雅清丽，主题鲜明。《泪》诗对后人颇有影响，宋代同样好用典故的词人辛弃疾仿本篇作《贺新郎·别茂嘉十二弟》，词里用历史上昭君出塞、卫庄姜送归妾、李陵和苏武河梁之别、荆轲易水之别四事来比照辛氏兄弟之别，历史叙事让人体味到今日分别的沉重，这是学李商隐诗成功的一例。多用典故，矜才炫博也会产生流弊。《古今诗话》载优人嘲宋初西昆诗人曰："尝御赐百官宴，优人有装为义山者，衣服败裂，告人曰：'吾为诸馆职拽扯至此。'闻者一噱。"杨亿、刘筠、钱惟演均是宋初馆阁诗人，他们亦有仿李商隐诗的同题作品《泪》，把历史上的悲哀故事排比在一起，犹如一堆谜语。模仿毕竟不同于创作，矜才炫博而埋没意绪，与李商隐诗实有上下床之别。他们仿《茂陵》所作《汉武》倒较为成功，尤其是刘筠所作典雅堂皇，喻示切实。"相如作赋徒能讽，却助飘飘逸气多"，也深得义山讽喻批判之骨力，这说明诗歌先得有真性情，才能感人育人。

《泪》诗透露出义山内心高傲不屈的一面。开成四年，作者因活狱案触怒陕虢观察使孙简，愤而辞职作《任弘农尉献州刺史乞假归京》。诗云"却羡卞和双刖足，一生无复没阶趋"，可见义山傲视上司的嶙峋风骨。叶葱奇《李商隐诗集疏注》曰："这可能是辞尉从调时偶然涉笔。"叶说在诸家笺注中较为合理。注家或将此诗与义山依人做幕相联系，或以为此诗乃伤李德裕远贬南荒，证据皆不足。盖义山从郑亚赴桂管，从柳仲郢赴东川，其与府主相处融洽，并得到尊重，自然不可能针对府主发抒抑塞穷途之感慨。"朝来灞水桥边问"，赴东川乃由长安西行，与灞桥无涉，说者不免落空。至于伤李德裕南贬说，句意与事实也相扞格。李德裕南贬由洛阳水路经淮河、长江，过洞庭湖而南下，并非从长安启程。开成四年八月，诗人姚合代孙简出任陕虢观察使，谕使义山还任弘农尉。义山与姚合尚能相合，故还任弘农尉至第二年冬。这期间，我们看到一位正直文士对于霸道上司的抗争，看到他被迫迎往送来时内心的煎熬，这些正是他思想性格上的人性光辉，弥足珍贵。

落花
01

注·释

● 01·义山会昌四年移居永乐（今陕西潼关北），时因丧母闲居，所居一草一木无非自栽，集中屡屡提及，本篇当为会昌四年春所作。

● 02·小园：作者所居之处，集中有《小园独酌》《小桃园》等同时之作。

● 03·仍欲稀：指花落后枝头残花渐稀疏。稀，一作"归"，误。

● 04·芳心：双关，既指花，也指诗人惜花之心情。沾衣：双关，既指落花沾衣，也指惜花落泪沾衣。

高阁客竟去，小园花乱飞。*02*

参差连曲陌，迢递送斜晖。

肠断未忍扫，眼穿仍欲稀。*03*

芳心向春尽，所得是沾衣。*04*

品·评

春残花落是诗人们伤春怜花的熟套，弄不好陷入白窠便不能动人。商隐此诗因惜花而动了真情，沈德潜《唐诗别裁集》曰："题易粘腻，此能扫却白科。"所见精辟。

起用递折之笔，小园花落，残红乱飞，诗人惜花，而客竟因无花可赏，下高阁而去。两相对比，可见诗人情致高雅。以下六句俱从惜花连贯而下，却又曲折有致。颔联写落花乱飞之情状，或落英缤纷，洒满阡陌；或高扬远去，若送斜晖。颈联物与心会，充满同情，用移情写法使物我交融。"肠断未忍扫"，即林黛玉《葬花词》"阶前愁杀葬花人"之意。"眼穿仍欲稀"，望眼欲穿地盼枝头残花留住，但残花还是纷纷飘落，枝头的花越来越稀少。与《葬花词》所谓"独把花锄偷洒泪，洒上空枝见血痕"真是出于同一机杼，只是还不及义山诗的敦厚有余。结联"芳心""沾衣"皆是双关语。花随着春尽而落尽；诗人的惜花之情，只能随着沾衣的残花而泪洒衣襟。冯浩注引杨致轩语曰："一结无限深情。"这是因为双关修辞的运用使作者与落花浑然一体，这"深情"已突破惜花、伤春而使人联想到秉负绝代之才的李商隐闲居永乐种草养花的生涯。但这"无限深情"当然不能拘囿于此，它可以随着知人论世的深入而逐渐丰富起来，此非寻常花落春残的咏物诗所及。

高松

注·释

● 01·天涯：遥远的地方，此指桂林。
● 02·后：一作"候"。
● 03·雅韵：风吹松林的松涛之声，是大自然的雅韵。"无雪"句：桂林地暖，冬天无雪。其《桂林道中作》亦云："地暖无秋色"。
● 04·上药：延寿之仙药。伏龟：《初学记·木部·松第十三》："嵩高山有大松树，或百岁，或千岁，其精变为青牛、伏龟，采食其实得长生。"伏龟即巨大的茯苓。

高松出众木，　伴我向天涯。⁰¹

客散初晴后，⁰²僧来不语时。

有风传雅韵，　无雪试幽姿。⁰³

上药终相待，　他年访伏龟。⁰⁴

品·评　诗人有不少咏花木的作品，《高松》是咏岭南高松的诗，在集中别有风姿。诗首联融合"高松"和"我"，托物寓情，物我一体。高松凌越寻常树木，气度不凡，在这天涯极远之地伴我孤傲之人。姚培谦笺曰："远客高松，相对居然老友。"惺惺相惜，大有悟性。下六句既是咏松，又是咏人。颔联无一字及于高松，却让读者去体悟松林间的幽雅自然境界，客散初晴以后和僧来不语之时，有一种禅悟味。义山在桂管时期所作《五月十五夜忆往岁秋与彻师同宿》《同崔八诣药山访融禅师》都已有探求佛理的倾向，但作者并非非枯燥说理，而是通过清词丽句，传达物和我的神韵。颈联在幽雅自然的境界里，听松涛之雅韵，憾无雪展示青松的幽姿。最后，诗人自信终将修炼成"上药"仙品，千年茯苓必将为世所重。诗既是咏松，也是作者人格精神的写照，水乳交融，密不可分。

全诗写景、叙事、抒情与哲理相融合，除落句用典，语言明白畅晓外，还很好地展示了李商隐大中元年冬在桂林的精神风貌。

柳

注
·
释

●*01*·断肠：犹云销魂，谓使人荡气回肠。李白《清平调》其二："一枝红艳露凝香，云雨巫山枉断肠。"

●*02*·肯：会。杜甫《徐卿二子歌》："丈夫生儿有如此二雏者，名位岂肯卑微休。"

曾逐东风拂舞筵，

乐游春苑断肠天。*01*

如何肯到清秋日，*02*

已带斜阳又带蝉。

品
·
评

明代杨慎《升庵诗话》引宋庐陵陈模《诗话》云："前日春风舞筵，何其富盛，今日斜阳蝉声，何其凄凉，不如望秋先零也。形容先荣后悴之意。"此诗实即以柳之春荣秋悴自喻，其象征之意尤为丰富，当为作者大中年间沉沦不遇时所作。诗的前二句与后二句形成强烈的反衬对比。让我们联系作者的经历来探讨"柳"的喻意与象征意义。开成二年，诗人才二十五岁就考中进士，年轻才俊，春风得意，自然让人联想到唐代新及第进士游赏曲江、题名雁塔的胜事。公卿之家携眷属纵览，新进士往往被公卿家看中成为乘龙快婿。这样的美事在作者当时所作《韩同年新居饯韩西迎家室戏赠》诗里已提及，所谓"一名我漫居先甲，千骑君翻在上头"，说的即是他和韩瞻同为泾源节度使王茂元所赏识，成为东床之选。商隐与王氏成婚后不久，开成四年释后为秘书省校书郎。娶名家女、为清望官是唐代文人的理想，年轻的诗人未及而立之年都已实现。因之，首二句由"曾"字领起深情的回忆，他曾像春柳随东风吹拂，在曲江乐游苑新进士游赏宴舞处占尽春光，令人销魂。

人生的命运真难捉摸，谁知此后他竟命途多舛，坎坷不遇。一直到大中时期步入人生后期，诗人还一直只能以文才充任幕职。"如何肯到清秋日，已带斜阳又带蝉。"肯，作"会"讲，兼含测度之意。他自己也不明白春柳到秋天，竟会处于斜阳暮蝉之下，呈现衰败之象。商隐的命运就像柳那样，春荣秋悴，合二而一，真是寓慨深沉。

此诗虚字运用很有特点。纪昀曰："蘅斋评曰：四句一气，笔意灵活。只用三四虚字转折，冷呼热唤，悠然弦外之音，不必更着一语也。""曾逐"，以虚字联缀动词，引起对往年繁华春日的温馨回忆。同样，"肯到"联缀，表示对前荣后悴的惘然。"已带""又带"联缀，将萧瑟秋景层层渲染，言外有无穷感忙。

蝉

注·释

● 01·"本以"句:《吴越春秋》:"秋蝉登高树,饮清露,随风挒挠,长吟悲鸣。"诗中以蝉栖止高枝,饮清露,本性清高,故不得其饱自喻,托物写恨。

● 02·薄宦:官职卑微,沉沦下僚。《南史·陶潜传》:"潜弱年薄宦。"梗泛:姚培谦注引《战国策》:"有土偶与桃梗相与语,土偶曰:'子东国之桃梗也,刻削子以为人,降雨下,流子而去,则子漂漂者将如何?'"土偶人对桃枝说,桃木人在降雨时随水漂流,不知漂向何方。后人遂以"梗泛"喻漂泊无定。

● 03·"故园"句:陶渊明《归去来兮辞》:"归去来兮,田园将芜胡不归?"

● 04·烦君:指不断哀鸣的蝉。

● 05·"我亦"句:我亦与蝉一样,全家清贫。

本以高难饱,⁰¹ 徒劳恨费声。

五更疏欲断, 一树碧无情。

薄宦梗犹泛,⁰² 故园芜已平。⁰³

烦君最相警,⁰⁴ 我亦举家清。⁰⁵

品·评

此诗深得比兴之妙,为唐人咏蝉杰作。施补华《岘傭说诗》曰:"同一咏蝉,虞世南'居高声自远,端不藉秋风',是清华人语。骆宾王'露重飞难进,风多响易沉',是患难人语。李商隐'本以高难饱,徒劳恨费声',是牢骚人语。比兴不同如此。"宫廷词臣虞世南居高临下的堂皇气势,造反文士骆宾王早已隐伏的抑郁不平,杰出诗人李商隐沉沦不遇的凄苦哀鸣,在他们的诗作中各擅胜场,耐人寻味。从艺术表现上说,李诗咏蝉不粘不滞,有神无迹,结构精巧,隐显分合，这是李商隐的独特风格，古人中罕有其匹。

诗前半部分咏蝉，处处隐含着自己；后半部分咏己，又处处隐含着秋蝉。首联说蝉在树的高枝餐风饮露，不得其饱，实喻自己为人清高，而沉沦不遇，虽然不平则鸣，却是徒劳费声。颔联情感激越，说不管秋蝉哀鸣直到五更声音稀疏欲绝，而树木树叶青碧无情。这第四句似乎无理，却是历来公认的神来之笔。李白《侍从宜春苑奉诏赋龙池柳色初青听新莺百啭歌》云：“东风已绿瀛洲草，紫殿红楼觉春好”。王安石《泊船瓜洲》更有“春风又绿江南岸”的名句。绿色本是令人愉悦的颜色，古诗中不胜枚举。此诗中绿树青碧却被赋予冷酷无情、令人可怖的色彩，当然与诗人的身世遭遇密切相关。他博学多才，四六章奏名闻当时，自以为“自蒙半夜传衣后，不羡王祥得佩刀”(《谢书》)，不料步入仕途后却是坎坷不遇。冯浩将此诗编于大中五年，时商隐困顿无依，大致可从。但冯注颔联曰：“所谓屡启陈情而不之省也，写得沉痛如许。”后之注家多有从冯说，并指责令狐绹身为宰相对老友冷酷无情。解诗拘囿于此，实不可从。商隐汲汲求仕，集中向达官贵人陈情之作多多，诗无达诂，不必过于指实。此联乃是对封建腐政摧抑人才之控诉耳！

诗后半部分由咏蝉转到一抒己之愤懑，前后幅之间由隐而显；同时也是先言他物以引起所咏之词，是比而兴。商隐长年漂泊，依人做幕，为着生计仕途一次次离家远游，就像东国之桃梗，漂漂者不知将如何，就像蝉“随风扬（挥）挠”，栖止不停。于是，作者想起陶渊明不为五斗米折腰的故事，有了田园将芜胡不归的念头。结联把哀鸣的蝉与我结合，通体浑成。“君”直视蝉为知己，你的哀鸣警醒了我，我亦与“君”一样，举家清贫。言外欲归而不能归，情辞俱苦，十分动人。纪昀《诗说》曰：“前半写蝉，即自喻；后半自写，仍归到蝉。隐显分合，章法可玩。”

唐人一般取积极入世的人生态度，怀才不遇就不平则鸣，李、杜、韩、柳诸大家皆然。李商隐此诗不平则鸣，诗艺更为历代论者所激赏。但历代学人中也有持不同人生价值取向者，赏东汉袁安清贫自守不干求人，东晋陶渊明不为五斗米折腰决然归隐，而于李商隐之叹穷嗟卑，向达官贵人告哀乞怜颇有微词。古代文士处于不同的历史文化背景，他们所表现出的人生价值取向的差异，是今天的读者要用历史的观点加以分析认识的。

细雨

● 01·潇洒：清丽、凄清。亦作"萧洒"。杜甫《玉华宫词》："万籁真笙竽，秋色正萧洒。"

● 02·的的：明亮可见的样子。程梦星注引梁简文帝诗："胧胧月色上，的的夜萤飞。"

● 03·五门：冯浩注曰："郑康成《明堂位》注：'天子五门：皋、库、雉、应、路。'句则泛言京城耳。诗为客居作，草色相连，人偏远隔。"

潇洒傍回汀，[01] 依微过短亭。

气凉先动竹，　点细未开萍。

稍促高高燕，　微疏的的萤。[02]

故园烟草色，　仍近五门青。[03]

品·评

《细雨》五律是李商隐咏物名作，具体作年难以确定，故冯浩、张采田所著俱不入编年。然此诗托物兴怀，触目京城客居草色青青，遥想故园烟草与此相连，透露出客中思乡之情。此类情思常见于作者后期一些抒写宦游失意、倦客思归的篇什，本诗亦似为其后期所作。

作者另有五绝《细雨》诗一首与此篇作法不同。其云："帷飘白玉堂，簟卷碧牙床。楚女当时意，萧萧发彩凉。"二诗可略作比较，以见作者采用不同的艺术手段。其把细雨比作白玉堂前飘拂的帷幕，细纹密织的簟席，巫山神女纷披的长发。设喻新颖而形象鲜明。本诗则主要从正面铺写，辅以烘托，结处因物兴感，情与境偕。

起笔写细雨初起。细腻熨帖。"潇洒""依微"之状令人想起李白《游水西简郑明府》的诗句"凉风日潇洒，幽客时憩泊"所描绘的若隐若现、荡漾飘洒的景象。李商隐借助前人诗句的意象来形容细雨，却又笔下含情，风神独具。那细雨由空中飘洒下来，不知不觉间已临近回汀，隐约依微地飘过小亭。池亭周遭笼罩在濛濛雨丝中。只有十分敏感的人，才能感受到清丽环境中的那种凄清。接着，诗人摹写雨气的微凉和雨点的轻细，青竹摇曳和微微的凉意令人感到这是初秋的雨气微风。雨点飘落在曲池上，连浮萍都未曾移动，那正是润物细无声的丝雨。如此体物工细，摹写入微，进而在颈联中展开。白天燕子依旧高高飞翔，夜晚流萤仍是的分明，细雨对它们只是稍有影响。"稍促""微疏"在它们的自然生态中平添了几分生气。至此，细雨就像一个举止文静、仪态娴淑的女神，对回汀、短亭、浮萍、青竹、飞燕、流萤隐隐产生着影响，她与"月中霜里斗婵娟"的青女和素娥是不一样的。

诗人的神思终于由眼前的自然物象飞越到家乡，触目京城客居的青青草色，联想到与此绵绵相连的故园烟草，引出客中思乡之情。冯浩注曰："诗为客居作，草色相连，人偏远隔。"切中诗旨。结处以故园与代指京城的五门对举，有的研究者说结联"反映迫切想回京都的感情"，似与原意相违。

作为一首有寓托的诗，作者把自己的情感融入诗歌所描写的物象之中，其意兴与兴象均在似有若无之间，自然浑成，不着痕迹。此诗咏物的细腻精微固堪跻于唐诗名家，而结处托物兴感，即景会心，使诗臻于传神空际的超妙境界，尤为李商隐胜境独到。纪昀评此诗曰："若近若远，不粘不脱，确是细雨中思乡，作寻常思乡不得，作大雨亦不得。"（《诗说》）所论切当而有味。

相对于盛唐诗的雄伟壮美主调，中晚唐诗另辟纤细秀美之境，这在唐诗美学的发展中无疑有独特的意义。本诗正以其纤细精微的秀美为历代论者所推许。当然，李商隐诗也有沉郁豪迈的作品，如《韩碑》之磅礴大气，五律如《鄠杜马上念汉书》之雄豪正大。然就纤细言，有些读者在赞其细腻精巧的同时往往会不满于这类诗境界的窄小。鉴赏者的品位固然可有所不同，但这种看法还是可以商酌的。王国维在《人间词话》里说得好："境界有大小，不以是而分优劣。'细雨鱼儿出，微风燕子斜'何遽不若'落日照大旗，马鸣风萧萧'。"大的境界予人以壮阔、雄浑、伟大的感觉，小的境界予人以细致、幽美、柔和的感觉。壮美与秀美各有胜处，二者不能替代。王国维之说对我们今天的读者应有指导意义。统而观之，本诗又非一般纤细之作可比，其于纤细之中见深厚，精巧之中见浑成，寻常之中见新意，堪称晚唐秀美诗歌中一首独具标格的好诗，尤须读者清赏。

滞雨

_01_

注·释

● 01·滞雨：因秋雨连绵滞留长安不得归家。商隐曾寓居长安，但他也曾以洛阳、郑州为居住地。此诗似其后期所作。

滞雨长安夜，残灯独客愁。

故乡云水地，归梦不宜秋。

品·评

羁旅客愁是唐代为仕途生计奔波的文士经常描写的题材。这首五绝写作者滞雨长安客居，夜深灯残，独客无伴，而辗转思乡情状。中晚唐时期有不少描写秋夜残灯的思乡诗，由此可见一般下层文士仕隐冲突的心态，也是一种值得注意的文化心理现象。

吟诵此诗，自然会联想起李贺《崇义里滞雨》、马戴《灞上秋居》等名篇，联想起其中"南宫古帘暗，湿景传签筹"，"忧眠枕剑匣，客帐梦封侯"，"落叶他乡树，寒灯独夜人"等名句，联想起李商隐秋夕思乡的《夜雨寄北》、《细雨》(潇洒傍回汀)等佳作。在艺术手法上，本篇除具有这类中晚唐诗寓慨深沉、表情细腻的特点外，尤以运思婉曲，用语自然见长。开篇点题，叙起平实自然，说明此为滞雨长安，旅夜思归之作。接着，"残灯独客愁"，顺势写羁旅客愁之深。"残灯"，以见夜长思久。"独"，以见孤寂无依。商隐入仕后曾几次任过京职，并数度携家室寓居长安。他在京城原不乏亲友同僚，此时竟有如许孤寂的"客愁"，可知不只家室远隔，而宦游失意之憾，亲朋冷落之痛自在言外。两句平平道来，含思凄婉，颇富包蕴。相比之下，马戴说的"落叶他乡树，寒灯独夜人"，是其汲汲求仕却频遭困顿时的思乡语，而此时的李商隐则已是历经宦海风波，倦客思归了，那情状更令人同情。

诗后半部分由前两句的滞雨思乡，转而生出故乡行潦遍地有家难归之想，再进而由期望梦中归去，转到连梦中都不宜回乡的担忧。如此转转入深，曲尽思家难归之致。姚培谦注曰："大抵说愁雨，皆在不寐时，此偏愁到梦里去。"李商隐的夜雨秋夕之所以与众不同，实因其处境独别。李贺《崇义里滞雨》也是一首宦游失意之作。所谓"南宫古帘暗，湿景传签筹"，乃雨中听更筹传响而起君门九重之叹。"忧眠枕剑匣，客帐梦封侯"表明其梦中立功封侯，还抱着仕进的热望。李商隐则愁到梦里，其情甚为悲凉。

思乡的期望与难归的忧惧构成矛盾冲突，这在义山后期创作中时有所见。如其咏物名作《蝉》有云："薄宦梗犹泛，故园芜已平。烦君最相警，我亦举家清。"即感叹欲归不能的羁宦生涯，由蝉鸣触动自己的身世，想到故园芜平胡不归去，转瞬间又忧及举家清贫欲归不能。此种矛盾心态与本诗最相切近。

通过思想矛盾的冲突以表现运思曲折的写法，此诗运用得十分成功。其短短二十个字包含多少层次曲折：一层滞雨难归；二层旅夜独愁，而家室远隔，宦游失意，亲朋冷落自在言外；三层遥想故乡行潦遍地，欲归不能；四层是醒亦愁，梦亦愁，进退两难。五绝小诗能包蕴如此丰富复杂的感情内容，用语却明白畅晓，句意间的承接又极自然，使全篇浑成一体，显示了义山诗高度凝练的艺术功力。纪昀评此诗曰："运思甚曲，而出以自然，故为高唱。"(《辑评》)确为精切不移之论。

微雨

注
·
释

●01·林霭（ǎi）：树林里弥漫的雾气。

●02·迥：远。冯注："一作'逼'，又一作'过'，皆误。"

初随林霭动，⁰¹ 稍共夜凉分。

窗迥侵灯冷，⁰² 庭虚近水闻。

品
·
评

商隐咏物工细入神，这首《微雨》也颇有代表性。全诗无"微雨"二字，却借助人物的各种感觉和周遭事物的细微变化，使人处处感觉到微雨的存在。诗是按时间顺序演进的。微雨初起，不易感觉，但林中雾气的浮动，令敏感的诗人察觉到微雨来临。渐渐地夜幕降临，凉意渐重，感觉告诉自己微雨淅沥带来了更深的凉意。孤灯独夜，雨气透过远窗，烛影摇红，诗人由凉意而感寒冷，感触更深一层。空庭静寂，细微的雨滴到庭中积水上仿佛依稀可闻。现代诗人的敏感，可以听到根须吸水，蚯蚓翻土。诗人们这种敏锐的听觉令人惊叹。李商隐五绝小诗写"微雨"，从视觉动感写起，进而是感觉，进而是感触的加深，最后转到几乎不能听闻的空庭微雨声，其体物工细入神更令人叫绝。

霜月

注·释

● 01·"初闻"句：谓初闻北雁南飞，蝉唱消歇，已是深秋。

● 02·楼南：一作"楼高"，一作"楼台"。

● 03·青女：朱鹤龄注引《淮南子》："秋三月，青女乃出，以降霜雪。"高诱注："青女，青腰玉女，主霜雪也。"素娥：古代神话传说中奔月的嫦娥。《文选》载谢庄《月赋》："集素娥于后庭。"月亮白色，故称素娥。婵娟：美好的容姿。

初闻征雁已无蝉，⁰¹

百尺楼南水接天。⁰²

青女素娥俱耐冷，

月中霜里斗婵娟。⁰³

品·评

本诗展示了一幅深秋之夜雅洁明净的图景，是纯系咏物，还是托物寄兴？注家各有所见。屈复曰："吾每见世乱国危，而小人犹争权不已，意在斯乎？"此中寓意很难确定，也不必强为确定，不如把它作为单纯咏物诗看。诗一扫历来悲秋的传统主题，意兴高昂。而尽情赞美在高寒环境里仍显示出美好风姿的事物，则更有佳趣。

时届深秋，初闻南飞征雁嘹唳的鸣声，始悟连月来撩人愁思的蝉唱已经消歇。于是诗人心怀顿开，登楼南眺，只见霜华，月光上下辉映。"水接天"，写霜月似水一色，与明净的天空相接，并为下文写霜月耐冷争妍作了渲染铺垫。头两句一实一虚，传出诗人月夕登楼，面对空明澄澈世界的清新感受。

后两句再就前面描绘的景物加以神奇的想象：秋夜何以会如此皎洁明净？那是因为主管霜和月的青女、素娥不畏寒冷，在相互争妍斗美。作者将自己瞬间的独特感受注入客观物象，使主客体交融，物我浑然一体。诗是瞬间佳境的敏感捕捉。如果说诗人创造的意境是心灵的自然流露，那么他得先有那份心境，才能写出如此完美清新的作品。

陆 | 女冠诗和僧佛诗

嫦娥

云母屏风烛影深，⁰¹
长河渐落晓星沉。⁰²
嫦娥应悔偷灵药，⁰³
碧海青天夜夜心。

注 · 释

● 01 · 云母：一种晶体透明、具有弹性的薄片矿物，古代常用作屏风等物的装饰品。
● 02 · 长河：银河。渐落：渐渐消失。秋夜银河西移，将天明时，就渐渐消失。
● 03 · 嫦娥：神话中的月仙。《淮南子·览冥训》："羿请不死之药于西王母，姮娥窃以奔月。"高诱注："姮娥，羿妻。羿请不死之药于西王母，未及服之，姮娥盗食之，得仙，奔入月中，为月精。"姮娥即嫦娥。

品 · 评

不少注家都以为此诗咏嫦娥是别有寓意的，但历来对寓意的解说却是众说纷纭。义山《和韩录事送宫人入道》云："凤女颠狂成久别，月娥孀独好同游。"显然以嫦娥喻孤寂无伴的女道士。《月夜重寄宋华阳姊妹》又云"偷桃窃药事难兼"，嫦娥窃药分明是指女道士。本诗所咏实有相同的文化背景和语言符号，我们将诗理解为对入道女冠寂寥无欢生活的同情，是符合商隐早年学仙玉阳的经历，以及相关咏女冠诗的创作思想的。

"云母屏风"示现女主人公居室之华贵，长夜蜡炬越燃越短，光影越来越深。"烛影深"意味着夜深沉。华贵的陈设适足反衬身居此间人物的凄清悲凉。而女主人公永夜难寐的情景又是通过细婉的描述，按次序推进的。烛影深——长河落——晓星沉，由深夜到黎明，而沉静渺远的氛围又自然酝酿出人物对月伤怀时的遐思奇想。那女主人公由自身的处境心情联想到月宫中嫦娥夜夜独处，揣度嫦娥该是在追悔当初偷吃灵药飞升入月之举吧。诗以嫦娥窃药升天喻女冠入道学仙，却从对面着笔，借女冠长夜不寐，望月感怀而出之，突出了女主人公的寂寞苦况。全诗虚实相生，主客体交融，通体浑成，传神地刻画出一位不甘寂寞，又格于清规的怀春女冠形象。

商隐未弱冠前学仙玉阳，年轻诗人所写关于女冠的诗，或写女冠青春美貌，或写女冠幽期密约之情，或对她们孤寂凄清的处境表示深深同情，就中读者可以探知他当年的青春热情和学道状况。这和他晚年潜心研究佛学，成为高僧知玄俗家弟子的事实形成对照。李商隐关于佛道的作品是反映其思想创作的一个重要方面，从其佛道思想的比较中来探讨他的诗文，还很少有人涉笔。我们不妨在此对这些问题作一些初步探究。

月夜重寄宋华阳姊妹

偷桃窃药事难兼，⁰¹

十二城中锁彩蟾。⁰²

应共三英同夜赏，⁰³

玉楼仍是水晶帘。⁰⁴

注·释

● 01·偷桃：东方朔偷西王母仙桃故事（见《汉武故事》和《博物志》）。传说西王母七月七日夜乘紫云车而至宫殿西，时东方朔从殿南厢朱鸟牖中窥王母，王母顾之谓汉武帝曰："此窥牖小儿，尝三次来盗吾此桃。"后来道家往往把东方朔附会成道教中的神奇人物。窃药：嫦娥奔月故事，详见《嫦娥》诗注03。

● 02·十二城：指气势宏大的道观。朱鹤龄注《九成宫》"十二层城"云："按《十洲记》《水经注》俱言昆仑天墉城有金台五所，玉楼十二，《汉书·郊祀志》亦言五层十二楼。"

● 03·三英：《诗经·郑风·有女同车》："有女同车，颜如舜华……有女同行，颜如舜英。"朱熹注："英，犹华也。"又《郑风·羔裘》："三英粲兮。"唐人每以"三英"称美三人，此指宋华阳等三人。

● 04·玉楼：道家居所。《和韩录事送宫人入道》："三素云中侍玉楼。"

品·评

冯浩注曰："'偷桃'是男，'窃药'是女，昔同赏月，今则相离。"冯浩不欲显言之，点到为止。陈贻焮先生在《李商隐恋爱事迹考辨》中据此诗及相关女冠诗指出："李与此人恋爱是在玉阳灵都观，当时她还有个义姊妹，出事后她们乃移居长安华阳观，故称之为'宋华阳姊妹'。"^①读此诗，情见乎词，商隐与宋华阳有旧是可以肯定的。

商隐早年学仙玉阳，除了他个人的道教信仰外，唐代道教盛行的时代风尚亦由此可见。唐代道观华美壮观，男女道士并不恪守清规戒律，商隐诗对我们理解女冠薛涛、鱼玄机的情诗是有所裨益的。此诗多用道教语，"偷桃""窃药"是男女道士的事，实际上是他们爱情、夫妇之情的隐喻。道观十二重极言其壮观华丽，而他所爱的人如月中彩蟾锁闭于道观高楼中。遥想当年尝与宋华阳姊妹在楼畔月下度宵清赏，而今伊人则居于玉楼，水晶帘隔。纪昀评曰："首句言宋等能如姮娥窃药，而己不能如方朔偷桃也，然是底语！"（《辑评》）确实，年轻的李商隐不是一个虔诚的道教徒，但盛唐大诗人李白同样好道，同样是风流放荡，谁也不会指责李白诗"是底语"。读者固然不必赏其风流，但也没有必要对诗人们进行指责。商隐的女冠诗是当时道教文化的一种反映，它对于被迫入道的宫女的深切同情，揭示了道教清规对年轻女冠爱情的束缚，是有积极意义的。

---

① 陈贻焮《唐诗论丛》，湖南人民出版社1980年9月出版。

和韩录事送宫人入道 01

星使追还不自由，
双童捧上绿琼辀。02
九枝灯下朝金殿，
三素云中侍玉楼。03
凤女颠狂成久别，
月娥孀独好同游。04
当时若爱韩公子，05
埋骨成灰恨未休！

注·释

● 01 · 韩录事：冯浩注曰："文集有《为濮阳公奏韩琮充判官状》。《旧书志》：'都督都护府上州录事，从九品上阶。'按：琮为诗人，与义山并称。"韩录事即诗人韩琮，韩琮在王茂元镇泾原时已为幕僚。开成末至会昌三年，王茂元镇陈许，韩琮充任判官，与商隐是很熟悉的诗友。

● 02 · "星使"句：《太平广记》引《东方内传》云："秦并六国，太白星窃织女侍儿梁玉清、卫承庄逃入卫城少仙洞，四十六日不出。天帝怒，命五岳搜捕焉，太白归位……玉清谪于北斗下掌春。"星使指迎接入道宫女的道观使者，亦即下句所谓"双童"。句谓道家星使将谪在人世间的仙女追还道家仙界，仙界有清规，故说"不自由"。绿琼辀（zhōu）：装饰华美的车。辀，原指弯曲的独木车杠，此借指车。李贺《春归昌谷》："花蔓阁行辀。"

● 03 · 九枝灯：装饰华丽的灯，一干九枝，典籍所载宫殿道观常用此种华灯。三素云：《黄庭经》："紫烟上下三素云。"注："三素者，紫素、白素、黄素也，此三元妙气。"两句意谓宫女入道后在道观金殿玉楼中度日。

● 04 · 凤女：秦穆公小女弄玉，此借指仍在宫中的宫女。月娥孀独：指道观中的女道士，她们像月中嫦娥虽然升仙却很孤独。

● 05 · 韩公子：指诗题中的"韩录事"。

品·评

《旧唐书·文宗纪》开成三年六月丁未朔："辛酉，出宫人四百八十，送两街寺观安置。"皇帝放宫人出宫在李商隐时代数见，开成三年这次放宫人人数多，规模大，诗人正在长安、泾原一带，故此诗很可能作于此时。其时，韩琮正在泾原节度使王茂元幕中，当先有《送宫人入道》之作，而商隐和之。

送宫人入道是晚唐时期为人瞩目的事件，项斯亦有同题七律之作。韩琮之诗未见，但商隐和诗则关注宫女入道后失去青春欢乐，将格于清规的孤独凄苦生活，能如此立意，诗旨亦就有了重要意义。

全诗义正语谐，前半部分写宫人离宫入道。神奇华美的"星使"和"绿琼辇"，道观金殿里华贵的九枝灯，玉楼上缥缈的三素云，仿佛真到了神仙世界。然而，入道宫人对自己的命运却感到无可奈何。"不自由"点出她们在金殿玉楼中精神心灵的无奈。

正像李商隐的一些女冠诗对年轻女冠孤寂无依，失去青春爱情深表同情那样，诗后半部分专就此加以发挥。"凤女颠狂"是说秦穆公小女弄玉善吹箫，放荡不羁地与同样善吹箫的萧史相爱，终成神仙眷属。如今宫女入道便与宫中旧伴永别，不能再同她们一起有此浪漫的非非之想，却要与道观中那些孤寂无侣的女道士同游，像嫦娥那样忍受碧海青天夜夜心的折磨。最后，作者和韩琮开玩笑说，当时若是宫人爱上你，入道以后她格于教规亦唯有埋骨成灰长恨无绝期了。

冯浩说："诗言倘有冶情，则从此终身埋恨，戏录事兼醒原唱。"此说完全符合商隐的创作实际。开成二年，诗人作《韩同年新居饯韩西迎家室戏赠》，诗亦庄亦谐，与同年韩瞻戏谑打趣，但所述则是严肃的婚姻问题。本诗就宫人入道事件表现了作者对年轻女冠的深切同情，揭示了宫廷与道观对女子青春的摧残。诗末虽杂以戏谑，却是寓庄于谐，并不轻薄。开成前期，李诗中这些偶露幽默的诗例也有可玩味之处。

银河吹笙

⁰¹

怅望银河吹玉笙，

楼寒院冷接平明。

重衾幽梦他年断，

别树羁雌昨夜惊。⁰²

月榭故香因雨发，⁰³

风帘残烛隔霜清。

不须浪作缑山意，

湘瑟秦箫自有情。⁰⁴

注·释

● 01·诗题取自首句四字，相当于无题。

● 02·羁雌：离巢孤栖的雌鸟。

● 03·榭：建在土台上的敞屋，如水榭、月榭。

● 04·缑（gōu）山：《列仙传》："王子乔者，周灵王太子晋也。好吹笙作凤凰鸣，游伊洛之间，道士浮丘公接以上嵩高山。三十余年后，求之于山上，见桓良，曰：'告我家，七月七日，待我于缑氏山巅。'至时，果乘白鹤驻山头……举手谢时人，数日而去。"此谓得道成仙。湘瑟：湘灵鼓瑟，湘灵传为舜之二妃，《楚辞·远游》："使湘灵鼓瑟兮。"秦箫：《列仙传》："萧史者，秦穆公时人也。善吹箫，能致孔雀白鹤于庭。穆公有女字弄玉，好之。公遂以女妻焉。日教弄玉作凤鸣。居数年，吹似凤声，凤凰来止其屋。公为作凤台，夫妇止其上，不下数年。一旦，皆随凤凰飞去。"

品·评

全诗记录了一位怀人女冠深夜不寐，望天河吹笙的情景。作者在叙事中时而过去，时而现在，忽而天上，忽而人间。时间空间的跳跃，幻想实感的交错，令人如登七宝楼台，感到五色目迷。冯浩评曰："总因不肯直叙，易令人迷。缑山专言仙境，湘瑟秦箫则兼有夫妻之缘者，与银河应。此必咏女冠，非悼亡矣。"联系作者的其他女冠诗，我们在这凄清深情的诗句中还是能读出诗人对女主人公的同情的。

诗开头用倒叙手法，特写这位女冠夜半梦醒，起而吹笙。其怅望银河，思必及于牛郎织女天河之隔，暗示离愁别恨。颔联回叙夜半幽梦。她梦中与往日情人的欢会，却因失伴孤栖雌鸟的哀鸣而惊醒。鹥雌的哀鸣实象征了女主人公的孤苦。颈联情景相生，庭园中月榭的残花还在雨中散发着剩余的香味，风帘残烛令人感觉到清霜的寒意。这感觉和嗅觉，连着视觉，都让人感到寂寥凄清。望天河吹玉笙，她在楼寒院冷中一直吹到平明拂晓，诗人终于代她一抒心曲：不必期望修道成仙吧，湘瑟秦箫般的男欢女爱自有人间真情。诗歌反映入道女冠因思慕人间爱情而引起与道教清规的内心冲突，作者的同情体现了可贵的人道精神，有积极的意义。

元好问《论诗绝句》云："诗家总爱西昆好，独恨无人作郑笺。"商隐此类隐约迷离的诗不易确解，有注家将此诗解作悼亡，虽然诗中意境情味与作者悼亡诗有相似处，但诗明明以离巢孤栖的雌鸟比喻诗中人物，与悼亡说仍难相合。不管女冠说，还是悼亡说，诸家对诗中珍视人间夫妻之情都给予一致好评，可谓所见略同。现代作家学者苏雪林著有《玉溪诗谜》，一度影响颇大，她对此诗别创异解，以为"女道士既与义山决裂，而义山余情不断，尚不胜其眷恋之意。'楼寒院冷'犹言共衾无人，觉楼院更为清冷……女道士之厌弃义山，必饰词将专心修道，不更牵于儿女之情。其实她却和另一个羽士在闹恋爱。义山也知道她说的是一派假话，所以最后二句，用一种如恨如嘲的口吻劝她道：你何必假惺惺拿修道来骗我呢？恐怕你们湘瑟和秦箫早在那里倡和了！"[①]苏先生显然是用小说创作的方法来解诗了，连李商隐的心里话也被她揣摩出来了，证据何在呢？如此优美深情的诗句成了诗人对所爱者如恨如嘲，吃醋泄愤的话，美丽的神话故事被歪曲成诗人的所谓情敌与女冠的和谐倡和，这真不知从何说起。因为现在的年轻读者仍不了解《玉溪诗谜》这本书，而此书在现在还有些影响，所以我在讲李商隐女冠诗时不得不对这本书作一番简要的比较鉴别，请读者思考取舍。

① 《玉溪诗谜》第 22 页，商务印书馆 1947 年 12 月出版。并请参阅拙文《谈李商隐爱情诗及其历史文化背景》，刊于《中国诗学研究》第 2 辑《李商隐研究专辑》，上海古籍出版社 2003 年 12 月出版。

碧城三首

（选一）01

碧城十二曲栏干，02

犀辟尘埃玉辟寒。03

阆苑有书多附鹤，04

女床无树不栖鸾。05

星沉海底当窗见，

雨过河源隔座看。06

若是晓珠明又定，

一生长对水晶盘。07

注·释

●01·碧城：道教神仙所居之处。《太平御览》："元始天尊居紫云之阁，碧霞为城。"本篇用以指女冠所居之道观。原诗三首，今选其一。

●02·碧城十二：指气势宏大的道观，详见《月夜重寄宋华阳姊妹》诗注释02。

●03·犀：犀牛角。《述异记》："却尘犀，海兽也。然其角辟尘。致之于座，尘埃不入。"又《岭表录异》："辟尘犀为妇人簪梳，尘不着发。"玉辟寒：俗以玉性温暖，佩玉可以辟寒。冯浩注曰："入道为辟尘，寻戏为辟寒。"

●04·阆苑：传说中的神仙住处，此指入道贵主的道观所在名胜之地。有书多附鹤：道源注《锦带》："仙家以鹤传书，白云传信。"

●05·女床：山名。《山海经·西山经》："女床之山……有鸟焉，其状如翟而五彩文，名曰鸾。"

●06·星沉海底：天将拂晓，犹"长河渐落晓星沉。"雨过河源：诗从神仙世界看景物，居高临下，雨洒过天河，隔座可见。二句皆有寓意，说详下文。

●07·晓珠：指太阳。《唐诗鼓吹》注："晓珠，谓日也。"水晶盘：指月亮。姚培谦注："（水晶盘）月也。"

品·评

　　《碧城三首》自来注解纷纭，莫衷一是。权衡诸家之说，以胡震亨讽刺入道贵主说为优，这与同情宫女被迫入道，青春被耽误的主题有别。此处选讲其第一首，以见一斑。

　　胡震亨曰："此似咏其时贵主事。唐时公主多自请出家，与二教人媟近。商隐同时如文安、浔阳、平恩、邵阳、永嘉、永安、义昌、安康诸主，皆先后丐为道士，筑观在外。史即不言他丑，于防闲复行召入，颇著微辞。"（《唐音戊签》）

三首诗文词华美，意境清温，但第三首结联却以冷峻口吻提出警告："武皇内传分明在，莫道人间总不知。"篇末点题之意，与胡震亨的推测大致是相合的。

史载有公主为道士在外颇扰人，又被诏还宫内，她们耐不住道观寂寞，丑闻传扬，当是原因所在。此诗尽管隐约其词，诗意通过比喻、象征、双关、暗示等手法来透露，但意思连贯，可以把握。首联写碧城十二层高峻壮丽，曲栏护卫气势不凡，暗示女冠身份高贵，非同一般。犀角的神奇，美玉的温润，表面写其居室的华贵洁净充满温馨，实则暗示此富贵乡是温柔乡，皇家贵主几人耐得寂寞？冯浩注："入道为辟尘，寻欢为辟寒。"这样自相矛盾的行为，真正是自我讽刺。下文诗意渐显。阆苑仙境凭仙鹤传书，传的当然是幽期密约的情书，而且"书多"。相传女床山上无树不栖鸾鸟，"女床"双关，既指传说中的女床山，又指宫观中女冠的卧床。鸾，指男性。古时鸾凤合称喻夫妇。"无树不栖"，则女冠们颠鸾倒凤，荒唐至极。此处批判之意渐显。颈联为千古名句，可与李贺《梦天》"遥望齐州九点烟，一泓海水杯中泻"的丰富想象媲美。女冠若在仙境，星月之夜，天河、星辰、大海都在目下。当云雨过后，星沉海底，天将拂晓，鸾鸟要飞去了，则二人如牛郎织女隔河相望，情何以堪！诗以丰富的想象，用丽语写绮思，结联再设以奇想，若是天明后太阳明亮高照，迟迟留在天空，那贵主女冠岂不要如一生漫漫，空对明月吗？结联用的仍是道教语言意象，意同"碧海青天夜夜心""玉楼仍是水晶帘"。唐前期如太平、安乐公主等与二教人媟近，乱政被杀，丑闻暴露。其荒淫奢靡遗风流传至晚唐，入道公主招物议，当时诗人隐约其词，然而览者还是看出了此中端倪。胡震亨、程梦星、冯浩都以为此诗是讽刺其时贵主入道事，信而有据。

现代作家中亦有爱义山此诗者。作者未必然，读者未必不然。作为接受主体的读者加上自身的经历体验，去理解诗意，赋予它原本并未有的含义，这是值得品评的一个文学现象。如今走红的已故作家张爱玲亦好义山诗。胡兰成在《今生今世·民国女子》中回忆抗战将胜利时说："爱玲还与我说起李义山的两句诗，这又是我起先看过了亦没有留心的，诗曰：'星沉海底当窗见，雨过河源隔座看。'其后我亲见日本战败……总要想起这两句。"[1]义山讽刺入道贵主沉溺欢爱，夜合明离的句子竟被张、胡读出世事巨变、红尘沧桑的哲理来，这恐怕是原作者难能逆料的吧！

---

[1]《今生今世》第 167 页，中国社会科学出版社 2003 年 9 月出版。

五月十五夜忆往岁与彻师同宿 ⁰¹

紫阁相逢处，⁰²　丹岩议宿时。⁰³
堕蝉翻败叶，　　栖乌定寒枝。
万里飘流远，　　三年问讯迟。⁰⁴
炎方忆初地，　　频梦碧琉璃。⁰⁵

注 · 释

● 01 ·《全唐诗》题下注曰："知玄法师弟子僧彻。"朱鹤龄注："彻师乃知玄法师弟子僧彻，见《高僧传》，非越州灵彻也。"冯浩《玉溪生诗集笺注》"十五"作"六日"，"彻"作"澈"，均误。这是作者大中元年五月在桂管所作。笔者有《郑亚事迹考述》一文，考证商隐大中元年五月九日随郑亚到达桂州（中华书局《文史》第三十一辑，中华书局 1988 年 11 月出版），诗系商隐到桂州的第六天忆京华佛门师友之作。宋赞宁《宋高僧传》卷六载知玄、僧彻传，并谓李商隐以弟子礼事知玄。

● 02 · 紫阁：冯浩注引李郢《长安夜访澈上人诗》："关西木落夜霜凝，乌帽闲寻紫阁僧。"李商隐与李郢相识，集中有《汴上送李郢之苏州》诗可证。此"澈上人"当是僧彻。紫阁在长安南，《通志》："紫阁、白阁、黄阁三峰，俱在圭峰东。"圭峰在鄠县（今陕西西安）东南。

● 03 · 议宿：冯浩注："按'议宿'无理，'记宿'亦非。庄子'假道于仁，托宿于义'，必因以致误耳，故竟改定。"冯本改作"托宿"，但旧本及《全唐诗》均作"议宿"，今从旧本。

● 04 ·"三年"句：意谓多年相别，未得问讯。朱鹤龄注引《法华经》："诸佛皆遣侍者问讯释迦牟尼佛。"义山精研《法华经》，引此有据。

● 05 · 炎方：桂州（今广西桂林）五月夏天炎热，故云。初地：冯浩注："初地至十地，皆以初月至十五日圆满月为喻，故用之，非详笺不知其用字之精也。"碧琉璃：《宋高僧传》录知玄弟子僧彻所作知玄传云："玄前身名知铉，汉州三学山讲《十地经》，感地变琉璃焉。"

品 · 评　李商隐年轻时学仙玉阳山与道士来往的事迹有不少人作过研究，但他精研佛学，与佛教高僧知玄、僧彻交往的事迹还有待深入研究。此诗是商隐自述与知玄、僧彻相交的第一手材料，值得重视。

唐武宗会昌灭佛之举对佛教徒有很大打击。据日本僧圆仁《入唐求法巡礼行记》载，会昌五年三月十五日，圆仁等被迫离长安回国。当时高僧知玄"今潜来，裹头隐在杨卿宅里。令童子清凉将书来，书中有潜别之言，甚悲惨矣"。此诗前半部分叙往日在京与知玄弟子僧彻紫阁相逢，丹岩议宿，共同探讨佛理很容易理解。"堕蝉败叶，悟身世之无常"（姚培谦语）也是佛理诗常见的手法。唯颈联"万里飘流远，三年问讯迟"，如不联系当时历史背景就不好理解了。会昌后期灭佛之举达到高潮，知玄潜回长安受到"杨卿"（大理寺卿杨敬之）保护，其弟子僧彻等同样落难躲藏。武宗至会昌六年三月病死，宣宗上台一反会昌政治，佛教又得到大中君相的支持。大中元年李商隐已从郑亚到桂管，"三年问讯迟"正反映了僧徒在灭佛时期遭受的严厉的政治迫害，音讯不通，下落不明及反正以后重相问讯的现实。

结联"炎方忆初地，频梦碧琉璃"，表示自己如今愁处桂管炎热南荒之处，时时想念五台山清凉世界，想念师尊知玄及僧彻。此处佛典与今典共用，《涅盘经》曰："文殊师利化琉璃像，众生念文殊像，法先念琉璃像。"文殊菩萨道场在五台山清凉世界，此处用以反衬桂管炎荒之地。同时诗中又用了知玄弟子们熟知的今典。僧彻所作《知玄传》曾说知玄前身知铉曾讲《十地经》，感地变琉璃焉。其说从初地至十地渐悟，皆以初月至十五日圆满为喻。纪昀评曰："一气浑圆，如题即住，所谓恰到好处也。"这就是说结联照应了诗题"十五"。佛典与今典中的丰富含义及佛理，对于同为知玄弟子的李商隐与僧彻，自然会引起共鸣和心灵的感悟。解得此意，可证冯浩注本题中"六日"之误。题中"十五"，结句"频梦碧琉璃"实寄托着诗人修习佛经、追求功德圆满的理想。

李商隐与佛教的专论在国内几乎还是一项空白。一些注本虽涉及这一课题，但要弄清诗人心灵世界中的这一方面，探讨其中思想艺术的新境界，还有待继续深入。

融禅师 同崔八诣药山访 01

共受征南不次恩，[02]

报恩唯是有忘言。[03]

岩花涧草西林路，[04]

未见高僧且见猿。[05]

注·释

● 01·崔八：商隐在桂管观察使幕府的同僚，名不详。《樊南文集补编》有《为荥阳公桂州补崔兵曹摄观察巡官牒》曰："兵曹出于华胄，早履宦途。"即其人。药山：《隋书·地理志》："澧阳郡……澧阳县（今湖南澧县）……有药山。"其地位于洞庭湖西。融禅师：不详。

● 02·征南：征南将军之省称。《后汉书·光武帝纪》：建武二年："冬十一月，以廷尉岑彭为征南大将军。"又，晋代名将羊祜亦为征南大将军。此指郑亚。

● 03·报恩：程梦星注："庾信《佛龛铭序》：'昔者如来追福，有《报恩》之经。'"忘言：《庄子·外物》："言者所以在意，得意而忘言。"此言郑亚之思不能用语言表达。

● 04·西林：冯浩注引《莲社高贤传》："西林法师慧永，太元初至浔阳，乃筑庐山舍宅为西林。"慧永，亦作"惠永"。

● 05·且：一作"只"。

品·评　大中二年春，桂管观察使郑亚贬循州刺史，当时商隐任桂管支使，处理留务，须代替人。夏初四月与同僚崔八一起北返，一路有所停留。当其行至洞庭湖梦泽地区已是初秋，此诗即是初秋至洞庭湖西边的澧阳药山访融禅师之作。

商隐在会昌初就与高僧知玄、僧彻有密切关系，他对佛理的探究也颇深入。但他在会昌至大中初实在又是一位热衷政治的人。这首关涉政治与佛理的名作，虽只有二十八个字，却表现了深厚的思想艺术境界。

开篇直言桂管幕府同僚共受府主郑亚不拘常次之恩。郑亚其人爱才重才，兼豪奕仗义之形象亦见于言外。佛教讲究因果报应，有《报恩经》传世。商隐对于郑亚一直怀着尊敬与报恩的心情，但这种知遇之恩不是仅凭语言可以表达的。庄子说："言者所以在意，得意而忘言。"商隐《樊南文集》中留下那么多对郑亚表示敬意的文章，此后诗中一再提到"酬恩抚身世，未觉胜鸿毛"（《献旧府开封公》）。作者的"在意"，正说明他有情有义，有政治是非。

纪昀评曰："纤纤曲曲，一步一折，语凡三转，用意最深，然深处正是其病处。末二句尤不成语。"（《诗说》）但不少注家对末二句大加赞赏，张采田针锋相对地说："前二句已说明正意，故结句以含蓄不露作收，此正布局妙处。"（《辨正》）名家的品评是否有理，读者应独立思考。此诗前两句抒写正意，后两句转向景物。唯见岩花涧草如高僧慧永西林寺风光，虽未见融禅师，只见清猿哀啼，如此情景兼收，含思愈深。四句一句一转，转转入深，七绝短什表现出如此深厚的思想艺术境界是很难得的。

此类被纪昀所指责的由叙事抒情突然转入景物的写法在唐诗中其来有自。如杜甫《缚鸡行》："鸡虫得失无了时，注目寒江倚山阁。"王维《酬张少府》："君问穷通理，渔歌入浦深。"此皆景中有情寓理，再展新境，也是为人激赏、启人深思之处。姚培谦评此诗曰："末句正是忘言境界。"可谓得其三昧。

别智玄法师

01

注·释

● 01·智玄：应是知玄，商隐曾以弟子礼事之，见《宋高僧传·知玄传》。

● 02·云鬟：诗人自指，犹谓尚在壮年。程梦星曰："起句'云鬟'字即青鬟意，与状女子者不同。"刘学锴、余恕诚《李商隐诗歌集解》曰："云鬟犹绿鬟、绿发、青鬟，通用于少年、青年乃至壮年（义山作《戏题枢言草阁》时已三十九岁，犹云'绿鬟'）。"

● 03·杨朱：战国时魏国人，他曾因身临歧路而哭泣。《淮南子·说林训》："杨子见逵路（道九达曰逵）而哭之，为其可以南，可以北。"

云鬟无端怨别离，⁰²

十年移易住山期。

东西南北皆垂泪，

却是杨朱真本师。⁰³

品·评

智玄法师是僧人还是道士，历来注家对此颇有争议。钱谦益曰："此禅语也。东西南北，言歧路之多。杨朱泣歧，意以自比。然所谓真本师，非指知玄也。浅言之，谓所适皆穷，庶可以入道；深言之，谓思维路绝，庶可以悟真，禅家所谓绝后再苏也。"（《唐诗合选笺注》）钱氏笺"智玄"作知玄极有识，阐发作意亦简要精切。就商隐生平经历考论，诗旨更可详笺。

此诗应作于大中五年，商隐离长安赴东川柳仲郢幕府之时，是年三十九岁，正当壮年（按商隐生于元和七年说者，则以为四十岁），故首句"云冀"乃自指。大中前期，商隐精研佛学，与高僧知玄、僧彻交往频繁。《五月十五夜忆往岁与彻师同宿》云"紫阁相逢处"，说及早年与僧彻在圭峰紫阁有过读经之事。僧彻为知玄弟子，据日本僧圆仁《入唐求法巡礼行记》所载，知玄在开成、会昌之时名震京城。此时李商隐正在京城任秘书省校书郎、秘书省正字之职，也是他向知玄学习佛经的时期。会昌后期，武宗灭佛，知玄于会昌四年暂归巴岷旧山。圆仁日记会昌五年三月载，知玄潜回长安，派童子带书信来与圆仁告别。又据《宋高僧传·知玄传》载，武宗死后，宣宗恢复佛寺，知玄被尊为"三教首座"。因之，次句"十年移易住山期"谓十年来幕游四方屡屡改易从师皈依之心愿。从会昌初至大中五年正恰十年，诗句中"十年"二字准确概括了商隐与知玄交往的过程，并非泛泛而言。

三、四两句注家说是"禅语"，朱彝尊甚至说："读者参之。"姚培谦曰："问：东西南北皆垂泪，如何却是本师？答：不到大死时，不得大活。"这些都是注家从诗中参禅的例子，充满禅味佛理。但诗中所言又与商隐四方做幕的事实相合，府主们虽然尊重他这位幕僚，但他因生活所迫抛家别妻，实有许多伤心之泪。大中元年，随郑亚南下桂管。大中三年，从卢弘止东赴徐州。大中五年，妻子王氏刚死，他又不得不告别幼小的儿女，应柳仲郢之辟西去东川。这种"人世死前唯有别"的无奈生涯，真如学杨朱临歧而哭。程梦星曰："然而即此迷途，转成悟境，故曰'却是杨朱真本师'也。"古代注家精于佛学，品评中时得佛理。而吾辈知人论世，则从此禅语中深深体味到诗人历经沧桑的无限悲慨。大中五年的最后一次幕游，表现了他的现实生活与佛教理想的冲突。此后，他受佛教思想影响日深，大中七年在东川梓州慧义寺经藏院开辟石室五间，手抄金字《妙法莲华经》七卷藏于其中。大中十一年归长安后，商隐与知玄的关系更加密切。《宋高僧传·知玄传》曰："迨李义山卧病，语僧录僧彻曰：'某志愿削染为玄弟子。'临终寄书偈诀别云。"李商隐后期思想历程是在佛教信仰中显示的，又是在艰难的世俗生活与佛教理想的冲突中体现的。研究李商隐与佛教的关系，是全面把握其诗歌思想艺术成就不可缺少的一个方面。

奉寄安国大师兼简子蒙 [01]

忆奉莲花座，[02] 兼闻贝叶经。[03]

注·释

● 01·冯浩题注：'《唐会要》：'长乐坊安国寺，睿宗龙潜旧宅……安国京师大刹，前后僧徒颇多，难定其为何人。'"安国大师为谁？注家意见不一，冯注未能确定，朱鹤龄注则定为"安国大师即前知玄法师也"。考商隐与知玄、僧彻交往事实，朱说可从。《宋高僧传·知玄传》："有李商隐者，一代文宗，时无伦辈，常从事河东柳公梓潼幕，久慕玄之道学，后以弟子礼事玄……迨乎义山卧病，语僧录、僧彻曰：'某志愿消染为玄弟子。'临终寄书偈诀别云。"传中叙事时间有些颠倒，事实却是可信的。商隐以弟子礼事知玄较早，应在开成、会昌在京任秘书省职之时。知玄于大中八年上章乞归西川故山，后来又回到长安。又，《宋高僧传·唐京兆大安国寺僧彻传》载，知玄、僧彻师徒著述宏富，关系最密，"若颜回之肖仲尼也"，"彻内外兼学，辞笔特高，唱予和汝，同气相求"。传末录知玄寄僧彻七言长律八十四字，足见师徒二人文采斐然。此与诗末以曹植、文星喻安国大师弟子子蒙相合，故子蒙当是僧彻。又据《知玄传》载，知玄卒于僖宗广明二年，年七十三岁。以此推之，其生于宪宗元和四年，长商隐四岁。僧彻的年纪应与商隐相若，或稍小一些。《资治通鉴》僖宗光启二年载："初，昭度因供奉僧澈结宦官，得为相。澈师知玄鄙澈所为，昭度每与同列诣知玄，皆拜之，知玄揖使诣澈啜茶"。《新唐书·僖宗纪》：中和元年七月，"翰林学士承旨、兵部侍郎韦昭度同中书门下平章事"。韦昭度任相之时，知玄刚圆寂。可知《资治通鉴》所述知玄鄙薄僧澈、韦昭度事应在广明元年黄巢攻入长安之前，距商隐逝世已有二十年了。此足以证明知玄晚年仍在长安住了很长时间。朱鹤龄注所谓"知玄与弟子僧录、僧彻住上都大安国寺，号安国大师"是可信的。

● 02·莲花座：佛教高僧每坐于莲花座讲经。冯浩注："一作'坐'。"

● 03·贝叶经：印度贝多罗树的叶子常被古印度人用来书写佛经，故称佛经作贝叶经。

144

岩光分蜡屐，⁰⁴ 涧响入铜瓶。⁰⁵

日下徒推鹤，⁰⁶ 天涯正对萤。⁰⁷

鱼山羡曹植，⁰⁸ 眷属有文星。⁰⁹

● 04 • 蜡屐：此指上蜡的木屐。《晋书·阮孚传》："孚性好屐……或有诣阮，正见自蜡屐。"

● 05 • 铜瓶：寺院里盛水的铜瓶。

● 06 • "日下"句：《晋书·陆云传》载，陆云，字士龙，与兄陆机齐名，世称二陆。陆云与荀隐素未相识，尝会于张华家。张华曰："今日相遇，可勿为常谈。"陆云因抗手曰："云间陆士龙。"荀隐曰："日下荀鸣鹤。"荀隐为颍川人。颍川与当时西晋京城洛阳相近，故称京城为日下。

● 07 • 天涯：李商隐在桂管、东川时，每言"天涯""万里"，以诗中情形言，诗应作于东川。

● 08 • "鱼山"句：《异苑》："陈思王尝登鱼山，忽闻岩岫里有诵经声，清道深亮，远谷流响，不觉敛襟祗敬，便效而则之。今梵唱皆植依拟所造。"鱼山：《通典》："济州东阿县（今山东东阿）鱼山，一名吾山。"曹植迁封东阿王，卒葬鱼山。

● 09 • 眷属：冯浩注引《妙法莲华经》："彼佛弟子有无量百千万亿菩萨声闻以为眷属。"是。注家或引《地藏本愿经》称亲属为"眷属"，误。商隐同时之圆仁《入唐求法巡礼行记》开成五年六月二十一日记：汾州头陀僧圆义与圆仁师徒于五台山同见光云，圆义注泪而云："今共外国三藏同见光云，诚知生处虽各在殊方，而蒙大圣化同有缘！从今已后，同结缘，长为文殊师利菩萨眷属。"可见"眷属"是指佛门弟子，不是指亲属。此关涉对诗旨的正确理解。

品·评 尽管此诗的复杂背景和佛教用语会令人感到对诗旨把握的不易，但作为诗人之诗与僧人之诗的区别还是很明显的。其追步王维、孟浩然、韦应物之咏僧佛诗，山水清音与文士情怀交融，在天涯漂泊之时萌生了皈依三宝的想法。正如他大中七年作《樊南乙集序》所云："三年以来，丧失家道，平居忽忽不乐，始克意事佛，方愿打钟扫地，为清凉山行者。"

首联紧扣"奉寄安国大师"叙起,"莲花座""贝叶经"的纯洁珍贵,使这回忆充满了温馨。"忆奉"是作者对大师永志不忘的尊敬;"兼闻"是回忆当年受大师开示。知玄以开示悟人《法华经》著称。后来,唐僖宗因此封他为"悟达国师"。商隐与大师早有宿缘,他在大中七年的梓州幕府中手抄金字《法华经》七卷藏于石室,亦正是当年"兼闻贝叶经"的因缘。颔联如姚培谦所评:"岩光洞响,喻大师宗风;蜡屐铜瓶,喻窥测有限。"佛教诗多比喻,此诗同样通过比喻来阐说佛理,但读者分明又感受到山寺风光,洞水清响。颈联是流水对,一意连贯,说当年在长安蒙大师推奖,而今我却如流萤漂泊天涯。诗人在东川作《忆梅》云"定定住天涯",又作《天涯》感叹:"春日在天涯,天涯日又斜。"可见当时漂泊流寓之伤感。历经仕宦风波的李商隐最后向大师与子蒙表示心愿。他虽曾蒙大师开悟,但更美慕子蒙为大师眷属弟子,以文才得侍奉大师。子蒙才如曹植,在知玄弟子中非僧彻莫属。《宋高僧传·僧彻传》曰:"悟达凡有新义别章,咸嘱咐畅衍之。"又曰:"麟德殿召京城僧道赴内讲论,尔日彻述皇猷,辞辩泬亮,帝深称许。"诗以曹植登鱼山闻诵经声拟造梵唱比喻僧彻的讲论口才,亦颇切合。

诗人在大中时期的思想状况及其崇佛倾向,诗中所用佛典、古典、今典及佛教用语,都应放在一定的历史范围内作具体深入的探讨,否则是会近乎说梦的。

题僧壁

01

舍生求道有前踪，

乞脑剜身结愿重。 *02*

大去便应欺粟颗， *03*

小来兼可隐针锋。 *04*

蚌胎未满思新桂， *05*

琥珀初成忆旧松。 *06*

若信贝多真实语， *07*

三生同听一楼钟。 *08*

注·释

● *01*·冯浩注曰："义山好佛，在东川时于常平山慧义精舍经藏院创石壁五间，金字勒《妙法莲华经》七卷，见文集。诗为是时所作。玩结语，盖久不得志，因悟一切皆空矣。"

● *02*·乞脑剜身：道源注曰："知玄《三昧忏》：'舍头目髓脑如弃涕唾。'"

● *03*·"大去"句：佛教所谓一粒粟中可藏三千大千世界。

● *04*·"小来"句：佛教所谓尖头针锋受无量众。

● *05*·"蚌胎"句：冯浩注引《吕氏春秋》："月，群阴之本。月望则蚌蛤实，群阴盈；月晦则蚌蛤虚，群阴掔（jiū）。掔，今本作'亏'。"此句比喻来生。

● *06*·"琥珀"句：旧说松脂流入土地，历千年化为琥珀。此句比喻前生。

● *07*·真实语：《般若波罗蜜多心经》："故知般若波罗蜜多是大神咒，是大明咒，是无上咒，是无等等咒，能除一切苦，真实不虚。"

● *08*·三生：佛教所谓过去、未来、当今三世。

品·评

这是商隐在东川幕府时题佛寺僧壁之作。同时，作者在东川又有《唐梓州慧义精舍南禅院四证堂碑铭》，还有为道观撰写的《道士胡君新井碣铭》。这些兼容佛道思想的文章都见于李商隐的文集。此诗是商隐这一时期的颂佛诗，却有《宋高僧传·知玄传》赞美传主释儒兼修的韵味，就中可见中晚唐文士信佛而重儒的特点。

诗首联诚如陆昆曾评曰："义山事智玄法师多年，深入佛海，是篇最为了义。起言身命至重，昔人有舍其头目髓脑，如弃涕唾者，岂不爱其生哉？圣贤之舍生取义，释氏之舍生求道，其意一也。"(《李义山诗解》)诗于阐发佛理中兼容儒家圣贤杀身成仁、舍生取义的至理，儒佛双修实是时代之特色。当时有裴休所撰《大达法师玄秘塔碑铭并序》，此文即楷书名帖《玄秘塔》，因柳公权书写而广为流传。裴文开宗明义："为丈夫者在家则张仁义礼乐辅天子以扶世导俗，出家则运慈悲定慧佐如来以阐教利生，舍此无以为丈夫也。"因之，陆昆曾的诗解可谓知人论世。作为诗人之诗，中间两联虽然各蕴含禅味哲理，但借物说理，形象鲜明。"粟颗"中的大千世界，"针锋"上的无量众生，这样的宏微观是多么奇妙诱人。蚌胎未满而思新桂月盈，琥珀初成而忆千年旧松，这未来和过去的因缘又是多么启人深思。富有形象性的哲理探索，与僧人的偈语自然不同。结语坚信佛法真实不虚，则过去、未来、现世三生俱可觉悟。李商隐的佛教诗裹着坚硬的外壳，但这外壳里面无疑有诗人思想艺术的新境界，对其作全面深入研究是不能回避的。

最后还须指出的是，陆昆曾解诗之首联从明末道源引知玄《三昧忏》而来。知玄著《三昧忏》明清之际尚存于世，注家能从商隐佛家师父处探其思想来源，深得知人论世之旨。这也是当今注家们所须用力的。

北青萝 [01]

注·释

● 01·北青萝：在今河南王屋山中，地近济源。

● 02·崦（yān）：山名崦嵫之略称。古指太阳落山的地方。《山海经·西山经》："鸟鼠同穴山西南三百六十里曰崦嵫之山。"郭璞注："日没所入山也。"此泛指夕阳落山之处。

● 03·一枝藤：《庄子·逍遥游》："鹪鹩巢于深林，不过一枝。"喻不图名利，避世修身。

● 04·世界微尘：冯浩注曰：《法华经》：'譬如有经卷书写三千大千世界事全在微尘中，时有智人破彼微尘，出此经卷。'《金刚经》：'若以三千大千世界碎为微尘。'"这是佛教中常言的宏微观，所谓置世界于微尘，纳须弥山于黍米之中，极富理趣。

残阳西入崦，[02] 茅屋访孤僧。

落叶人何在， 寒云路几层？

独敲初夜磬， 闲倚一枝藤。[03]

世界微尘里，[04] 吾宁爱与憎！

品·评

唐人中禅悟之作以王维、孟浩然最为著名。王、孟生当大唐盛世，在山水清音中时含禅味，故诗味隽永，耐人寻味。李商隐生当唐王朝江河日下的衰世，怀才不遇，颇多感慨，故关涉佛理的诗作中亦时有寄慨。前面选评的《同崔八诣药山访融禅师》之沉郁深厚，可谓王、孟诗的别调。但是，商隐参悟佛理之作又是丰富多彩的，这首《北青萝》五律就具有王、孟山水清音的神韵。

北青萝地近商隐早年学仙的玉阳山。诗人大中十年自东川罢归，大中十一年春抵京，不久居郑州、洛阳间。玩诗意，似作于东川归后居郑、洛期间。在经历了长期的宦游风波后，他的心情渐渐平静了。当一轮红日西沉入山之时，他正在王屋山北青萝旧地寻访一位孤独的僧人，沿山拾级而上，但见落叶、寒云，不见其人，可谓孤寂矣。随着时间的推延，诗人越进越深，始得相见，初夜清磬，老藤方丈，静中是何等境界，而这磬声更何异佛法之发聩振聋，令人顿悟："世界微尘里，吾宁爱与憎！"佛家常言，置世界于微尘，纳须弥于黍米。此意正如同时略前的元稹在《永福寺石壁法华经记》的描述："四海九州皆大空中一微尘耳。"既然如此，就如姚培谦注所曰："而一微尘中，吾犹以爱憎自扰耶？"李商隐生活在佛教天台宗大盛的晚唐。大中七年，他在《上河东公启二首》中自述愿以官俸在梓州慧义寺经藏院开辟石室五间，手抄金字《妙法莲华经》七卷藏于其中，并呈请府主柳仲郢撰写《金字法华经记》。商隐诗中的悟道语来自他对佛教理论的长期修习，冯浩注引《法华经》等佛书亦可谓切实有据。

夕阳楼 01

注·释

● 01 · 题下自注："在荥阳（今河南郑州）。是所知今遂宁（今四川遂宁）萧侍郎牧荥阳日作者。"萧侍郎即萧澣。他在政治上亲近牛党首领李宗闵。大和七年三月，宰相李德裕将萧澣外放为郑州刺史。大和八年十月，李德裕罢入相，李宗闵复入相。次年，萧澣即被召还任刑部侍郎。大和九年，野心家李训、郑注贬斥李德裕、李宗闵等朝官，七月贬刑部侍郎萧澣为遂州（治所遂宁）刺史，再贬遂州司马。商隐曾受知于萧澣，诗当作于大中九年秋天。

● 02 · 重城：高城。楼：夕阳楼，楼当建于城上。

● 03 · 悠悠：忧思的样子。《诗经·邶风·终风》："悠悠我思。"朱熹注："悠悠，思之长也。"

花明柳暗绕天愁，

上尽重城更上楼。02

欲问孤鸿向何处？

不知身世自悠悠！ 03

品·评　大和九年，李商隐二十三岁。这年秋天，他来到郑州登上城楼上的夕阳楼，思念对他有知遇之恩的前郑州刺史，写下这首充满感伤情调的诗歌。

年轻诗人的深长忧伤当然不是为赋新诗强说愁，不是如纪昀所批评的："借孤鸿对写，映出自己，吞吐有致，但不免有做作态，觉不十分深厚耳。"（《诗说》）他的愁思实来自仕途奔波的一再受挫，又来自对李训、郑注专权的时世殷忧，联系他在大和、开成之际所作的忧时伤乱的《有感》《重有感》等作，读者正应赞佩其深厚的忧时情怀。纪昀所谓诗"有做作态",实不能知人论世也。

夕阳楼是萧澣任郑州刺史时所建,诗人的才华曾受萧澣赏识。作为朝廷大官的萧澣曾热心向宪海观察使崔戎推奖过年轻诗人。如今当萧澣一贬再贬,他登上恩人所建的夕阳楼,睹楼思人,"绕天愁"正来自乱局将生的时世。杜甫说"花近高楼伤客心"(《登楼》),商隐说"花明柳暗绕天愁",他们关心国事的热肠是多么可贵。商隐愈上愈高,登至极顶,视野亦愈远,他似乎要极目萧澣蜀中的贬所。忽然见一失伴孤鸿,心与物会,其象征、比喻、联想的意义由此生发。鸿雁传书,孤鸿能否将我此时的思念之情带给远在遂州的恩人?冯浩曰:"自慨慨人,皆在言中,凄惋入神。"孤鸿自然又是被贬的萧澣、仕途坎坷的诗人的象征比喻。谢枋得《叠山诗话》评曰:"'欲问''不知'四字,无限精神。"如果我们评说得过于实了,反会死于句下。

诗作于大和九年的秋天,商隐由萧澣被贬所引起的忧愁义愤,联系开成元年所作《哭遂州萧侍郎二十四韵》等诗,读者才会获得更切实的理解。商隐的"绕天愁"在两三个月后的"甘露之变"中得到应验,李训、郑注的阴谋政治导致京城长安流血千门、僵尸万计。年轻诗人朦胧的时局殷忧竟被残酷的历史所证实,令人惊叹不已。

任弘农尉献州刺史乞假归京

任弘农尉献州刺史乞假归京 [01]

黄昏封印点刑徒, [02]

愧负荆山入座隅。 [03]

却羡卞和双刖足,

一生无复没阶趋。 [04]

注·释

● 01·开成四年,商隐二十七岁,释褐为秘书省校书郎,不久调补弘农(虢州弘农县,今河南灵宝)尉,以活狱忤观察使孙简。所谓活狱是指提请对狱中囚犯省减处罚,商隐当时任县尉,职掌治安之类。孙简当时为陕虢观察使、虢州刺史,以为活狱不当。商隐遂辞尉职归京求其他职务。

● 02·封印:一天公事完毕,封存官印。点刑徒:清点狱中囚犯人数,观察囚犯情况。

● 03·荆山:此指虢州湖城县(今河南灵宝)之荆山。

● 04·卞和双刖(yuè)足:《韩非子·和氏》载:楚人和氏得玉璞荆山中,献于楚厉王。厉王使玉人相之,以为是石头。厉王以和氏欺诳,刖其左足。及厉王死,武王即位,和氏又奉其璞献之武王。武王使玉人相之,又以为是石头。武王也以和氏欺诳,刖其右足。武王死后,文王即位,和氏抱其璞哭于荆山之下,文王乃使玉人理其璞而得宝玉,于是称其为和氏璧。刖足,砍断腿足的一种酷刑。没阶趋:尽阶趋奉,形容下级官吏迎奉上司时尽台阶趋走的卑屈情状。

品·评

开成四年,诗人为秘书省校书郎,不久,由秘书省校书郎调任弘农尉。当时称校书郎为美职,县尉一类则为俗吏,但县尉是直接与人民打交道的官吏。当他的政治理念一碰到为官临民的现实时,便与顶头上司产生了矛盾冲突。诗人早在《行次西郊作一百韵》中提出过政治腐败导致穷人铤而走险:"盗贼亭午起,问谁多穷民。节使杀亭吏,捕之恐无因。"他主张"牧伯仁""官清""吏善",纯是孔孟的仁政理想。官场的现实却不允许他如此,县尉要管捕盗,还要执鞭压

152

榨贫苦百姓。高适在任封丘尉时就万分痛苦地说过："拜迎长官心欲碎，鞭挞黎庶令人悲。"(《封丘县》)杜甫有《送高三十五书记十五韵》贺高适辞掉县尉之职："脱身簿尉中，始与捶楚辞。"怀有仁者之心的人岂忍干这种营生！弘农尉李商隐每当黄昏封存官印、清点狱中囚犯之时，心中总会隐隐作痛。映入眼帘的高峻荆山使他联想到楚地荆山的和氏璧，璧玉的冰清玉洁及和氏多次被诬，更使他惭愧干这种逼良为盗、鞭挞百姓的事。因之，他大胆提出活狱，要求对囚犯省减处罚，有冤屈的则给予平反，结果却触怒了同样是进士出身的老官僚孙简。这种人虽然也熟读圣贤书，爬上高位后对人民严刑峻法，对下属傲慢无礼。诗人与官僚实乃薰莸不同的两种读书人。

冯浩评三、四句引《韵语阳秋》曰："英俊陆沉，强颜低意，趋跄诺虎，扼腕不平之气，有甚于伤足者。非粗知直己不能赏此语之工也。"胸怀仁爱的诗人在固执不仁的上司跟前强意趋走，内心的煎熬是常人难以想象的。他甚至想到还不如像卞和那样被砍掉双足的好，因为那种精神上的屈辱更甚于因不识美玉而被刖足的酷刑。年轻诗人有他的高傲自尊，他所珍视的是高适、杜甫以来仁人志士的自尊、爱民情怀，他对于上司的强项不屈是一种十分可贵的人格精神，联系他在开成、会昌时期的那些忧国忧民的政治诗，一位正直敢言、倔强傲上的诗人形象便昂然挺立于读者之前。纪昀评此诗"太激太尽，无复诗致"。雍正、乾隆朝的文字狱影响深远，御用文人们标榜温柔敦厚，对这类傲上抒愤的诗总是加以贬抑。但士人不应忘记自己的社会责任，顾炎武早就说过，一为文人便无足观，此之谓也。

安定城楼

01

迢递高城百尺楼，
绿杨枝外尽汀洲。
贾生年少虚垂涕， 02
王粲春来更远游。 03
永忆江湖归白发，
欲回天地入扁舟。 04

注·释

● 01·安定：关内道泾州安定郡（今甘肃泾川北）为王茂元镇泾原之治所。开成三年春，诗人应博学宏词科考试，初试已为主考周墀、李回录取，正当铨拟注官之时，却因被一位中书省的官员说"此人不堪"而落选。泾原节度使王茂元遂招商隐赴泾原。冯浩《玉溪生年谱》开成三年曰："《祭外舅文》云：'往在泾川，始受殊遇。'爱才而娶以女，故曰殊遇。""然则婚之成于泾原而非陈许，明矣。"此诗是作者在泾州安定城楼登眺抒慨之作。

● 02·贾生：西汉政治家贾谊，通诸子百家之书。他屡屡上疏言事，在《陈政事疏》中，他说："臣窃惟事势可为痛哭者一，可为流涕者二，可为长太息者六。"余详见咏史诗《贾生》注释01。

● 03·王粲：东汉末年人，他因西京长安动乱，怀着去国之思投奔荆州刘表。曾作《登楼赋》云："虽信美而非吾土兮，曾何足以少留！"商隐志在"欲回天地"，做幕宾泾原幕府不称其志。

● 04·永忆：长期忆念。江湖：归隐之处，与朝廷相对。回天地：旋转天地，即如《登楼赋》所云："冀王道之一平兮，假高衢而骋力。"他希望为国家长治久安出力。入扁（piān）舟：乘坐一叶扁舟。用范蠡助勾践灭吴王夫差后归隐五湖的典故。

● 05·"不知"二句：用《庄子》故事。《秋水》："惠子相梁，庄子往见之。或谓惠子曰：'庄子来，欲代子相。'于是惠子恐，搜于国中三日三夜。庄子往见之，曰：'南方有鸟，其名为鹓雏，子知之乎？夫鹓雏，发于南海而飞于北海，非梧桐不止，非练实不食，非醴泉不饮。于是鸱得腐鼠，鹓雏过之，仰而视之曰："嚇！"今子欲以子之梁国而吓我耶！'"成滋味：当作美味。猜意：猜忌。鹓（yuān）雏：凤凰之类的鸟。这里将"腐鼠"比喻权力地位，将"鹓雏"比喻志向高洁之士。

不知腐鼠成滋味，

猜意鹓雏竟未休。[05]

品·评

年轻诗人胸怀大志又多愁善感，大和后期到开成年间的政治诗、感伤抒愤诗较为集中地反映了他的这一精神风貌。商隐早年饱读经史，他有贾谊那样的经邦济世之志。《行次西郊作一百韵》涉及宦官专权、藩镇割据、人民苦难、盗贼横行等现实问题，可以说是以诗写就的长篇政论，犹似贾谊的《陈政事疏》。他在仕途上受到排挤离京赴泾原节度使幕府，又似王粲远走长安依刘表。王粲曾有"冀王道之一平兮，假高衢而骋力"的雄心壮志，荆州虽好并非久留之地，这与商隐此时的心情也是相合的。颔联用贾谊、王粲的故事可以概见诗人在开成三年春博学宏词科落选后的志节。

颈联千古名句，为历代学人所激赏。其意思甚明白，言自己常思在江湖以终老，但须旋转天地，成一番大事后方入扁舟逍遥江湖。此等豪言壮语常能见诸唐宋诗人的作品。《蔡宽夫诗话》说："王荆公晚年亦喜称义山诗，以为唐人知学老杜而得其藩篱者，唯义山一人而已。"王安石欣赏的就是"永忆江湖归白发，欲回天地入扁舟"等名诗名句。这样的豪言壮语在明清专制高压时期的诗人们是不敢写的，但熟读儒家经典的评论家们在品评诗歌时仍会对此表示赞赏。何焯《义门读书记》曰："二句亦是荆公一生心事，故酷爱之。"千年的薪火相传，激发着读书人的社会责任感，这种积极入世和期望功成身退的精神是十分可贵的。

结联直斥贪恋权位的鸱鸮之辈嗜腐鼠而猜忌鹓雏，理直气壮，毫不隐避。联系其数年前所作《有感》《重有感》《行次西郊作一百韵》的嫉恶如仇，正是文如其人。年轻人的锋芒毕露，慷慨直言较之世故圆滑总还是有益于世道人心吧！

商隐登楼远眺往往忧从中来，从早期《夕阳楼》中的"花明柳暗绕天愁"，到后来《北楼》中的"此楼堪北望，轻命倚危栏"、《岳阳楼》中的"欲为平生一散愁"，都与此诗首联"逗递高城百尺楼，绿杨枝外尽汀洲"有相似之处，体现了李商隐作为一位感伤抒愤诗人的特质。此诗首联的写景为下文的抒感作了精妙铺垫，纪昀评曰："江湖扁舟之兴，俱自汀洲生出，故次句非趁韵凑景。"从此精微的品评中，读者可以感受到这首七律在艺术上的精益求精，臻于完美。

寄令狐郎中

01

嵩云秦树久离居，*02*

双鲤迢迢一纸书。*03*

休问梁园旧宾客，

茂陵秋雨病相如。*04*

注·释

● *01*·令狐郎中：右司郎中令狐绹。冯浩注引两《唐书》曰：“《新书传》：‘绹擢右司郎中。’按：《旧书》失书‘郎中’。《绹子滈传》：‘绹于会昌二年任户部员外郎。’则为郎中，必三四年。”李商隐会昌五年秋，因病闲居洛阳。旧时好友令狐绹有书问讯，诗人以诗作答，并报告近状。

● *02*·嵩云：喻在洛阳的自己。嵩，指嵩山，近洛阳，故云。秦树：喻在长安的令狐绹。秦，指京城长安。

● *03*·双鲤迢迢：远远寄来信书。古诗《饮马长城窟行》：“客从远方来，遗我双鲤鱼。呼儿烹鲤鱼，中有尺素书。长跪读素书，书中竟何如。上有加餐食，下有长相忆。”

● *04*·梁园：亦称梁苑，是汉景帝时梁孝王刘武所建的宫苑，在今河南开封东南，是梁孝王与文士们宴集吟唱的地方。《史记·司马相如列传》：“会景帝不好辞赋，是时梁孝王来朝，从游说之士齐人邹阳、淮阴枚乘、吴庄忌夫子之徒，相如见而说之，因病免，客游梁。梁孝王令与诸生同舍，相如得与诸生游士居数岁，乃著《子虚之赋》。”诗中以“梁园旧宾客”喻自己曾为令狐楚幕府之幕僚。病相如：《史记·司马相如列传》：“相如既病免，家居茂陵。”

品·评

李商隐和令狐绹这对早年的“首阳之二子”（开成元年《别令狐拾遗书》），最后却因政治分歧而断绝关系。这首诗是我们探讨二人关系变化的一个标识。

会昌五年秋，商隐守丧闲居洛阳，且贫病交加。远在长安的右司郎中令狐绹向旧友附书问讯，表示慰问。商隐以诗作答，谓京、洛之间两地睽违，自己更兼贫病，离群索居。但嵩山的云，秦中的树不仅富有形象，而且充满了深情。这是化用杜甫《春日忆李白》中“渭北春天树，江东日暮云”的句子，二位饱读诗书的人自然都能品出句中的情意。次句说明接到来信，"迢迢"不仅是两地路途迢迢，而且也表示问讯之情意深长。三、四句用司马相如曾为梁园宾客和病废家居茂陵的典故，既感念恩门故交，又含求荐达之意于言外。措语典雅有致，求人而不失身份。

姚培谦曰："相如病卧茂陵，非杨得意无由见知武帝，此以杨得意望令狐也。"其指出诗中有求荐达之意是对的，但将狗监杨得意比作令狐绹则比拟不伦。令狐绹为文章大家令狐楚之子，曾与商隐同学，颇通文学词翰，此时官居右司郎中。其职与左司郎中在郎官中最尊，系尚书都省之属，仅置一员，从五品上。商隐早先娶王茂元女儿，入王茂元幕府，曾使令狐绹不快，但直到会昌时期他与令狐绹虽然芥蒂互生而友谊尚存。会昌三年王茂元病死后，商隐欲求仕途而属望于昔日老友是很自然的。会昌六年，商隐《上韦舍人状》云："某淹滞洛下，贫病相仍，去冬专使家僮起居，今春亦凭令狐郎中附状。"这表明他在服阕重官秘书省正字后，仍得到令狐绹的帮助。大中元年，商隐随郑亚赴桂管，他在重大政治问题上支持失势的李德裕、郑亚等人。后来，令狐绹日益显达，到大中四年贵为宰相，成为牛党首领。他们因政治分歧，最后绝交。大中前期，商隐在仕途坎坷的情况下向令狐绹屡启陈情，告哀乞怜，虽让人看到朋党偏见排斥人才的恶浊，但他的那些诗文格调低下，令人不堪卒读。余详见下面关涉令狐绹的诗歌。

九日
01

曾共山翁把酒时，

霜天白菊绕阶墀。02

十年泉下无消息，

九日樽前有所思。03

不学汉臣栽苜蓿，04

空教楚客咏江蓠。05

郎君官贵施行马，06

东阁无因再得窥。07

注·释

● 01·九日：九月九日重阳节。钱谦益抄本题下注云："一本题下有'有怀令狐府主'六字。"冯浩注："果有六字，可以息众喙，然或后人所注，必非原注，余未之见。"冯说是。诗不只怀令狐楚府主，而且有对令狐绹的怨望。

● 02·山翁：西晋山简，《晋书》称山简镇襄阳，每出游佳园池，置酒辄醉。此以山简比喻令狐楚。霜天白菊：令狐楚以爱白菊著称。冯浩注："刘宾客《和令狐相公玩白菊诗》：'家家菊尽黄，梁国独如霜。'又有《酬庭前白菊花谢书怀见寄诗》。令狐最爱白菊。"

● 03·十年：令狐楚卒于开成二年，至作者作诗之时大中三年已十二年，此举成数而言。消息：一作"人问"，非。有所思：思令狐楚当年奖掖之恩，怨令狐绹官贵后对己之冷漠。

● 04·汉臣栽苜蓿：西汉张骞通西域，归国时带回马喜欢吃的苜蓿种于离宫、别观旁。此喻令狐楚汲引奖掖人才。

● 05·楚客：屈原。咏江蓠：《离骚》："览椒兰其若兹兮，又况揭车与江离。"意谓椒、兰在芳草中最珍贵，尚且如此，何况寻常的芳草揭车、江离呢！江离，即江蓠，又称蘼芜，喻指令狐绹。

● 06·郎君：指令狐绹。冯浩注引《唐摭言》："义山师令狐文公（楚），呼小赵公（绹）为郎君。"此处商隐以门生对师门而言。行马：官署或达官贵人府第门前设置的木架，以为约禁。

● 07·东阁：《汉书·公孙弘传》："弘自见为举首，起徒步，数年至宰相封侯，于是起客馆，开东阁以延贤人，与参谋议。"再得：一作"得再"，一作"许再"。

品·评　这是大中三年重阳节，诗人在京兆府掾曹任上所作思念令狐楚，而对令狐绹表示怨望的诗。本年，令狐绹官运亨通。二月，翰林学士承旨令狐绹拜中书舍人。

五月，迁御史中丞。九月，复充承旨，寻权知兵部侍郎知制诰（张采田《玉溪生年谱会笺》）。

关于这首诗，古代笔记、诗话之类有些记载，今录计有功《唐诗纪事》以见一斑，其曰："商隐为彭阳公（令狐楚）从事。彭阳之子绹继有韦平之拜，恶商隐从郑亚之辟，以为忘家恩，疏之。重阳日，商隐留诗于其厅事曰：（按即《九日》诗）……绹乃补太学博士。寻为东川柳仲郢判官。"这段纪事时间上有错乱。令狐绹继有韦平之拜（任宰相）在大中四年，商隐此诗实作于一年前，而且诗中有"楚"字，不可能冒令狐家的家讳题到其厅事上。至于其余纪事较得其实。此诗前半部分缅怀恩师令狐楚，后半部分对日益显达的老友令狐绹如怨如慕，第四句"九日樽前有所思"承上启下，转折清晰而意脉连贯。重阳佳节把酒赏菊，诗人不由想起当年在恩师令狐楚幕下白菊绕阶，与府主饮酒赋诗的舒心日子。"每水槛花朝，菊亭雪夜，篇什率征于继和，杯觞曲赐舁其尽欢，委曲款言，绸缪顾遇。"（《上令狐相公状》）在恩师多年的栽培和资助下，他终于在开成二年荣登进士。不幸，令狐楚于当年冬天病逝，至大中三年已十余年了。如今时世苍黄翻覆，那温馨的回忆像梦一样过去，现实的严峻冷酷令他不得不有所深思。

大中元年，商隐从郑亚桂管，本年九月代郑亚撰《太尉卫公会昌一品集序》，文中历数李德裕在会昌时期的功绩，赞李为"万古之良相"。同时，令狐绹正在参与制造吴湘案以打击李党。大中二年九月，翰林学士承旨令狐绹撰写《再贬李德裕崖州司户参军制》谓："顷者方炎钧衡，曾无嫌避，委国史于爱婿之手，宠秘文于弱子之身，洎参命书，亦引亲昵。"这对早年的"首阳之二子"如今写出针锋相对的政治文章，矛盾已无法愈合。在这种情况下，诗人埋怨"郎君官贵"不能如其父那样栽培人才，荐引自己，令他像屈原那样感叹芳草的变质，言虽沉痛，但让人感到他不切实际。可是他还在忧虑令狐府大门的行马挡住他的拜访，不能再登老友的东阁，这实在让人感到可怜了。早年蔑视鸱鸦嗜腐鼠的豪气不见了，在严酷的现实面前，诗人表现出双重人格。大中前期，他所作《梦令狐学士》《令狐舍人说昨夜西掖玩月因戏赠》《子直晋昌李花》《宿晋昌亭闻惊禽》《隋宫守岁》等诗，不是自叹卑微，就是美绹清贵，不是婉辞辩白，就是希冀援引。这一时期，其告哀乞怜、泄愤遣闷的诗作较为庸俗，读者自能选择取舍的。大中五年冬，商隐赴东川幕府。此后，他的诗文中已无明显关涉令狐绹的事了。儒家的入世精神、佛家的世界微尘观念、道家的知命达观，时时闪现在他的作品中，使其后期的作品展现了不少新境界。

天涯

春日在天涯，天涯日又斜。

莺啼如有泪，为湿最高花。

品
·
评

诗人在桂管、东川时，常有远处天涯之叹。以此诗所流露的浓重伤感之情看，应作于东川。冯浩注引杨致轩语曰："意极悲，语极艳，不可多得。"开篇直言鸟语花香的春日，人却漂泊到天涯。景美而情悲，形成对比反衬。次句用顶真修辞，将天涯的悲情连贯而下再推向极处。盖首句"天涯"乃诗人所处之地，次句"天涯"乃诗人极目遥望之处，由实而虚，悲情益深，又逢斜阳黄昏之时。这夕阳天涯便有了象征的意味。多病的鳏夫心悬儿女，却不得不远赴天涯担任幕职，此后接连不断的悼亡及忆念儿女的诗文，正是三、四两句的最好注解。黄莺春鸣呖呖圆啭原是极好听的，但在伤心人听来却如悲啼。诗人由悲啼而联想到悲泪，由悲泪而联想到黄莺悲泣，泪湿树顶之花。由声的听觉到泪的视觉，再到泪湿"最高花"的想象，作者用极平易语写其意识流的悲情，四句短诗，竟有如许曲折。诗人余光中说："要克服韩愈派诗人的'难懂'，读者只要一部大辞典；但要克服李商隐的'难懂'，他必须锻炼自己的想象力。"（《从象牙塔到白玉楼》）此诗虽只有短短二十字，却是余氏之说的有力例证。

过楚宫
01

- *01*·楚宫：《太平寰宇记》："楚宫在巫山县西北二百步阳台古城内，即襄王所游之地。"
- *02*·暗丹枫：点明作者过巫峡旧楚宫在深秋。
- *03*·襄王忆梦中：宋玉《高唐赋》："昔者楚襄王与宋玉游于云梦之台，望高唐之观……玉曰：'昔者先王，尝临高唐，怠而昼寝，梦见一妇人，曰："妾巫山之女也……妾在巫山之阳，高丘之阻，朝为行云，暮为行雨，朝朝暮暮，阳台之下。"'"此即所谓襄王与巫山神女欢合的故事。

巫峡迢迢旧楚宫，

至今云雨暗丹枫。*02*

微生尽恋人间乐，

只有襄王忆梦中。*03*

品·评

诗人实地经过巫峡楚宫遗址，抒发感慨的作品不少。此诗字面上似乎容易懂，但实际上却是聚讼纷纭。"只有襄王忆梦中"，诗人到底是赞美襄王的梦中理想，还是在讽刺襄王的荒淫无耻？千百年来，笺注者各逞己见。巫山云雨大概是好色帝王的梦想，就像"颇知书，好为诗词"的金海陵王完颜亮直白白说的那样："虬髯捻断，星眸睁裂，唯恨剑锋不快。一挥截断紫云腰，仔细看、嫦娥体态。"(《鹊桥仙·待月》)《史记·屈原贾生列传》记楚顷襄王与令尹子兰、上官大夫狼狈为奸，迫害屈

162

原。因此楚顷襄王在太史公笔下并非一个好的角色，在李商隐笔下亦非善类，我看这首诗还是讽刺，而非赞美。

商隐《有感》云："非关宋玉有微辞，却是襄王梦觉迟。"襄王之流昏聩不悟，这才是文士们婉转讽刺的原因。品评作品之关键在于了解相关之作品及作者的处境。冯浩《玉溪生年谱》大中二年假设商隐"有徘徊江汉，往来巴蜀之程焉"。此诗就被系于这段行程中，其实不可靠。陈寅恪《李德裕贬死年月及归葬传说辨证》曰："凡注家所臆创之大中二年巴蜀游踪实无其事。其所指为大中二年往返巴蜀所作之诗，大抵大中六年夏间奉柳仲郢命迎送杜悰并承命至江陵路祭李德裕归柩之作。"商隐奉命事毕返回东川已是深秋时节，此段逆水过三峡的行役诗中，赋咏巫山楚宫诗较多。除此诗外，别有《楚宫》云："十二峰前落照微，高唐宫暗坐迷归。朝云暮雨长相接，犹自君王恨见稀。"这简直就是一个隋炀帝、金海陵王那样的荒淫失政形象。因之，《过楚宫》这首明白如话的诗，其诗旨必须知人论世才得把握。再看同时的《深宫》诗："金殿销香闭绮栊，玉壶传点咽铜龙。"借助视觉意象，再现楚宫富丽景象。接着"狂飙不惜萝阴薄，清露偏知桂叶浓"，与"至今云雨暗丹枫"物候气氛相同，色彩更为凄迷。最后，由历史遐想回到无情的现实："岂知为雨为云处，只有高唐十二峰。"批判讽刺之意显豁。现在让我们再来体味"微生尽恋人间乐，只有襄王忆梦中"的诗境：民生多艰，普通民众皆留恋于人间的欢乐，而历代荒淫之主不恤民情，只顾贪恋女色想入非非。联系同时所有有关楚宫诸诗，读者自会感受到繁华消散，风流荡尽，旧宫难觅，唯山川依然的况味，诗中讽刺之意确凿无疑。

大中时期，商隐贫病交加，东川之行实为生计。令狐绹当国后，他在仕途上的发展已经无望，此实因二人政见不同之故也。大中六年，商隐奉柳仲郢之命于江陵路祭李德裕归柩。此番行役颇多怀古抒愤之作，诗人对楚宫遗迹一而再、再而三的赋咏，其主旨则与杜甫《咏怀古迹》其二所云"最是楚宫俱泯灭，舟人指点到今疑"的含义相似，他深信襄王之辈会随楚宫的泯灭而泯灭，而诗人们婉而多讽的诗篇当会如宋玉辞赋代代流传，给历代读者留下深思。

楚宫

01

注·释

● *01*·诸本均作《楚宫二首》,其二为七律(月姊曾逢下彩蟾)。韦縠《才调集》选这首七律,题作《水天闲话旧事》。韦縠生当五代,所见乃唐旧本,最为可信。且"月姊曾逢下彩蟾"纯系艳情,与《才调集》之题目相合,与《楚宫》不合,今特改正。

● *02*·十二峰:《方舆胜览·夔州》:"十二峰在巫山,曰望霞、翠屏、朝云、松峦、集仙、聚鹤、净坛、上升、起云、飞凤、登龙、圣泉。"

● *03*·高唐宫:见《过楚宫》注释 *03*。

十二峰前落照微, *02*

高唐宫暗坐迷归。 *03*

朝云暮雨长相接,

犹自君王恨见稀。

品·评

此诗和《过楚宫》同为大中六年溯江而上时经过巫峡所作。诸注家误将此诗和七律(月姊曾逢下彩蟾)视为《楚宫》二首,或将此诗当作艳情;或疑于二首不同,不明所以。实则据《才调集》,七律乃别为《水天闲话旧事》一诗,二者了不相涉。

诗一、二句写夕阳黄昏时候舟过巫山,传说中楚襄王游云梦之台,望高唐之观的遇仙之所正在烟雾笼罩下,显得昏暗迷离。陆游《入蜀记》写这段行程可与本诗相参稽。其曰:"过巫山凝真观,谒妙用真人祠。真人,即世所谓巫山神女也。祠正对巫山……然十二峰者,不可悉见。所见八九峰,惟神女峰最为纤丽奇峭,宜为仙真所托。"陆游同时引商隐熟识的会昌时夔州刺史李贻孙《神女庙》诗,可见唐代巫山神女庙祭祀情况,商隐吊古兴感,再三赋咏,亦当事出有因。

三、四句极意夸张襄王的好色荒淫,醉生梦死,朝云暮雨,还要恨与神女相见之稀。大中六年,诗人行役三峡及江陵一带,吊古伤今之作甚多,其怀才不遇,仕途坎坷,借古事以抒其怨愤,批判时政,此乃事理所必然。但楚襄王是否影射什么人?似不必指实。叶葱奇《李商隐诗集疏注》曰:"这是借楚王以讥讽当代皇帝的。"诗人登第入仕的时代,文宗、武宗、宣宗并不特别重色,叶说证据仍嫌不足。且作者诗中通常将方镇、刺史比作诸侯,唯当年夺商隐所爱柳枝之东诸侯差可比拟,但这已是二十年前的事了,亦难以指实。多闻阙疑,慎言其余,聊供读者参考而已。

杨本胜说于长安见小男阿衮 01

闻君来日下，02 见我最娇儿。
渐大啼应数，03 长贫学恐迟。
寄人龙种瘦， 失母凤雏痴。04
语罢休边角，05 青灯两鬓丝。

注·释

● 01 · 杨本胜：杨汉公之子，名籌，字本胜。作者《樊南乙集序》叙述自己在东川与杨本胜同幕情景曰："（大中七年）十月，弘农杨本胜始来军中。本胜贤而文，尤乐收聚笺刺，因恳索其素所有……乃强联桂林至是所可取者，以时以类，亦为二十编，名之曰四六乙……直欲以塞本胜多爱我之意。"文中说的是杨本胜向作者学习四六文之事。阿衮：作者的儿子衮师。作者《骄儿诗》形容其子云："衮师我娇儿，美秀乃无匹。文葆未周晬，固已知六七。四岁知姓名，眼不视梨栗。"

● 02 · 日下：京城长安。参见《奉寄安国大师兼简子蒙》注 06。

● 03 · 数：屡次，频频。

● 04 · 龙种：指儿子衮师。作者《哭遂州萧侍郎二十四韵》自称："我系本王孙。"崔珏《哭李商隐》诗云："成纪星郎字义山。"其出自陇西成纪，当与李唐皇室同宗，故云。凤雏：指女儿。商隐女年长于衮师，《骄儿诗》："阶前逢阿姊，六甲颇输失。"《上河东公启》："或小于叔夜之男，或幼于伯喈之女。"作者悼亡后每每儿女并举。参见《上河东公启》注释、品评。

● 05 · 休边角：边远地区的画角声停止了。唐时东川节度使所在地梓州（今四川三台）属边地，夜间要吹画角，画角声停则夜已深。

品·评

这是作者在东川幕府怀念寄居长安儿女的诗，语言平易流畅，感情深切真挚。大中七年十月，杨本胜从京城长安来到东川节度使幕府任职。他启行前去看望了商隐寄养在长安亲戚家的儿女，到梓州后向商隐叙述了其儿女，特别是儿子衮师的情况，深深触动了诗人的慈父思子之情。诗前六句一气而下，说杨君自京城而来，看到了我最爱的娇儿。儿子渐渐长大，应该懂得思念远游在外的父亲，想起去世的母亲，他会屡屡伤心啼哭的。因为家贫，儿子到了该入学的年龄恐怕还未延师教导。"应""恐"都是推测之词，却实在有着诗人大中时生活境况的阴影。衮师生于会昌六年，此时已八岁。而商隐丧妻数月，远赴东川时，儿子才六岁，若非生计所迫，他又何忍撇下刚刚丧母的幼小儿女远游东川呢？五、六句由三、四句的推测转向写实，寄居亲戚家的娇儿"瘦"，失去母亲的爱女"痴"。这应是作者对杨本胜所转述的儿女情况的概括，二句又是互文，表达了他作为人父使儿女失怙般的自责。《诗经·小雅·蓼莪》云："无父何怙，无母何恃。"他这个父亲虽还在，但抛家别子，远游他乡，令儿女受苦，内心的煎熬实在是难以言表的。结二句言与杨本胜谈得很久，画角声停，语罢黯然，两鬓添愁，情景凄绝。

此诗打破了一般诗作的章法，前六句抒发至性至情，一气连贯。结二句情景感人，耐人寻味。纪昀引《四家评》曰："结有情致，诗须如此住，意方不尽于言中。"（《诗说》）纪氏评此诗的艺术技巧当然不错，但读者须知这还不纯是技巧的问题，诗人先得有那份至性至情，才能写出感人至深的好诗。

幽居冬暮

⁰¹

注·释

●01·程梦星曰："此乃大中末废罢居郑州时。起句曰'羽翼摧残日'，又曰：'颓年浸已衰'，情语显然。"

●02·羽翼摧残：冯浩注曰："言铩翮不能高飞。"鸟的翅膀折断，羽毛摧落，比喻极大的政治摧折。郊园：指诗人晚年废罢郑州时的郊居之地。

●03·鹜（wù）：家鸭。

●04·急景：飞速的日光。倏（shū）：疾速。颓年：晚年、残年。浸：逐渐、浸淫。《后汉书·冯衍传》："祸浸淫而宏大。"

●05·匡国分：匡正国家的职任。夙心：久有的素愿。

羽翼摧残日，郊园寂寞时。⁰²

晓鸡惊树雪，寒鹜守冰池。⁰³

急景倏云暮，颓年浸已衰。⁰⁴

如何匡国分，不与夙心期？⁰⁵

品·评

如果说李太白临终赋《临路歌》而卒，那么衰病暮年的李义山作《幽居冬暮》则相当于他的绝唱。李白仙风道骨，又结交僧人。商隐早年学道，晚年学佛。他们垂暮临终都没有忘记士人对国家应负的责任。李白说："仲尼亡兮谁为出涕？"商隐说："如何匡国分，不与夙心期？"不管是大唐盛世，还是晚唐衰世，都存在英俊沉沦、怀才不遇的问题。他们的遗憾千年之下令人深思。

此诗开头"羽翼摧残日，郊园寂寞时"，亦与李白的开篇悲呼的"大鹏飞兮振八裔，中天摧兮力不济"相似。商隐说晚年病废郑州郊园，好比是翅膀折断、羽毛摧残的鸟已不能奋飞。他早年本有"欲回天地"的雄心壮志，晚岁回首往事，言下有无限伤痛。颔联如姚培谦所云："'晓鸡'句，喻不改其常；'寒鹜'句，喻不移其守。"贫病交加的诗人就郊园农家的寻常鸡鹜取喻，以示操行高洁，然境生象外，其凄寒寂寞，不改素愿之志，令人同情，更令人钦敬。颈联惊叹日光飞逝，衰暮之年渐深。读者仿佛听到诗人"老了，老了"的叹息，虽不及李白《临路歌》的悲愤慷慨，但这深沉的叹息一样感人至深。唐代士人至死不渝的报国之志，在优秀诗人中表现得非常突出，是中华优秀文化很珍贵的一部分，深受历代读者的喜爱与崇仰。

张采田《玉溪生年谱会笺》曰："此诗迟暮颓唐，必晚年绝笔，冯编永乐闲居，误矣。"张说基本不错，但将诗系于大中十二年冬，仍有小疏。叶葱奇《李商隐诗集疏注》曰："看崔珏《哭李商隐》诗第一首的'词林枝叶三春尽'和第二首的'鸟啼花落人何在'，十二年春末诗人显已逝世，这当是前一年腊月底所作。"叶说是。至于冯浩将诗编于永乐闲居，商隐当时才三十二岁，正当壮年，岂是"颓年"？直到大中四年《偶成转韵七十二句赠四同舍》一诗，作者已三十八岁，尚意气风发地说："且吟王粲从军乐，不赋渊明归去来。"又云："斩蛟破壁不无意，平生自许非匆匆。"自叙在桂管罢归时遇风浪挫折勇往直前的决心。总之，商隐大中前期尽管仕途坎坷，但仕进的雄心不衰。大中五年丧妻后，作者心情转趋悲凉，诗文风格为之一变。对此，读者可以细加体察。

谒
山

● 01 · 系日乏长绳：傅休奕《九曲歌》云："岁暮景迈群光绝，安得长绳系白日？"意谓时光留不住，难以挽回。

● 02 · 水去：时光如川流不息。《论语·子罕》："子在川上曰：'逝者如斯夫，不舍昼夜！'"

● 03 · 麻姑：葛洪《神仙传》载，麻姑应仙人王方平之召，降于蔡经家。麻姑自言："接待以来，已见东海三为桑田，向到蓬莱，水又浅于往昔会时略半也，岂将复还为陵陆乎？"女仙麻姑三见沧海变为桑田。

● 04 · 一杯春露：沧海忽然变为一杯春露，如李贺《梦天》诗所云："一泓海水杯中泻。"

从来系日乏长绳，⁰¹

水去云回恨不胜。⁰²

欲就麻姑买沧海，⁰³

一杯春露冷如冰。⁰⁴

品
·
评

关于本诗题旨及有关本事背景，学者们曾有一些不尽相同的诠解。我们不妨先从诗歌所描述的艺术形象入手，对其所蕴含的美学价值作一番探究。

一、二句抒写的是有志之士对时光流逝、壮志难酬的憾恨，这也是古代诗人所歌咏的一个常见常新主题。傅休奕有"安得长绳系白日"的奇问异想，作者用其意并推而广之。诗以"从来"二字领起，说明这是古往今来许多有志之士的憾恨，令人联想无穷。义山之前就有许多优秀诗人宣泄过这样的感怆之情。屈原《离骚》曾幻想："吾令羲和弭节兮，望崦嵫而勿迫。"曹植《箜篌引》也惊呼："惊风飘白日，光景驰西流。盛时不再来，百年忽我遒。"李白《将进酒》由黄河一泻千里而兴起时光一去不回之悲。杜甫《登高》因落叶之声，江流之状而传出韶光易逝、壮志难酬之恨。这些前辈诗人的生平遭遇及其创作对李商隐自然有深刻的影响。再者，诗人秉负绝代文才却因朋党倾轧屡遭排抑，故集中颇多抒发坎坷不遇之作。只有联系他的身世遭际及有关创作，我们才能对诗中"恨不胜"的内涵有比较切实的理解。《幽居冬暮》云："如何匡国分，不与夙心期？"可以说是他终天抱恨的事。

白日西驰，水去云回，逝者如斯的时间与川流一样留不住。为解决时光逝去与理想难以实现的矛盾，诗后半部分又转出了"欲就麻姑买沧海"的奇想。借助奇异的传说，作者把自己幻化为仙界中人，因看麻姑三见沧桑之变而要向她买下沧海。既然是逝者如斯夫，江河东流最终都归于大海，那么买下沧海就占有了时间与空间，这里悠悠无穷的时间之流已与浩渺无边的沧海空间交融。此正反映出诗人曾企求得机展才的强烈愿望，表现出对理想的执着追求。然而，结果却是"一杯春露冷如冰"，使人痛切不已。这杯春露自然也会顷刻消散，终归于无实。末句以形象贴切的比喻把作者的憾恨失望之情衬示得宛然在目。

此诗想象奇特，形象瑰丽，把沧桑之变的漫长过程缩短到一瞬间，又把浩渺无边的大海缩小为一杯春露，时空交融，宏微浑一，既是庄子笔意，又是佛家世界微尘的演绎，堪称奇境独到。比起屈原、曹植、李白、杜甫的有关之作，《谒山》诗也可称得上是一首风采独具的悲歌。

最后，就此诗的多义性谈一点看法。有些作品的背景不太清楚，容易引起仁智之见。冯浩说："谒山者，谒令狐也。"张采田曰："山即义山自谓。此暗记令狐来谒事也。"冯浩、张采田都是功力深厚的专家，但用猜谜法解诗，往往无法使人信从。有的研究者从诗人所处的时代，或从他们具体的生活经验出发，对诗旨作过一些推断。或曰诗当是作者登山见日落、水流、云生，因伤流逝、悲迟暮而生出的非非之想。或曰诗抒写作者在江河日下的国势和白云苍狗的政局下身不由己的无穷憾恨。诸如此类的说法虽各有所不同，但认定诗表现了不遇之悲、迟暮之痛，则大体一致，实际上也是符合题旨的。诚如王夫之《姜斋诗话·诗译》篇所言的"作者用一致之思，读者各以其情而自得"，"人情之游也无涯，而各以其情遇，期所贵于有诗"。像本诗的多义性造成读者见仁见智乃是理所必然的。按照美学的观点，文本提供了引导和制约读者鉴赏的基本框架，而读者的审美判断则对作品的意义与价值起着重要作用。在某种意义上，作品的意义部分地要由读者去不断充实和丰富，读者参与了作品意义与价值的创造。我想只要这种创造合乎作者所处的时代，合乎作品所描述的形象，都是应该允许的。一首好诗，犹如清风明月，四时常有，而光景常新，道理也是一样的。

谢书

01

微意何曾有一毫，

空携笔砚奉龙韬。*02*

自蒙半夜传衣后，*03*

不羡王祥得佩刀。*04*

注·释

● *01* · 诗题《谢书》，乃作者感谢恩师令狐楚传授四六章奏之道，并召其入幕而作。

● *02* · 龙韬（tāo）：传为太公六韬之一，是古代兵书，后称用兵的谋略为"韬略"。冯浩注："《太公六韬》：文韬、武韬、龙韬、虎韬、豹韬、犬韬。"时令狐楚任河东节度使，故云。

● *03* · 半夜传衣：《坛经》记禅宗五祖传法惠能事曰："五祖夜至三更，唤惠能堂内，说《金刚经》。惠能一闻，言下便悟。其夜受法，人尽不知，便传顿法及衣：'汝为六代祖，衣将为信禀，代代相传，法以心传心，当令自悟。'"此用以比喻令狐楚传授其章奏之学。

● *04* · 王祥得佩刀：冯浩注："《晋中兴书》：初，魏徐州刺史吕虔有佩刀，工相之，以为必三公可服此刀。虔语别驾王祥：'卿有公辅之量，故以相与。'祥始辞之，虔强与，乃受。"王祥官至魏大司农、司空、太尉。晋代魏，官至太保。

品·评

商隐受知于令狐楚在大和三年，当时贵为天平军节度使的令狐楚礼聘年仅十七岁的少年才俊李商隐为幕府巡官。从此，他在令狐楚门下学习今体四六章奏之文，这是唐代翰林学士、中书舍人们起草文告必须精通的文体。令狐楚是当时四六文的大家，曾经做过宰相，他对于商隐文才的赏识当然很有眼光。本诗约作于大和七年，商隐考进士落第以后。年轻诗人豪气万丈，受挫折而不气馁。诗是献给太原尹、河东节度使令狐恩师的。

诗前半部分深执谦谦，自称不德。老师对他实有再造之恩，多年的关爱，资助他随计应试，无微不至。他曾自述："天平之年，大刀长戟，将军樽旁，一人衣白……人誉公怜，人谮公骂。公高如天，愚卑如地。"（《奠相国令狐公文》）这虽然是对令狐楚逝世的追悼文，却说明作者对老师所怀的深情。自恃文才又颇有些傲气的诗人，面对博学位高的老师自称"空携笔砚奉龙韬"，并非客套，而是心悦诚服。诗后半部分突然由谦抑转向高扬，说自己蒙老师栽培传授，必能继承衣钵，实现理想。前面的深执谦谦同后面的高自期许似相矛盾，对于他们师徒来说却是矛盾的统一。因为前面的谦虚是对博学位高恩师的大恩而言，后面的自信是表示绝不辜负老师的期望。后来，令狐楚在山南西道节度使任上病危时，急召千里之遥的李商隐赴兴元，嘱他代草遗表，可知师徒二人相知之深。作者敢于在短短四句里将两种矛盾对立的思想统一于一篇之中，不只是诗思之精巧，而是有其幸逢恩师栽培的特殊缘由的。

《谢书》是李商隐研究者经常引用的一首诗，我想其标志性的意义至少有两点。其一，作者确实传承了令狐楚的衣钵，他的骈文是历代公认的唐代四六文的典范。《樊南文集详注》八卷及《樊南文集补编》十二卷历千年汰洗而流传，实有其恩师令狐楚的奖掖培植之功。其二，作者是懂得感恩的。他后来与恩师的哲嗣令狐绹因政见分歧而芥蒂睽离，当令狐绹贵为宰相后，终至绝交。虽然在大中前期他曾屡次向令狐绹陈情，最后仍保持了自己的尊严，坚持了做人的原则。他对于恩师的感恩始终不渝，也显示了可贵的人格精神。

宿骆氏亭寄怀崔雍崔衮

崔珏

01

竹坞无尘水槛清，⁰²
相思迢递隔重城。⁰³
秋阴不散霜飞晚，
留得枯荷听雨声。

竹坞无尘水槛清，

注·释

●01·骆氏亭：注家意见不一。冯浩注："《白氏长庆集·过骆山人野居小池》诗自注：'骆生弃官，居此二十余年。'是为长庆二年出守杭州，初由京城东南次蓝溪而过之也。义山此章，似即《白集》所咏者，故曰'隔重城'也。"陶敏《全唐诗人名考证》引杜牧《唐故灞陵骆处士墓志》："名峻，字肃之，华州华阴人也……乃于灞陵东坡下得水树以居之……朝之名士多造其庐……以会昌元年十一月某日卒，年七十九。"又引《唐语林》："骆浚者，度支书手也……于春明门外筑台榭，食客皆名人。"年代相及，似即其人。

●02·坞：在水边筑造的停船之处，即船坞。水槛：临水处的栏杆。

●03·重城：此指高城，即长安城。

品·评

题中崔雍、崔衮是作者从表叔崔戎之子。崔氏兄弟咸通时官至刺史。题中直书其名，应年轻于商隐，且未占仕也。开成、会昌时期，商隐任职于秘书省，一度出为弘农尉，东出长安，或往还京洛。诗或此时所作，为早期作品。

骆姓亭园坐落在绿竹丛生的土坡上，亭外栏杆下是一脉清水。这是作者怀想崔氏兄弟的地方，起首让人感受到环境的清洁，自然亦寓含思情的纯真。静夜相思本是唐诗中习见的意象，而此诗以清词创造优美境界来传达怀人相想，格调尤为清新。次句所谓"隔重城"指自身客居之地与崔氏兄弟所居横隔着长安高城，但重城阻不住其神思飞越，迢递的空间反而促使他思情倍增。诗后半部分从飞越重城的相思，返回到索寞寂静的客居。事实上诗人应该是从雨滴枯荷的清响联想到连日秋阴，又从秋阴不散感悟到今秋霜迟，起草木一秋、客况萧索之感。但他却以逆笔出之，辗转相思情状既可从那曲折推想过程中细细品味出来，而枯荷雨声较之其他诗人所写的梧桐雨、芭蕉雨又别有风味。枯荷来自婷婷的青莲碧荷，她生自无尘的竹坞清水之中，雨滴枯荷，永夜不寐，令人感到友情的纯洁深长。枯荷的象征意味，留下了丰富的言外之意。

全诗句句写景，又句句寓有感人的情思。短短四句，几经转折，情与物会，堪称李商隐诗歌中婉曲抒情的代表作之一。

晚晴

注·释

● 01·深居：幽深的居住之地。夹城：大城门外的月城，亦叫瓮城，用以增强防御力量。夏犹清：指初夏天气清和。

● 02·幽草：幽静偏僻处的青草。晚晴：傍晚雨止日出，天气更为清和。

● 03·高阁迥：天晴在居处的高阁上能看得更远。迥，远。微注：夕阳的余晖微微照射。

● 04·越鸟：用《古诗十九首》中"胡马依北风，越鸟巢南枝"句意，表示将归家乡。

深居俯夹城，　春去夏犹清。 ⁰¹

天意怜幽草，　人间重晚晴。 ⁰²

并添高阁迥，　微注小窗明。 ⁰³

越鸟巢干后，　归飞体更轻。 ⁰⁴

品·评　诗为桂管幕职将罢而思归之作，注家多系于大中元年初夏，唯程梦星笺注以为"结言越鸟归巢，疑在桂管将入京师时作也"。笔者有《郑亚事迹考述》考得商隐随桂管观察使郑亚抵达桂州在大中元年五月九日，本年闰三月，故五月已入炎夏，与次句"春去夏犹清"情景不合。诗当作于大中二年四月初夏离桂管北归前数日。五月在潭州（今湖南长沙），其有《为湖南座主陇西公贺马相公登庸

175

启》系为湖南观察使李回贺马植任宰相作，可证四月初夏诗人尚在桂管。

诗人登上幽深的居处高阁凭栏远眺，竟有一种如释重负的轻松。平时公务繁杂，如今府主郑亚已贬循州，他自己将罢职北归，俯视夹城感觉到景物明丽，天气清和，已是春去夏来的时节。寓目幽僻处的青草沐浴在夕阳余晖里，似乎是老天格外的爱怜；傍晚雨霁，空气分外清新，诗人感到这晚晴尤为可珍。推己及人，这应是人间感恩大自然的普遍感情吧。首颔两联叙事写景可媲美王维《山居秋暝》之"空山新雨后，天气晚来秋。明月松间照，清泉石上流"诸句的意境，但其寓含的哲理似更有胜境。僻处的幽草和珍视晚晴的诗人都传递出珍重人生和自然的乐观明丽色彩，其比兴意义又在似有若无之间。"天意怜幽草，人间重晚晴"成为千古名联，是因为它千年来给人启示、慰藉、鼓励。

诗后半部分写景寓情，细腻熨帖。颈联上句写在高阁纵目远眺，放晴以后可望到迥远，由此可见其神思飞越之状。下句写夕阳柔和地照射到高阁小窗上，由此映衬出作者一片闲适旷达的心境。雨后放晴，越鸟巢干，迅捷归飞回巢，自然可联想到作者将北归长安，家室团圆，儿女绕膝的情状。

大中初期商隐对仕途还充满希望，《偶成转韵七十二句赠四同舍》叙述当年从桂管罢归渡长江时云："顷之失职辞南风，破帆坏桨荆江中。斩蛟破璧无不意，平生自许非匆匆。"他毕竟是书生，对于仕宦风波的险恶缺乏戒心。回到长安后，他一再遭受官场的排斥，沉沦下僚，愤懑不已。在桂管的一年时间里，他支持和同情李党诸人，写了大量涉及党争及相关评价的文字，是遭触时忌的主要原因。这首《晚晴》也可为诗人大中前期对仕途由乐观转而失望的一个标志。

杜司勋 *01*

注·释

● *01*·杜司勋：杜牧，大中三年任尚书司勋员外郎、史馆修撰。正月，奉诏撰故江西观察使韦丹遗爱碑。当时李商隐任职京兆府，作此诗和《赠司勋杜十三员外》七律二诗以赞美之。

● *02*·风雨：《诗经·郑风·风雨》："风雨如晦，鸡鸣不已。既见君子，云胡不喜。"风雨如晦指政治昏乱。

● *03*·短翼差池：《诗经·邶风·燕燕》："燕燕于飞，差池其羽。"差池，羽毛不齐，比喻自己才力短弱，不及杜牧。

● *04*·伤春复伤别：指杜牧诗文中忧国伤时的作品。

高楼风雨感斯文，*02*

短翼差池不及群。*03*

刻意伤春复伤别，*04*

人间唯有杜司勋。

品·评　这首诗是关涉晚唐小李杜交往的第一手宝贵资料，值得细细品味。大中三年，商隐任盩厔（今陕西周至）尉，京兆尹奏署掾曹，令典章奏。本年正月，诏命司勋员外郎、史馆修撰杜牧撰写《故江西观察使韦丹遗爱碑》。商隐《赠司勋杜十三员外》云："汉江远吊西江水，羊祜韦丹尽有碑。"小李杜对那些勤政爱民，深受人民爱戴的官员都表示了由衷钦敬。

杜牧是晚唐杰出诗人，对当时唐王朝面临内忧外患的现状深为忧虑，他的诗歌有强烈的用世之心，还写了不少政治、军事方面的策论。商隐在王朝形势风雨如晦的情形下有"感斯文"，即有感于杜牧的经邦济世之文及忧国伤时诗歌。须知小李杜皆为晚唐书家，杜牧有《行书张好好诗卷》传世，今已奉为国宝。商隐书碑见诸赵明诚《金石录》等。王羲之书法大行于时，《兰亭序》文末所云"后之览者，亦将有感于斯文"一语自为小李杜所深知。商隐用"感斯文"一语，实际上隐括了《兰亭序》中人生短暂、欢乐有尽的感慨，言外即有不能为世所用的遗憾。至于此诗主旨则在"刻意伤春复伤别"一句，杜牧忧国伤时的诗文用意深刻。面对关系到国家治乱的重大问题，杜牧曾献计献策，写下了著名的《战论》《守论》《原十六卫》《罪言》等为历代史家推崇的用世之文。注家把"伤春""伤别"拘囿于《赠别》《惜春》等诗歌似不够全面，像《泊秦淮》之感叹"商女不知亡国恨，隔江犹唱后庭花"那样的忧时之诗，更能体现其"刻意伤春复伤别"的精神风貌。史家缪钺著《杜牧年谱》于大中三年引李慈铭《越缦堂日记》云："校《孙子十家注》。曹公、李筌以外，杜牧最优，证引古事，亦多切要，知樊川真用世之才。"但是，杜牧在唐代偏偏怀才不遇。商隐赞其"人间唯有杜司勋"，真可说是空谷足音，慧眼独具了。

何焯《义门读书记》曰："高楼风雨，短翼差池，玉溪方自伤春伤别，乃弥有感于司勋之文也。"古人知人论世读出诗外的余音也是有道理的。商隐对杜牧可谓知音，这是因为他早年就怀有"欲回天地"的雄心，早在《行次西郊作一百韵》等诗篇中就提出过治国的方略理想，可是登第入仕十余年来，他还一直在县尉一类下层职务中趋走，不然就是抛家别妻奔走各地幕府。比起杜牧来，他更难于奋翅远举，又何况去实现抱负呢？晚唐杰出诗人忧国伤时的歌声显示了大唐王朝已经无法挽回的颓势，他们的歌声似乎是时代的挽歌，令人叹息沉思。

夜雨寄北

01

注·释

● 01·冯浩题注:"《万首绝句》作'夜雨寄内'。"又曰:"然集中寄内诗皆不明标题,当仍作'寄北'。"

● 02·巴山:《方舆胜览》重庆府:"巴山,在巴县西南百二十里。其山高耸,上有白水,相传黄帝于此山合神丹。"义山诗中"巴山"泛指其在东川时的蜀中群山。

● 03·何当:何时。却话:再话、还话,回头再说。

君问归期未有期,

巴山夜雨涨秋池。 02

何当共剪西窗烛,

却话巴山夜雨时。 03

品·评

诗以一问一答起笔,明白如话而有跌宕起伏之致。首句中"期"字重复,颇为细腻地传达出诗人羁旅他乡、不得归还的心绪。接着,诗人推开一笔,即景抒情。"巴山",指作者身在蜀中的群山。他听着绵绵秋雨,推想雨水该已涨满秋天的池塘了吧!这盈满不断的雨水不正象征着诗人神驰长安的情思?那里有自己的至亲好友;还有自己的一双幼儿弱女,他们的母亲仙逝不久,怎不让人牵挂?诗的后半部分由实转虚,运用示现修辞手法把心驰神往的遐想写得宛然在目。"共剪西窗烛"是他重逢故人的遐想，诗由此超越时空，从眼前的巴山转到未来的长安。"巴山夜雨"字句的重用更使全篇情景交融，意蕴连贯。次句"巴山夜雨"是身在巴山，神驰长安。结句"巴山夜雨"乃设想将来在长安欢晤故人，话及此时此景。作者抓住这瞬间的纯洁美好感情向空灵不尽处落墨，此处打破了短诗忌避字句重用的常规，而且使文意更为深厚曲折，显示了诗人后期创作炉火纯青的功力。全诗语句清淡平易，明白如话，而意蕴连贯，含蓄隽永。何焯赞其如"水精如意玉连环"，比喻十分精当。它在以藻绘典丽著称的李商隐诗中尤具高格。

此诗自洪迈《唐人万首绝句》题作《夜雨寄内》，不少注家以为是寄给妻子的诗。义山夫妻情深，屡屡见诸篇什，注家所见事出有因，却查无实据。冯浩虽认为是寄内诗，又说："然集中寄内诗皆不明标题，当仍作'寄北'。"此有助于说明诗题应是"寄北"。但冯浩、张采田又认为义山大中二年桂管罢归后，曾有一段短时期的巴蜀之游，这是他们认定诗为寄内之作的根据。陈寅恪在《李德裕贬死年月及归葬传说辨证》一文中已具体驳诘了冯、张之说。前文已屡及之，不再赘述。总之，李商隐赴东川之辟是在大中五年丧妻之后，这首诗应是奉答长安友人问讯的作品。义山寄友之作，如早期的《宿骆氏亭寄怀崔雍崔衮》，中期的《寄令狐郎中》，后期的《有怀在蒙飞卿》，都流露出对朋友的真挚情谊。"巴山夜雨""西窗剪烛"作为中华文化中表示诚挚友情的典故广泛流传是具有典型意义的。

凉思

客去波平槛，蝉休露满枝。⁰¹

永怀当此节，倚立自移时。⁰²

北斗兼春远，南陵寓使迟。⁰³

天涯占梦数，疑误有新知。⁰⁴

注·释

● *01*·何焯《义门读书记》曰："起联写水亭秋夜，读之亦觉凉气侵肌。"槛（jiàn）：水亭的栏杆。

● *02*·节：一作"际"。倚立：倚栏杆而立。

● *03*·南陵：冯注引《旧唐书·地理志》："江南西道宣州南陵县，武德七年属池州……"今人注本皆谓南陵指今安徽南陵，不确。王琦注本《李太白全集》之《于五松山赠南陵常赞府》注："五松山，在池州铜陵县南五里。铜陵，在唐为南陵县之铜官冶，南唐时始分置铜陵县，隶升州，宋改隶池州。"缪钺《杜牧诗选》之《南陵道中》注曰："南陵，今安徽南陵县。"同样不确。今从冯浩、王琦注，知唐代南陵治所应在今池州、铜陵近长江南岸一带，此关涉诗意之正确理解，特详为考证。寓使：因公事出使在外而寓居客地。

● *04*·占梦：据梦判断吉凶。

品·评

本篇多为历代唐诗选本选录，历代论者对其诗艺皆有好评，唯对诗旨之分析稍有不同，对其背景本事更颇多猜测，莫衷一是。这倒不是诗意的朦胧，因为诗句语意很明确。看来一首好诗即使其背景本事不清楚，它的诗思及美好情感仍会具有永恒的魅力，让人传诵不衰。

凉思是秋凉旅夜的思念。平静深情的思念随着客人扬帆远去，秋水盈满几乎与水亭栏杆平齐，这思念如江水那样盈满周遭，连树枝也沾满了水汽。诗人忽然悟到已是蝉休的秋季，沾满树枝的原来是露水。这是一个令人永久怀想的时节，那么他怀念什么？思念何人？诗没有明确说出，倒给读者留下了想象的空间。何焯评"倚立"句是"写'思'字入神"。诗人倚栏而立，竟不觉时光的流逝，他的思念在时间空间上是多向的。除了思念登舟远去的客人，感怀这一特定的时节，还分明告诉我们"北斗兼春远"——远离长安已隔着一个春天有整整一年了。如今他正奉使南陵，寓居异乡客地。思念长安正像杜甫《秋兴》所云"每依北斗望京华"，那是一种家国之思，更何况商隐的家还在那里呢！结处呈现的是一种忧谗畏讥之思，远在天涯疑误自己所瞩望的人已别有新知。这样凉思就包括了思念远客、京华、家人、所瞩望者等；旧时文人的别友念远、心系京华、忆家怀人、进退之虑都统摄于一篇之中，读来叫人感动。纪昀评曰："起四句一气涌出，气格殊高。五句在可解不可解之间，然其妙可思。"（《辑评》）纪昀等人评赏诗艺甚精彩，但对作者生平较为隔膜，故解诗常有"不可解"之叹。然则此诗之背景本事可知乎？笔者愿更进一解。

关于此诗背景本事，研究者有种种解说，然至颈联"北斗""南陵"，其说往往不能惬人意。有的甚至跳过"南陵"一句，显见得其说穷矣。我认为这是大中六年李商隐奉柳仲郢之命在江陵路致祭李德裕归柩后，又奉命送至池州南陵一带时所赋之诗。本书政治诗《无题》（万里风波）已考证商隐送李氏归柩至武昌，有"黄鹤沙边亦少留"可证，另外《江上》《听鼓》亦为同时之作，请参读。此番奉使，商隐有东川官虽先至渝州（今重庆），于五月间迎送迁镇淮南的原西川节度使杜悰。至秋季在江陵路致祭李德裕归柩，顺水而下似送至南陵。商隐对李德裕之钦敬屡见于其诗文，而柳仲郢尤以风义节概相称，大中十一年任盐铁使时还特别照拂李德裕后人，"取德裕兄子从质为推官，知苏州院事，令以禄利赡南宅"（《旧唐书·柳仲郢传》）。为此还使宰相令狐绹不悦。若按吾说，"北斗"一句便涣然冰释。大中五年秋冬，商隐赴东川，至今整一年，意谓离京城整一年。"兼春"，隔一春也。研究者所回避的"南陵"一句，正说明五月奉使至今已数月，故曰"寓使迟"。结联"天涯"一语在商隐诗中专指桂管、东川，则此处指东川也合。疑有新知，或谓妻子疑其在外有艳遇，证之商隐诗文无一显证。义山夫妻情深，大中以后似无艳情可言。而大中六年王氏妻已仙逝一年，"新知"云云与艳情无涉。吾以为结联似指令狐绹。去年，令狐绹曾帮助商隐补太学博士，数月后商隐辞职赴东川，二人芥蒂益深。此言自己漂泊至天涯，频频占梦，他这位贵为宰相的老友大概有不少新知了吧，我这个故交是难望他的援引了。令狐绹为人忌刻，柳仲郢、李商隐此番祭奠李德裕之举，在深知令狐为人的作者心中自然会留下疑虑，故诗以"疑误"作结。学者们对此诗的本事背景有种种解说，笔者的新解聊为刍献，深望读者有以教正。

风雨

注·释

●01·《宝剑篇》：冯浩注引张说《郭代公行状》："公少倜傥，廓落有大志，十八擢进士第，判入高等，授梓州通泉尉。则天闻其名，驿征引见，令录旧文，上《古剑篇》，览而喜之。"此用唐初郭震（字元振）向武则天上《古剑篇》而得到重用的故事。《宝剑篇》即指《古剑篇》。羁泊：羁旅漂泊，指自己奔走于幕府，漂泊各地。

●02·青楼：指富贵人家。曹植《美女篇》："青楼临大路，高门结重关。"此与形容倡女所居之青楼不同，不可混淆。

●03·遭薄俗：遭到浇薄世俗的谤议。旧好：指故交。

●04·心断：心想断酒，如杜甫《登高》云："艰难苦恨繁霜鬓，潦倒新停浊酒杯。"新丰酒：用唐初马周故事。《旧唐书·马周传》："宿于新丰逆旅，主人唯供诸商贩而不顾待周，遂命酒一斗八升，然然独酌，主人深异之。至京师，舍于中郎将常何之家……周乃为何陈便宜二十余事，令奏之，事皆合旨……太宗即日召之……与语甚悦，令直门下省。""销愁"句：《汉书·东方朔传》："销愁者莫若酒。"曹植《名都篇》："归来宴平乐，美酒斗十千。"

凄凉《宝剑篇》，　羁泊欲穷年。 01

黄叶仍风雨，　　青楼自管弦。 02

新知遭薄俗，　　旧好隔良缘。 03

心断新丰酒，　　销愁斗几千？ 04

品·评

此诗亦多为历代唐诗选本选录，历代论者对其诗艺亦皆有好评。今之研究者知人论世，谓诗作于大中时期。周振甫《李商隐选集》系于"大中二年在郑亚幕府"。刘学锴、余恕诚《李商隐诗选》从张采田说系于"大中十一年任盐铁推官"时，都是有可能的。笔者以为诗似作于东川时期。

冯浩曰："引国初二公为印证，义山援古引今皆不夹杂也。不得官京师，故首尾用内召事焉。"其指出此诗用典之意非常精辟。郭元振上《古剑篇》得到武则天的赏识，终于位至将相，镇守一方。商隐也有他的治国平天下诗文，结果却是凄凉不遇，羁旅漂泊于各地幕府。那时候，他常常会这样想：看来是要这样了却一生了。"欲穷年"是作者悲观的猜度，透露出他此时内心的凄凉。诗描写了种种色相：有将相建功立业、富家宴饮歌舞、新知旧好恩怨，乃至自然界的风雨和黄叶飘零等。其实，这一切不过是诗人心灵世界的反映。风雨中飘零的黄叶本是自然物象，却会引起诗人的身世之感。"仍"字，更兼也。黄叶更兼风雨摧折，写得何其沉痛。青楼管弦本是司空见惯，用一"自"字，如何焯所言："相形更觉难堪。"此中又有多少愤慨。颔联为千古名句，极寻常的"仍"字、"自"字，都带有强烈的感情色彩，把作者的多愁善感表现得淋漓尽致。颈联的新知旧好反映了作者患得患失、忧谗畏讥情状，表现其考量出处进退的心理活动。结处如张采田所言："自断此生已无郭震、马周之奇遇，诗之所以叹也。"（《辨正》）马周在新丰旅舍中受到店主的冷遇，他命酒一斗八升潇洒独饮，最终获得唐太宗赏识，位至中书令。诗首尾用郭元振、马周获奇遇而大展宏图事反衬自己坎坷沉沦，仕途无望。心想断酒，不只是美酒价贵，而是"欲回天地"的理想已经破灭。因此，全诗所展示的是作者凄凉、落寞、绝望的心灵世界。

笔者系此诗作于东川时期，是因为作者的绝望心境与大中七年《樊南乙集序》颇相似，序云："三年以来，丧失家道，平居忽忽不乐，始克意事佛，方愿打钟扫地，为清凉山行者。"而"新知""旧好"确如注家所云分指郑亚、令狐绹。但"新知"还应包括柳仲郢。郑亚与柳仲郢都是厚待商隐的人。尤其是柳仲郢在李党彻底失败以后，还令商隐奉使路祭李德裕归枢，此举自会遭致令狐绹等人的不满。大中二年九月，令狐绹撰《李德裕崖州司户制》，大肆攻击李德裕："计有逾于指鹿，罪实见于欺天。"因此，后来当柳仲郢取德裕兄子从质为盐铁推官时，"令狐绹为宰相，颇不悦"（《旧唐书·柳仲郢传》）。世风浇薄，郑亚、柳仲郢等新知遭人谤议。这样"旧好"一句指与令狐绹因道不同而不相为谋，就互文见义，含义更为深刻。张采田系诗作于大中十一年，此时郑亚贬死已六年，似不得称"新知"。大中后期义山与令狐绹形同绝交，不相往来，亦似无称"旧好"之理，故系此篇于商隐路祭李德裕归枢后。其时约在大中六七年间，如此方与作者同郑亚、柳仲郢及令狐绹的情事相合。此为新说，颇愿读者教正。

注·释

韩冬郎即席为诗相送一座尽惊他日余方追吟连宵侍坐徘徊久之句有老成之风因成二绝寄酬兼呈畏之员外 01

其一

十岁裁诗走马成，02

冷灰残烛动离情。03

桐花万里丹山路，

雏凤清于老凤声。04

●01·韩冬郎：韩偓，字致尧（一作致光），小字冬郎。李商隐连襟韩瞻之子。大中五年，李商隐赴东川幕府，韩偓年十岁，写诗相送，"连宵侍坐徘徊久"是商隐难以忘怀的诗句。大中十一年春，商隐由东川回到长安，追忆此事写成两首七绝赠给年已十六岁的韩偓，并寄给在凤州任刺史的老友韩瞻，赞美冬郎的才华。畏之员外：韩瞻，字畏之，当时以尚书员外郎任凤州刺史。郁贤皓《唐刺史考全编·凤州》大中十一年条："《东观奏记》卷下：'（夏侯）孜为右丞，以职方郎中裴诚、虞部郎中韩瞻俱声绩不立……瞻改凤州刺史。'"据此诗韩瞻为员外郎，任虞部郎中应是后来之事。注家不明背景在品评中有不少错误，故略作考证。

●02·走马：跑马，形容作诗才思敏捷。

●03·冷灰残烛：夜已深，香灰已冷，蜡烛已烧残，形容送别酒宴上人们迟迟不愿离去，韩冬郎诗中"连宵侍坐徘徊久"正写出当时情状。

●04·丹山：《山海经·南山经》："丹穴之山……有鸟焉，其状如鸡，五采而文，名曰凤皇。"凤皇，即凤凰。又，《庄子·秋水》："夫鹓雏，发于南海而飞于北海，非梧桐不止。"鹓雏，也指凤凰，故诗文中凤凰、梧桐连类而及。雏凤：此喻韩偓。老凤：喻韩瞻。

● 05 · 剑栈：指由东川返长安途中经过的
栈道。剑，剑门关，此处泛指东川的山路
关隘。风樯：指水路乘舟，由梓州返长安
取一段水路，可沿涪江或嘉陵江向上。剑
栈风樯，指水陆兼程。
● 06 · 何逊：南朝梁诗人，为当时前辈沈
约、范云所赞赏。此诗以何逊喻韩偓，以
沈约喻自己，表示长辈对后辈的赞赏。商
隐开成三年应博学宏词科考试，受到周墀、
李回二位座主赏识，有《漫成三首》其三
表示对周、李二师的敬意，诗中就以沈约、
范云比喻周、李，以何逊自比。诗云："雾
夕咏芙蕖，何郎得意初。此时谁最赏？沈
范两尚书。"有些注家说此诗以何逊喻韩
瞻，以沈约喻商隐自己，误。平辈朋友不
用这种比喻。
● 07 · "瘦尽"句：句下自注："沈东阳约
尝谓何逊曰：'吾每读卿诗，一日三复，终
未能到。'余虽无东阳之才，而有东阳之瘦
矣。"沈约曾任东阳太守，故作者以"东阳
姓沈人"比喻自己。

其二

剑栈风樯各苦辛，[05]

别时冬雪到时春。

为凭何逊休联句，[06]

瘦尽东阳姓沈人。[07]

品·评 韩偓是唐末重要诗人，更是保持士林气节的朝廷高官。商隐对少年才俊韩偓的极意赞扬，实是唐史的珍贵材料。诗中展现丹穴神山万里碧梧彩凤和鸣的奇丽景色，雏凤清亮的鸣声更胜于老凤的鸣叫。"桐花万里丹山路，雏凤清于老凤声"成为广为传诵的颂祝嘉辞，而韩偓后来卓立于险象环生的唐末乱世，实无愧于其姨父对他的高度评价。

诗开篇深情回顾大中五年赴东川的前夕，进士同年又是连襟的韩瞻等亲友为商

隐送行，年才十岁的冬郎即席赋诗，下笔立成，一座尽惊。诗中"连宵侍坐徘徊久"的佳句使商隐尤其感动。杜甫曾说："庾信文章老更成。"而这位少年才俊的诗已有老成之风，仿佛冷灰残烛亦感染了诗中的离情。感动的恒久终于使诗人用神异的桐花丹山和雏凤来赞美这位神童，并对他寄予殷切的期望。

第二首先自叙由东川返长安程兼水陆的辛苦情景，接着点清东川五年往返的时令，时间空间的总括带有回顾怜念的意味，自然更珍惜当年亲友送行时的那份深情。三、四句以何逊喻冬郎，以沈约自喻，说请冬郎不要和自己联句，因为自己有沈约之瘦，无沈约之才，恐怕不是冬郎的对手。诗是写给老友和自己外甥的，所以语带诙谐，有幽默之趣，但同二诗的整体沉郁风格仍和谐一致，于沉郁中别含佳趣，情韵更胜。

姚培谦曰："（首章）此赠冬郎，叹其才之胜父。（次章）此呈畏之员外，言其诗之难和也。"首章确如姚氏所言，注家均无异词。姚氏不明当时背景说次章"言其诗之难和也"，实开后来注家以何逊喻韩畏之员外之说，不通。义山与畏之同年好友，岂能以长辈沈约关爱后辈何逊的典故比喻二人？何逊喻指年轻诗人韩偓，这是读者必须搞清楚的事。

白云夫旧居

注·释

● *01* · 白云夫：冯浩注引徐逢源说："《艺
文志》：令狐楚表奏十卷，注曰：自称《白
云孺子表奏集》。此'白云夫'，当是楚。
夫者，尊称也。'误识'，即'早知今日系
人心，悔不当初不相识'之类，深感之之
词也。"浩曰："徐笺妙矣，此固非道家者
流也。'忆酒垆'当与《九日》《野菊》同
看。"此说影响甚大，实则谬误，详说见
品评。

● *02* · 垆：酒店里放置酒瓮的土台，诗词
中常用以指酒家。

● *03* · 墙外：一作"墙柳"。

平生误识白云夫，⁰¹

再到仙檐忆酒垆。⁰²

墙外万株人绝迹，⁰³

夕阳唯照欲栖乌。

品·评

注家对此诗各有所见，其实此诗关涉诗人晚年感情倾向、思想状况，值得品味。
开篇即言"平生"，显然是人生后期回顾前尘之作。白云夫是谁？徐逢源、冯浩
等认为指作者的恩师令狐楚。对自己曾经无微不至关怀的恩师竟说出"平生误
识"，这实在可说是忘恩负义了。牛党人攻击他"诡薄无行"倒好像有了根据似
的。但从李商隐所有明确提到恩师的诗文中，我们实在找不出诸如此类的话语。
注家仅凭令狐楚生前曾自称"白云孺子"就断定"白云夫"是令狐楚，是否有

些勉强呢？

次句称白云夫旧居为"仙檐"。诗后半部分写旧居外树木万株，行人绝迹，夕阳晚照，栖鸟归巢。这似乎不应该是当年的宰相府第，而且他的儿子令狐绹又正是当朝宰相，门第幽静得令人感到偏僻冷落，这不应是权门，而是道流隐逸之门。陈尚君《全唐诗补编》据《永乐大典》卷三〇〇四辑得李商隐《访白云山人》一诗，其大有隐逸仙家之风，录以参证。其云："瀑近悬崖屋，阴阴草木青。自言山底住，长向月中畊。晚雨无多点，初蝉第一声。煮茶归未去，刻竹为题名。"这岂不是"仙檐"风光的写真？白云夫无疑是白云山人。诗人在经历了大半生的仕宦风波后，他对道流隐逸的清静自在感到由衷的羡慕。但是，白云夫如今何在呢？注家笺注次句"忆酒垆"都用《世说新语·伤逝》："王濬冲为尚书令，著公服，乘轺车，经黄公酒垆下过。顾谓后车客：'吾昔与嵇叔夜、阮嗣宗共酣饮于此垆。竹林之游，亦预其末。自嵇生夭、阮公亡以来，便为时所羁绁。今日视此虽近，邈若山河。'"义山用此实寓悼伤之意。他早年学道，与白云夫应有交游。如今其人已矣，过其旧居，于夕阳残照中不免睹物怀人，因景兴感，透露出一种淡淡的寂寞哀愁。

中晚唐时代，儒释道三教合一的影响在文士创作中较为明显，白居易、柳宗元、李德裕、李商隐等名家、大手笔无不如此。但他们虽然受到佛道思想影响，其思想基础仍是儒家。在那个思想活跃的时代，佛道思想是他们用来充实自己生活的手段。李商隐在怀才不遇、仕途坎坷时坚持幕游，万里从军，正是以儒家入世精神作为人生奋斗的动力的，但有时他还需要借助佛道的观念来安慰自己，寄托情思，抚平创伤。这首《白云夫旧居》就是通过对道家师友的怀念来寄托哀思，并表示对道家清静安逸的羡慕。这与其晚年所作《北青萝》寄情于佛寺僧人的情形相似。

乐游原
01

注·释

● 01·乐游原：在长安东南，地势高旷，登乐游原可以俯视长安全城，为士女节日游赏胜地。其地本为秦宜春苑，西汉宣帝建乐游苑于此，到唐代已普遍称为乐游原，每当正月晦日、三月三日上巳、九月九日重阳，人们就此登临祓禊，遂成习俗。冯注："一上有'登'字，一下无'原'字。"
● 02·向晚：傍晚。向，将近、接近。
● 03·古原：乐游原在秦汉时期已是著名胜地，故云。

向晚意不适，[02] 驱车登古原。[03]

夕阳无限好， 只是近黄昏。

品·评　此为李商隐流传最广的诗篇之一，历来论者虽对诗旨有见仁见智的差异，但评价之高，众口一词。

乐游原是诗人经常登临游赏的地方，集中以《乐游原》为题的诗就有三首之多。同题《乐游原》："春梦乱不记，春原登已重。"说明作者登乐游原时常常怀着春梦般的美好期盼，然而结果却是："无惊托诗遣，吟罢更无惊。"所谓无惊，即是感叹登临赋诗反令人不欢。另一首《乐游原》云："羲和自趁虞泉宿，不放斜

190

阳更向东。"于夕阳晚照中起时不再来之憾。诗人一咏再咏至于三咏便是一个升华过程，读者应该从作者诗艺诗思的发展过程中去品评他所奉献的艺术精品。

诗起句苍劲有力，笼罩全篇。作者选择傍晚时分，又是在心情不适的情况下，驱车登上乐游古原。他登临怀古有何诉求？何焯是这样探其心曲的："迟暮之感，沉沦之痛，触绪纷来，悲凉无限。叹时无宣帝，可致中兴，唐祚将沦也。"①周振甫先生《李商隐选集》则以为："何焯的评语不免过于消沉一点。正因为作者写的是'近黄昏'，应该是近迟暮而没有迟暮，近沉沦而没有沉沦，近衰落而没有衰落，只是看到了一种不好的趋向，所以意不适。正因为是一种倾向，所以他要'欲回天地'，想挽回这种倾向了。"将何氏评语置于商隐晚年，周氏评说置于中年，他们的仁智之见都是有道理的。但诗无达诂，我们不敢说商隐必不如此，而我们应该说商隐不仅仅如此。诗歌创造的是一种新境界，它的美学意义应该更为丰富。

正所谓日月常见而光景常新。此地此时，诗人竟遇上了无限美好的夕阳，满天绚丽的晚霞。他忽然感悟到世间极美之物将转瞬逝去，不由发出"只是近黄昏"的喟叹。这样，美不胜收的景物，启人深思的哲理，与唱叹有情的诗笔浑然一体，展示出新的境界。所谓"迟暮之感，沉沦之痛，触绪纷来"者可，所谓"他要'欲回天地'，想挽回这种倾向"者也无不可。新境界给人的启示亦可以是永恒的，自其变者而观之，则天地曾不能以一瞬，世间美好事物应分外珍惜，时不我待，岂能虚度人生！知人论世，就作者而言，诗中确实流露着他的惋惜和无奈，但艺术的新境界一旦被创造出来，它便会突破作者的意愿展示出自己的生命力。这就是人们常说的作者未必然，而读者何必不然。愿读者在艰难困苦之时就此读出感悟，奋发向上。

义山精于诗律。此诗前二句特采用古绝句的声律音节，上句五字都是仄声，吟读起来自有一种迫促凝重的感觉。下句五字四平一仄，语调转趋舒缓，弛张之间，让人们从诗行间读出了抑郁苍凉。纪昀从声调格律评此曰："问首二句声调，曰上句五仄，下句第三字必平，此唐人定例也。"又曰："问或谓'夕阳'二句近于小词何也？曰诚有之，赖上二句苍老有力，振得起耳。"(《诗说》)其说可供参酌。

---

① 周振甫《李商隐选集》所引何焯语，亦见于冯浩笺注本所引杨致轩语，俟考。冯浩《玉溪生诗笺注发凡》尝言："余既采何义门评本……细为校勘，同异颇多，且有他人评语而误收者，有意义舛戾断不出自义门者……世之服膺前哲者，宜更决择焉。"

锦瑟

01

锦瑟无端五十弦，

一弦一柱思华年。*02*

庄生晓梦迷蝴蝶，*03*

望帝春心托杜鹃。*04*

沧海月明珠有泪，*05*

蓝田日暖玉生烟。*06*

● *01*·锦瑟：瑟是古代弹奏的弦乐器，乐器上绘文如锦，称锦瑟。

● *02*·无端：没来由。五十弦：《汉书·郊祀志》："泰帝使素女鼓五十弦瑟，悲，帝禁不止，故破其瑟为二十五弦。"一弦一柱：柱是系弦的轸子，转动轸轴以调弦定音。每弦各有一柱，有五十弦即有五十柱。华年：可珍的年华。

● *03*·"庄生"句：《庄子·齐物论》："昔者庄周梦为蝴蝶，栩栩然蝴蝶也；自喻适志与，不知周也。俄然觉，则蘧蘧然周也。不知周之梦为蝴蝶与？蝴蝶之梦为庄周与？"

● *04*·望帝：《全上古三代秦汉三国六朝文·全汉文》辑《蜀王本纪》："后有一男子，名曰杜宇……乃自立为蜀王，号曰望帝，治汶山下邑曰郫……时玉山出水，若尧之洪水。望帝不能治，使鳖灵决玉山，民得安处……乃委国授之而去，如尧之禅舜。鳖灵即位，号曰开明帝。望帝去时子规鸣，故蜀人悲子规而思望帝。"《李膺蜀志》云："望帝修道，化为杜鹃鸟，或云化为杜宇鸟，亦曰子规鸟，至春则啼，闻者凄恻。"春心：伤春之心，若《杜司勋》诗之"伤春复伤别"，喻自己的忧国之思，壮志难酬之悲。

● *05*·珠有泪：冯浩注引《大戴礼记》："蚌蛤龟珠，与月盛虚。"古人以为蚌蛤内的珍珠随着月的盈虚而发生变化。此句比喻埋没人才。

● *06*·蓝田：《长安志》："蓝田山在长安县……其山产玉，亦名玉山。"玉生烟：司空图《与极浦书》："戴容州云：'诗家之景，如蓝田日暖，良玉生烟，可望而不可置于眉睫之前也。'象外之象，景外之景，岂容易可谈哉？"

此情可待成追忆？

只是当时已惘然。[07]

品·评　《锦瑟》寥寥五十六字，却引起古今诗家学人不竭的探索兴趣。

"一篇锦瑟解人难"，王渔洋的这番感受是读《锦瑟》诗的人普遍都有的。《锦瑟》说的是什么？历来众说纷纭，今人亦复如此。我认为较能言之成理的可归纳为三种说法：其一，"爱情悼亡"说；其二，"自伤身世"说；其三，"诗集自序"说。已故美籍华人学者刘若愚先生在其《李商隐的诗——九世纪中国的巴洛克诗人》中对解《锦瑟》亦不拘执于一说。他说："我认为此诗可视作人生如梦这一共同主题的变奏曲。诗人对整个人生和人生中爱恋的追思显然带有虚幻性质。诗人问道：锦瑟为何是五十弦？人为何只有这样的寿数？正如锦瑟无端五十弦，而各种乐曲能从中奏出一样，人无端活到五十来岁，其命运就附系于生平经历，由此引发诗人对人生经历的诸般反响，形之于文字就成了他的诗……过去的那些经历尽管在发生的当时已使他感到虚无缥缈，惘然若失，但此时回忆起来仍是可怀念的。按照这样的诠解，《锦瑟》似乎达到了这样的深意：这种看法不排除对诗人妻子或别的人的忆念，也不排斥对诗人往昔生活和其诗作的思念。这样的构思正合于李商隐晚年的情况，此诗显示了诗人对自己一生的回顾。当他感悟到过去的岁月犹如锦瑟上排列延伸着的弦一样，他悟得这些全如梦。他的爱怜和痛苦，他的希望和失望，像锦瑟上奏出的乐曲一样消散了，唯有瑟弦依然一一留在那儿——就如他的诗作文本依然一一留在那儿一样……"其实，对于李商隐这类多义性的诗歌是可以作科学区分的。我想至少可区分三点。其一，像《锦瑟》这类诗本是一种多层面的复合体，因此读者才有可能对其空灵缥缈的诗境作多义性的审美创造。如《马嵬》一类咏史诗，《无题》（八岁偷照镜）一类寄托怀才不遇之情的诗，内容较明确，就没有必要故为深求。其二，研究者合理的见仁见智必须基于作者生平创作的事实之上。如徒逞臆说，捏造事实，只能造成曲解，贻误读者。研究者同时又是接受文本的读者，其审美创造不是随意的，他们必须受到文本的引导和制约。其三，前人解诗多有拘执于一说，自以为定论者，此最为钝着。不知像《锦瑟》这类多义性诗歌的内涵如此丰富，读者见仁见智，是有其合理性的。刘若愚以宏通之见，不拘执一端，不死于句下，乃为上乘。读者参悟此法去读玉溪生诗就不会堕入五里雾中不知所从了。另外，可参拙作《刘若愚〈李商隐研究〉之〈锦瑟〉篇评述》（《古籍研究》1999 年第 2 期）。

文　选

上崔华州书

01

注·释

中丞阁下：愚生二十五年矣。五年读经书，七年弄笔砚。始闻长老言，学道必求古，为文必有师法，常悒悒不快。*02* 退自思曰："夫所谓道，岂古所谓周公、孔子者独能邪？盖愚与周、孔俱身之耳。*03*"以是有行道不系今古，直挥笔为文，不爱攘取经史，讳忌时世。百经万书，异品殊流，又岂能意分出其下哉！*04*

凡为进士者五年，始为故贾相国所憎，*05* 明年病不试，又明

●*01*·本篇原载冯浩编注的《樊南文集详注》卷八，为开成二年上书华州防御使崔龟从而作。冯浩题注曰："开成元年十二月，《纪》以中书舍人崔龟从为华州防御使，例兼御史中丞宪衔，故有中丞阁下之称。"文章开头即言："愚生二十五年矣。"开成二年，商隐二十五岁。冯氏以此上推诗人生于元和八年。笔者即从冯说。商隐本年及第，但上此书时在春初尚未登第。

●*02*·悒悒（yì）：郁闷不乐的样子。

●*03*·身之：亲身经历体验。之，动词，指对道的经历体验。

●*04*·意分：意料。冯浩于"分"字下注"去声"二字。

●*05*·凡为进士者五年：岑仲勉《玉溪生年谱会笺平质·（甲）创误》："兹将此五年中商隐赴举之经过，表列如次：大和七年乡贡，知举贾餗，不取。大和八年病，不试，知举李汉。大和九年乡贡，知举崔郸，不取。开成元年无明文，当是府试已不取，知举高锴。开成二年乡贡，知举高锴，登第。"注家对商隐考进士科的五年各有所见，岑仲勉说较明确而近理。故贾相国：贾餗。《旧唐书·文宗记》大和九年四月："戊戌，诏以新浙西观察使贾餗为中书侍郎，同中书门下平章事。"同年十一月贾餗在"甘露之变"中与王涯等宰相一起被宦官杀害，因此称"故贾相国"。

●06·崔宣州：崔郸。《旧唐书·文宗纪》开成二年正月："丙寅，宣州观察使王质卒。乙亥，以吏部侍郎崔郸为宣歙观察使。"商隐此书作于正月崔郸赴宣州后，故称"今崔宣州"。又，徐松《登科记考》大和九年："知贡举：工部侍郎崔郸。"当年商隐应试，崔郸不取。

●07·旧所为：指往年所作诗文。发露左右：向崔龟从行卷的婉转说法。

年，复为今崔宣州不取。[06]居五年间，未曾衣袖文章，谒人求知。必待其恐不得识其面，恐不得读其书，然后乃出。呜呼！愚之道可谓强矣，可谓穷矣，宁济其魂魄，安养其气志，成其强，拂其穷，唯阁下可望。辄尽以旧所为发露左右，[07]恐其意犹未宣泄，故复有是说。某再拜。

品·评 李商隐开成二年正月二十四日登进士第，刘学锴、余恕诚《李商隐文编年校注·上令狐相公状五》有详细考证。正月乙亥（十一日）崔郸为宣歙观察使，故这封向崔龟从行卷的书信必上于十一日崔郸的任命发布后，二十四日放榜前。进士行卷，请求有声望的官员向主考官员奖誉，就有录取的希望。这次及第，据商隐多次提及是出于令狐楚、令狐绹的推奖。尽管如此，在放榜前他又向崔龟从请求帮助，可见当时心理压力之大，故书中流露出一种郁勃不平之气，莫可制抑。

197

本文虽为献书求知之作，但抒写学道为文的己见，气盛言宜，显示商隐年轻时孤标傲世的风骨。"夫所谓道，岂古所谓周公、孔子者独能邪？"这是一个他经常思考的问题，结果他觉悟到自己能够和周公、孔子一样在亲身的经历体验中得道。因此，他认为行道不必拘囿于今古，必须因时制宜；为文不必模拟经史，应该自由挥洒，不忌时世。本文即是他学道为文观具体生动的一例。钱锺书先生在《管锥编》中说："商隐皈依释氏，己所不讳，人复共知。则所谓'道者，愚与周、孔俱身之'……殆同神会《语录》卷一'众生心是佛心，佛心是众生心'；而其'圣贤相随于途中'，又先发王守仁《传习录》卷三：'王汝止、董萝石出游归，皆曰："见满街人皆是圣人。"'獭祭文人乃能直指心源，与高僧大儒共贯，不可不标而出之。"钱氏从较长的一段历史时期来审视李商隐"直指心源"的思想价值，确实发人深省。但是，我们把其放到较为开放的唐代去审视，则更有助于对唐代士人思想文化的理解。

作者以骈文著称于世，但这篇求干谒的古文文笔劲健，大有韩愈为前乡贡进士时《上宰相书》的气势。唐代文士求知表现出高傲不驯的如杜甫《奉赠韦左丞丈二十二韵》也是如此。商隐又有突破儒家的地方，如《容州经略使元结文集后序》说："呜呼！孔氏于道德仁义外有何物？百千万年，圣贤相随于途中耳。"这就像以儒者自称的杜甫有时亦会说："儒术于我何有哉，孔丘盗跖俱尘埃！"（《醉时歌》）在开放的唐人世界里，这些菲薄圣人的话是不足为奇的。杜甫、韩愈、李商隐在儒、释、道三教交融的时代，他们或多或少会受到佛、道思想的影响，但基本思想仍是儒家思想。因此，韩愈《原道》以继承孔孟道统自居，《原毁》称大舜、周公是圣人，要求自己通过修养成为圣人。这些更是商隐"盖愚与周、孔俱身之耳"的直接思想来源。本文不仅是唐代古文中的佳作，而且在古代思想史上也是一个闪光点。

奠相国令狐公文

01

戊午岁，*02* 丁未朔，乙亥晦，*03* 弟子玉溪李商隐，*04* 叩头哭奠故相国赠司空彭阳公。呜呼！昔梦飞尘，从公车轮；今梦山阿，送公哀歌。*05* 古有从死，*06* 今无奈何！

天平之年，*07* 大刀长戟，*08* 将军

注·释

●01·本篇原载《樊南文集详注》卷六，为祭奠恩师令狐楚所作。《旧唐书·令狐楚传》："（元和）十四年四月，裴度出镇太原。七月，皇甫镈荐楚入朝，自朝议郎授朝议大夫、中书侍郎、同平章事"。这是令狐楚任宰相的开始，故文称"相国"。又，《旧书传》称："（太和九年）十月，守尚书左仆射，进封彭阳郡开国公。""（开成二年十一月）卒于镇，年七十二，册赠司空"。

●02·戊午岁：冯浩注："开成三年。"

●03·丁未朔，乙亥晦：冯浩注："举朔晦则某月可知。考《旧书纪》，是年六月丁未朔，二十九日乙亥，与此合。"但据陈垣《二十史朔闰表》开成三年（戊午），六月朔为丁亥，晦为乙卯。原本文字必有传写之误。

●04·弟子玉溪李商隐：李商隐又称玉溪生。冯浩于《李肱所遗画松诗书两纸得四十一韵》之"学仙玉阳东"句下注曰："《通典》：河南府王屋县王屋山，沇水所出……《河南通志》：玉阳山有二，东西对峙。"玉阳山是王屋山的分支，玉溪是玉阳山中的溪流。

●05·梦山阿：陶渊明《拟挽歌辞三首》其三："死去何所道，托体同山阿。"送公哀歌：陶诗："亲戚或余悲，他人亦已歌。"此反用其意，谓令狐楚死后，作为弟子的他一直怀有哀思。

●06·古有从死：冯浩注："《诗序》：《黄鸟》者，哀三良也。"此处取哀三良之义，即《黄鸟》所云："如可赎兮，人百其身。"表示如能代恩师去死，百死不悔。

●07·天平之年：《旧唐书·令狐楚传》："（大和）三年十一月，进位检校右仆射、郓州刺史、天平军节度、郓曹濮观察等使。"冯浩《玉溪生年谱》谓：商隐从令狐楚在天平幕，为巡官，年十七。

●08·大刀长戟：此指天平节度使幕府中执兵器的武士。

樽旁，一人衣白。[09] 十年忽然，蜩宣甲化。[10] 人誉公怜，人谮公骂。[11] 公高如天，愚卑如地。[12] 脱鳣如蛇，如气之易。[13] 愚调京下，公病梁山。[14] 绝崖飞梁，山行一千。[15] 草奏天子，镌辞墓门，临绝丁宁，托尔而存。[16] 公此去邪？禁不时归。[17] 凤栖原

●09·一人衣白：当时商隐十七岁，尚未应进士试，是没有功名的人，称为白衣。

●10·十年忽然：从大和三年至开成二年令狐楚病死，前后九年，举成数称十年。
蜩宣甲化：喻脱离尘世，指逝世。蜩，蝉；宣，舒散；甲，蝉之外壳。

●11·谮（zèn）：进谗言，讲别人坏话。

●12·卑：一作"庳"。

●13·脱鳣（shàn）如蛇：如蛇脱外壳，指学问的长进。如气之易：如气之相转续。冯浩注："其义则比令狐授己章奏之学，如气之相转续，非谓其卒也。"此处喻意与上文"蜩宣甲化"不同。

●14·京下：指开成二年作者在长安应进士试，中选。梁山：时令狐楚为山南西道节度使，治所兴元（今陕西汉中），其西边有梁山。

●15·山行一千：冯浩注："《通典》：梁州汉中郡，去西京取骆谷路，六百五十二里；斜谷路九百三十里；驿路一千二百二十三里。"商隐应令狐楚召由长安赴兴元，路行千里。

●16·草奏天子：商隐代令狐楚草拟遗表，见文集《代彭阳公遗表》。镌（juàn）辞墓门：指为令狐楚写墓志铭，并刻成石碑。临绝丁宁，托尔而存：临终前嘱咐商隐草遗表、写墓志铭。冯浩注："见《代草遗表》，所谓'秉笔者无择高位'，必遗命以属商隐也。志文失传，惜哉！"

●17·不时归：犹魂兮归来之意，指魂回到京城令狐家庙。

●18·凤栖原上，新旧衮衣：原注："公先人亦赠司空。"令狐楚父亲令狐承简因楚显达而追赠司空。冯浩注："《文苑英华》，刘禹锡有撰《令狐楚家庙碑》。盖大和元年，楚镇宣武，奏立家庙于京师通济里。唐制，贵臣得立庙京师，必奏请而后立。《英华》《文粹》诸庙碑可证。庙中第三室曰'太原府功曹参军赠司空讳承简'，是为楚之父，故曰先人……碑志中凤栖原、少陵原，因地异名，汉总谓之鸿固原，令狐实葬此也。"

●19·泉者路：黄泉路。夜者台：墓穴。《文选·陆机〈挽歌〉》："送子长夜台。"意谓坟墓封闭后，再也不见光明，故称长夜台。

●20·圣有夫子，廉有伯夷：意谓令狐楚在阴间可与孔夫子这样的圣人、伯夷这样的圣之清者相与交游。

●21·玉溪在中：指作者年轻时学道济源玉阳山中的溪流，详见本文注04。

上，新旧衮衣。¹⁸

有泉者路，有夜者台。¹⁹昔之去者，宜其在哉！圣有夫子，廉有伯夷，²⁰浮魂沉魄，公其与之。故山峨峨，玉溪在中。²¹送公而归，一世蒿蓬。呜呼哀哉！

品·评 开成三年六月二十九日，李商隐作这篇祭奠令狐楚的文章。冯浩在题注中说："楚爵高望重，义山受知最深。铺叙恐难见工，故抛弃一切，出以短章，情味乃无涯矣。是极惨淡经营之作。"有关他们师生二人的文字，商隐早年有《谢书》表示自己壮志凌云，绝不辜负恩师的期望。令狐楚逝世后，又有《彭阳公薨后赠杜二十七胜李十七潘二君并以愚同出故尚书安平公门下》《撰彭阳公志文毕有感》等诗，以及令狐楚墓志铭（已失传）、《奠相国令狐公文》等文。这些诗文感情真挚，十分沉痛。

此文第一段先点明年月日，正是商隐应博学宏词科考试，先被考官周墀、李回所取，复试时被中书官员落下以后。因之，他对令狐楚的逝世感到格外痛切。所谓"古有从死"，正是《撰彭阳公志文毕有感》所云"百生终莫报，九死谅难追"的意思。商隐对令狐楚的感恩可谓深矣。因此，注家引《诗经·秦风·黄鸟》："国人刺穆公以人从死而作是诗也。"援引典故虽然正确，释义却不明白。参证商隐诗作，可知此语乃取《黄鸟》"如可赎兮，人百其身"之意，以表示如能代恩师去死，百死不悔。这样强烈的感情由何产生？乃在于令狐楚对他的殊遇之恩。第二段就从师十年的最感人事件加以点染。

十年从师，事情无数，年十七从令狐楚天平幕，"将军樽旁，一人衣白"，最使其感受到知遇之恩。这既是极简练的叙事，又富有抒情意味。"人誉公怜，人谮公骂"，叙述中形象生动，情见乎词，读者似乎看到一位位高权重的长辈对一位少年才俊无微不至的关爱呵护。商隐与令狐楚师生间的关爱信任在唐人中堪为典范，故令狐楚临终之时将撰写遗表和墓志铭这样的大事托付给尚无官职的新及第进士李商隐。须知此时其子令狐绹已是天子近侍的左补阙，他后来入翰林，任翰林学士承旨，进而为宰相辅政十年，绝非等闲之辈。由此，我们才能体味出令狐楚爱惜人才、培养人才的气度，品味出"草奏天子，镌辞墓门，临绝丁宁，托尔而存"这几句临终托咐的分量。

文章结处显示作者心情十分沉重悲痛："送公而归，一世万蓬。"恩师死后，他在仕途上首次遇到博学宏辞科落选的打击。尽管当年他曾气势如虹地抒写过"永忆江湖归白发，欲回天地入扁舟"的心志，但面对官场纷争的凶险，他不能不感到前景可悲。"一世万蓬"竟一语成谶，预示了商隐一生的命运。

此外，李商隐与令狐父子的关系值得一辨。他感念恩师于此最见心情。前面所选《白云夫旧居》一诗，特为辨正"平生误识白云夫"一句与白云孺子令狐楚无关，该白云夫应是道流。再就他与令狐绹的关系言，早年二人情同兄弟，如"首阳之二子"。大中以后，二人政治分歧加深，令狐绹日益显达，官至宰相。李商隐归穷自解，向令狐绹屡启陈情，于大中五年得补太学博士。大中五年冬，李商隐赴辟东川，二人关系日益疏远。令狐绹执政不愿汲引重用这位早年好友是事实，至于说李商隐在那时有性命之忧，受政治迫害实在是缺少根据的。

与陶进士书

01

去一月多故，不常在，故屡辱吾子之至，皆不睹。昨又垂示《东冈记》等数篇，不唯其辞彩奥大，不宜为冗慢无势者窥见，且又厚纸谨字，如贡大诸侯卿士及前达有文章积学者，何其礼甚厚而所与之甚下耶？*02* 始仆小时，得刘氏《六说》读之，*03* 尝得其语曰："是非系于褒贬，不系于赏罚；礼乐系于有道，不系于有司。"密记之，盖尝于《春秋》法度，圣人纲纪，*04* 久羡怀藏，不敢薄贱，联缀比次，*05*

注·释

●*01*·本篇原载《樊南文集详注》卷八，为开成五年九月三日写给友人陶进士的信。冯浩注："徐曰：陶进士不知其名，岂即后所谓华山尉耶？按：未可定。"冯注颇谨慎，既据徐氏说提出《华山尉》中陶生其人，或可参考；又按为未可定，有多闻阙疑之益。读者识之。

●*02*·所与：所结交者，指作者自己。甚下：言自己地位及学问低下，为谦辞。

●*03*·刘氏《六说》：冯浩注："《新书·刘迅传》.'迅续《诗》《书》《春秋》《礼》《乐》五说.'"又注曰："《旧书传》：刘知幾子迅，右补阙，撰《六说》五卷。《国史补》：刘迅著《六说》以探圣人之旨，唯说《易》不成，五篇而已，识者伏其精峻。"

●*04*·《春秋》法度：冯浩注《送郑大台文南觐》"春秋一字褒"曰："杜预《春秋序》：《春秋》虽以一字为褒贬，然皆须数句以成文。"诗文注可互参。圣人纲纪：指孔子所编儒家经典。

●*05*·联缀比次：阅读儒家经典时，编排有关法度纲纪的材料。

● 06·乡曲所荐：乡贡进士。唐代经府试录取再推荐参加全国性的礼部试，登第才正式成为进士。入求京师：冯浩注："求，谓入京求举也。"

● 07·依归：依靠归心，此指向能够赏识自己才华的人行卷。

● 08·失字坏句不见本义者：读别字破句不见文章本义者。冯浩注："讥诮太毒。"

● 09·大和：诸本均作"太和"，据史实应作"大和"。

手书口咏，非唯求以为己而已，亦祈以为后来随行者之所师禀。已而被乡曲所荐，入求京师，[06] 又亦思前辈达者，固已有是人矣，有则吾将依之。系鞋出门，寂寞往返其间，数年卒无所得，私怪之。而比有相亲者曰："子之书，宜贡于某氏，某氏可以为子之依归矣。[07]"即走往贡之，出其书，乃复有置之而不暇读者；又有默而视之，不暇朗读者；又有始朗读，而中有失字坏句不见本义者。[08]进不敢问，退不能解，默默已已，不复咨叹。故自大和七年后，[09]虽尚应举，除吉凶书及人凭倩作笺启铭表之外，[10] 不复作文，文尚不复作，况复能学人行卷耶？[11] 时独令狐补阙最相厚，[12] 岁岁为写出旧文纳贡院。[13] 既得引试，会故人夏口主举人，[14] 时素重令狐贤明，一日见之于朝，揖曰："八郎之友谁最善？"绚直进曰"李商隐"者三，道而退，亦不为荐托之辞，故夏口与及第。[15] 然此时实于文章懈退，不复细意经营述作，乃命合为夏口门人之一，数耳！[16] 尔后两应科目者，[17] 又以应举时与一裴生者善，复与其挽曳，[18] 不得已

●10・吉凶书：为吉事或凶事所作文书。笺启铭表：为当时官场应用文的文体。

●11・"况复"句：冯浩注："唐人应举者，卷轴所为诗文，投之卿大夫，谓之行卷。"其实，开成二年《上崔华州书》就是作者行卷的上书。

●12・令狐补阙：开成二年春商隐登第，依靠令狐绹向主考高锴的推奖。但据张采田《玉溪生年谱会笺》开成二年考证："《旧书·李德裕传》：'开成二年五月，授扬州长史、淮南节度副大使，代牛僧孺……拾遗令狐绹、韦楚老、樊宗仁等连章论德裕妄奏钱帛，以倾僧孺。'云云，是子直此时尚为拾遗，其改左补阙，当在秋冬间也。"

●13・"写出"句：冯浩注："唐时进士必先写旧文，纳贡院，不徒凭一日之短长也。"贡院：科举考试的衙门。

●14・夏口主举人：商隐写此书时，高锴正任鄂岳观察使，治所夏口（今湖北武昌），故名。

●15・"亦不为"二句：冯浩注："正深于荐托也，乃云尔耳。开成二年，高锴知贡举，擢商隐进士第，见《本传》。锴出为鄂岳观察使，故称夏口公，而不称其郡望，则是时锴尚在鄂岳也。"

●16・数耳：命中注定的啊！

●17・"尔后"句：进士及第后，商隐于开成三年应博学宏词科，开成四年应吏部书判拔萃科。

●18・挽曳（yè）：使劲拉，喻相互切磋。

而入耳。前年乃为吏部上之中书，[19]归自惊笑，又复懊恨周李二学士以大法加我。[20]夫所谓博学宏词者，岂容易哉！天地之灾变尽解矣，人事之兴废尽究矣，皇王之道尽识矣，圣贤之文尽知矣，而又下及虫豸草木鬼神精魅，一物已上莫不开会，[21]此其可以当博学宏词者邪？恐犹未也。设他日或朝廷或持权衡大臣宰相，问一事，诘一物，小若毛甲，而时脱有尽不能知者，[22]则号博学宏词者，当其罪矣。私自恐惧，忧若囚械，后幸有中书长者曰[23]：

● 19 • "前年" 句：前年，指开成三年。冯浩注："宏词试于吏部，如《旧书纪》咸通二年，试吏部宏词选人是也。"吏部初选后上报中书省批准，才能授官。

● 20 • 周李二学士：周墀和李回当时为博学宏词科考官，他们先已录取商隐，故作者诗文有称周墀为"西铨"、李回为"座主"者。张采田《玉溪生年谱会笺》开成三年谓："《补编・上李相公状》称（李）回为座主。《诗集・华州周大夫宴席》自注'西铨'。《旧书职官志》：'吏部三铨：尚书为尚书铨，侍郎二人，分中铨、东铨。'《唐会要》：'乾元二年改中铨为西铨。'……墀盖于是年判西铨，回盖于是年充宏词考官。义山为所考取注拟，受知之深，故书中特举之。"

● 21 • 开会：开通理会。

● 22 • 脱：倘或、或许。

● 23 • 中书长者：张采田《会笺》曰："唯中书长者，不详所指。冯氏谓必令狐绹辈相厚之人，似之。义山以婚于王氏，致触朋党之忌……党局嫌猜，一生坎壈，自此基矣。"

"此人不堪，抹去之。"乃大快乐曰："此后不能知东西左右亦不畏矣！"

去年入南场作判，[24] 比于江淮选人，正得不忧长名放耳。[25] 寻复启与曹主，求尉于虢。[26] 实以太夫人年高，乐近地有山水者；而又其家穷，弟妹细累，喜得贱薪菜处相养活耳。始至官，以活狱不合人意，辄退去。[27] 将遂脱衣置笏，永夷农牧。[28] 今太守怜之，催去复任。[29] 径使不为升斗汲汲，疲瘁低僽耳。[30] 然至于文字章句，愈怗息不敢惊张。[31] 尝自咒愿得时人曰："此物不识字，

● 24 · "去年"句：开成四年，作者参加吏部书判拔萃科考试，判入等，释褐为秘书省校书郎。南场：吏部。

● 25 · 江淮选人：冯浩注："《新书·选举志》：其后江南、淮南、福建，大抵因岁水旱，皆遣选补使，即选其人。"长名放：《资治通鉴》景龙三年载：中书侍郎崔湜掌铨衡，"湜父挹为司业，受选人钱，湜不之知，长名放之"。胡三省注："裴行俭始设长名榜，凡选人之集于吏部者，得者留，不得者放。"此处商隐表示自己必然入选，不忧被放。

● 26 · 求尉于虢（guó）：冯浩注："《旧书·本传》：释褐，秘书省校书郎调补弘农尉。"虢州弘农（今河南灵宝）尉是商隐登第入仕后，由秘书省校书郎外调的第一个职务。

● 27 · 活狱不合人意：将犯死罪的改判活罪，引起陕虢观察使孙简不满，商隐愤而辞职。参见诗选《任弘农尉献州刺史乞假归京》注释、品评。

● 28 · 永夷农牧：意谓愿永为从事农牧之人，与农牧之人等同。夷，侪辈、等同之辈。

● 29 · "今太守"二句：此时姚合代孙简为陕虢观察使，谕使商隐还弘农继续任职。冯浩注据此考证本文作年甚精确。其曰："姚合于开成四年八月莅陕，而五年冬暮，又别有京兆公莅陕，见代作贺表。则此书在五年九月也。"

● 30 · 低僽（lěi）：冯浩注："《说文》：僽，垂貌，一曰懒解。"颓丧的样子。

● 31 · 怗（tiē）息：平静的样子。

此物不知书。"是吾生获"忠肃"之谥也。[32] 而吾子反殷勤如此者，岂不知耶？岂有意耶？不知则可，有意则已虚矣！

然所以拳拳而不能忘者，[33] 正以往年爱华山之为山，而有三得：始得其卑者朝高者，[34] 复得其揭然无附著，而又得其近而能远。[35] 思欲穷搜极讨，洒虢襟抱，始以往来番番，不遂其愿。间者得李生于华邮，[36] 为我指引岩谷，列视生植，[37] 仅得其半。又得谢生于云台观，[38] 暮留止宿，旦相与去，愈复记熟。后又得

●32·"是吾"句：忠肃是形容恭敬老实的谥号。谥是人死后所议定的称号。刘克庄《后村诗话》评曰："其论激矣。"

●33·拳拳：牢握不舍之意。

●34·卑者朝高者：低的山朝向高的山。

●35·揭然：高高耸峙的样子。近而能远：迩近而心远。冯浩注："似全以华山喻己之于令狐，始居其门，今不复附著，迹虽远而心犹近，以为回护之词，下文切磋数句尤明显。陶进士必与令狐有相涉者，而令狐氏华原人也。"因为商隐、陶进士都与令狐绹相熟，故以华山为喻，表示他们之间的关系。

●36·间者：近来。华邮：华山旁的驿站。

●37·生植：生物植物，即鸟兽草木。

●38·云台观：冯浩注："云台观在华山，观侧有庄，唐宋说部中屡见。"

吾子于邑中，³⁹至其所不至者，
于华之山无恨矣。三人力耶？
今李生已得第，而又为老贵人
从事。云台生亦显然有闻于诸
公间。吾子之文粲然成就如是。
我不负华之山，而华之山亦将
不负吾子之三人矣。以是思得
聚会，话既往探历之胜。至于
切磋善恶，分擘进趋，仆此世
固不待学奴婢下人，指誓神佛
而后已耳。吾子何所用意耶？
明日东去，既不得面，寓书惘
惘。九月三日，弘农尉李某
顿首。

品·评　这是商隐开成五年九月任弘农尉时写给曾一起在华山学习的好友陶进士的书信，
他早年应试行卷、登第入仕、华山交友，以及任弘农尉与上司孙简的矛盾等在
这封信中都有所涉略。此信不仅是了解作者早年思想、经历的宝贵材料，而且
是读者据以了解唐代科举、官场行事的生动实录。文章嬉笑怒骂，讽刺犀利深

刻，亦可见出作者的思想个性。

先说作者的思想，尽管早年学道玉阳山受到道教的影响，钱锺书先生在《管锥编》中说《上崔华州书》受到佛教的影响（详见该文品评），但在受到佛、道影响的同时，商隐的基本思想仍是儒家思想。本文推重"《春秋》法度，圣人纲纪"，倡导"是非系于褒贬，不系于赏罚；礼乐系于有道，不系于有司"，不仅见解卓越，而且也显示了他迥异于流俗的雄心壮志。

年轻人胸怀大志去应试行卷，而世俗的情形常令人感愤。他去向那些大人先生们行卷求教，而大人们的种种形象在作者漫画式的描述中，令人发噱、可怜、可鄙。冯浩于"而中有失字坏句不见本义者"一句下评曰："讥诮太毒。"这种恶毒的讽刺实出于他对不得不行卷干谒的愤恨。就像杜甫早年《奉赠韦左丞丈二十二韵》说自己"朝扣富儿门，暮随肥马尘。残杯与冷炙，到处潜悲辛"那样，那是通过自嘲来表示对不得不干谒的愤恨。因此，当作者在参加博学宏词科考试被所谓"中书长者"黜落，他就在文中嬉笑怒骂，如嘲似谑般地大发议论。那种夸张的讽刺、奇特的幽默曾受到历代读者的关注，如刘克庄在商隐自嘲"愿得时人曰：'此物不识字，此物不知书。'是吾生获'忠甫'之谥也"几句下评曰："其论激矣。"连同前面冯浩评其"讥诮太毒"，我们倒可看到一个直率敢言的商隐。他后来因活狱案与上司闹翻，"将遂脱衣置笏，永夷农牧"，乃是思想个性发展的必然逻辑。幸得姚合代孙简为陕虢观察使，他入仕后的第一次危机才得以化解。文如其人，他的轻肆直言，对于丑恶现象尖酸的讽刺抨击，是唐代诗文的一个值得关注的特色。如果读者将其放到一定的历史范围内作具体的分析，我们可以比刘克庄、冯浩他们看得更客观一些。

最后，此文叙述他自己与令狐绹关系的文字是李商隐生平研究的重要材料，读者亦须关注。冯浩已指出文中讲华山交游的部分有寓意："似全以华山喻己之于令狐，始居其门，今不复附著，迹虽远而心犹近，以为回护之词，下文切磋句尤明显。陶进士必与令狐有相涉者，而令狐氏华原人也。"开成三年，商隐博学宏词科落选后赴泾原节度使王茂元幕，并娶王氏女为妻。因此遭令狐绹不满，谓其"背恩"。本文游华山有三得的第三得是"得其近而能远"，意即喻与令狐迹近而心远。文后他又说："仆此世固不待学奴婢下人，指誓神佛而后已耳。"开成、会昌年间，二人是芥蒂互生而友谊尚存，这封书信已微露端倪。到大中年间，令狐绹日益贵显，位至宰相。商隐则奔走幕府，坎坷不遇，此时他早年的傲气风骨已磨损了不少，向令狐绹乞怜陈情，请求帮助。从诗选部分，我们可以看出大中时期由于政治分歧，令狐绹不愿汲引和重用李商隐，而作者大中以后关于党争的诗文，客观上揭露了党争迫害会昌有功之臣，以及黜陟官吏全凭权势者的个人好恶的腐败政治，但是他对令狐绹告哀陈情诗的格调却是不高的。这更显出年轻商隐对于时弊深刻讽刺和对于权贵风骨凛然的可贵。

为濮阳公与刘稹书

⁰¹

足下：前以肺肝，布诸简素，仰承复命，犹事枝辞。⁰²夫岂告者之不忠，抑乃听之而未审？择福莫若重，择祸莫若轻。⁰³一去不回者良时，一失不复者机事。噫嘻执事，谁与为谋？延首北风，心焉如灼。⁰⁴是以再陈祸福，用释危疑，言不避烦，理在易了，丁宁恳款，至于再三者，诚以某与先太师相国，⁰⁵俱沐天光，并为藩后，⁰⁶昔云与国，今则亲邻，而大年不登，

注·释

● 01 · 本篇原载《樊南文集详注》卷八，为会昌三年五月十三日朝廷决定对泽潞镇刘稹用兵后，作者代河阳节度使王茂元撰写的一封正告刘稹必须服从朝廷命令，以免灭族之祸的书信。此时，朝廷已完成了对泽潞用兵的军事部署。王茂元作为南线作战将领，其部将将与刘稹部下率先交战。临战前，此信意在争取刘稹听命，故书信开始叙述自己曾与刘稹季父刘从谏"俱沐天光，并为藩后"的交谊，而主旨则在劝刘稹"幸请自求多福，无辱前人，护龙旗以归洛师，秉象笏而朝魏阙"。意即必须听命入朝，不可拥兵自立。这实际上是决战前的一篇檄文。《文苑英华》《全唐文》本篇题作《为濮阳公檄刘稹文》，实是事出有因的。《资治通鉴》会昌三年五月载："李德裕言太子宾客、分司李宗闵与刘从谏交通，不宜置之东都。戊戌，以宗闵为湖州刺史。"此后接书："河阳节度使王茂元以步骑三千守万善……辛丑（十三日），制削夺刘从谏及子孙官爵，以（王）元逵为泽潞北面招讨使，何弘敬为南面招讨使，与（陈）夷行、刘沔、茂元合力攻讨。"这封书信所述与史书所述当时形势切合，并可补史书之不足。

● 02 · 枝辞：《易》："中心疑者其辞枝。"意即支吾其辞。

● 03 · "择福"二句：冯浩注：《《国语》范文子语。"意即让刘稹认清形势，择福避祸。

● 04 · 心焉如灼：意谓为刘稹前景焦急如灼。

● 05 · 先太师相国：刘稹季父刘从谏会昌三年四月初七病死。《资治通鉴》大和七年正月："加昭义节度使刘从谏同平章事，遣归镇。"故称相国。

● 06 · 藩后：节度使。

同盟未至，[07]饭贝才毕，襚衣莫陈。[08]乃眷后生，[09]遽乖先训，迁延朝命，迷失臣职。[10]不思先轸之忠，将覆栾书之族。[11]此仆隶之所共惜，儿女之所同悲。况某拥节临戎，援旗誓众，封疆甚迩，音旨犹存，忍欲卖之以为己功，间之以开戎役？将祛未寤，欲罢不能，愿思苦口之言，以定束身之计。[12]

昔先太尉相公，常蹈乱邦，不从逆命，翻身归国，全家受封，居韩之西，为国之屏，弃代之际，人情帖然。[13]太师相公以早

●07·昔云与国，今则亲邻：王茂元久历方镇，开成五年后为忠武节度使，治所许州（今河南许昌）。会昌三年四月丁亥（二十九日）调任河阳节度使，治所孟州河阳（今河南孟州）。此地与泽潞镇接壤，故称以前是与国，作书之时已为亲邻。大年不登：未及长寿，指刘从谏中年而亡。同盟未至：冯浩注："《左传》：诸侯五月而葬，同盟至。"冯校："同盟：一作'门望'，非。"

●08·饭贝才毕：古代丧礼，大殓时以贝壳、米饭置于死者口中，此指刘从谏才下葬。襚（suì）衣：《仪礼·士丧礼》："君使人襚。"襚，赠送死者的衣衾，古称致襚。此指刘稹抗命，刘从谏下葬时，相邻同僚不能致襚。

●09·眷：怀念。后生：指刘稹。

●10·"迁延"二句：意谓朝廷令刘稹护丧归洛阳，刘稹迁延不行，反而要求用河朔事体，父死子继，继续统治泽潞镇。

●11·"不思"二句：泽潞镇地属古晋国，用先轸忠于国家而死，栾书的后人叛国灭族二事告诫刘稹。

●12·束身之计：束身归朝，听候朝命。

●13·"昔先太尉相公"九句：刘稹祖父刘悟原为淄青节度使李师道部将，李师道叛乱，朝廷命魏博镇田弘正讨之。刘悟杀李师道归顺朝廷，拜义成节度使。穆宗立，徙昭义军，累进检校司徒、同中书门下平章事。辛，赠太尉。

副军牙，久从征旆，事君之节已著，居丧之礼又彰，故乃奖其象贤，仍以旧服。¹⁴纳职贡赋，十五余年。于我唐为忠臣，于刘氏为孝子。人之不幸，天亦难忱，才加壮室之年，奄有坏梁之叹。¹⁵主上深固义烈，是降优恩，盖将显足下之门，为列藩之式，不欲刘氏有自立之帅，上党为辜恩之军，¹⁶俾之还朝，以听后命。其义甚著，其恩莫偕。昨者秘不发丧，已逾一月，安而拒诏，又历数旬。¹⁷秘丧则于孝子未闻，拒诏则于

● *14*·"太师相公"六句：刘稹季父刘从谏。《新唐书·刘从谏传》："悟卒，从谏知留后，持金币赂当权者……时李逢吉、王守澄纳其赂，数为请，敬宗乃以晋王为节度大使，诏从谏主留事，起将作监主簿，检校左散骑常侍……武宗立，兼太子太师。"象贤：学习先人的贤德以继位。《仪礼·士冠礼》："继世以立诸侯，象贤也。"象，法也。

● *15*·壮室之年：冯浩注："《礼记》：三十曰壮，有室。"刘从谏四十一岁病卒。坏梁之叹：冯浩注："《礼记》：孔子歌曰：泰山其颓乎，梁木其坏乎，哲人其萎乎。盖寝疾七日而殁。"此指刘从谏病死。

● *16*·上党：潞州，为泽潞镇治所。辜恩：一作"姑息"。冯浩注："李陵《答苏武书》：陵虽辜恩，汉亦负德。"

● *17*·"昨者秘不发丧"四句：刘从谏死于四月。刘从谏卒日，《资治通鉴》《旧唐书》皆未载，《新唐书·武宗纪》会昌三年："四月乙丑（初七），昭义军节度使刘从谏卒，其子稹自称留后。"已逾一月：刘从谏死于四月初七，至此至少已是五月上旬。"安而"二句：朝廷于四月二十三日下诏命刘稹护丧归东都，又历数旬则在五月下旬。

忠臣已失。失忠于国，失孝于家，望此用人，由兹保族，是亦坐薪言泰，巢幕云安，[18]智士之所寒心，谋夫之所齚舌，[19]矧于仆者，得不动心？窃计足下之怀，执事之论，当以赵氏传子，魏氏袭侯，[20]欲以逡巡希恩，顾望谋立耳。夫事殊者趣异，势别者迹暌，胡不度其始而议其终，搴其华而寻其实，愿为足下一二而陈之。夫赵魏二侯，于其先也，亲则父子；于其人也，职则副戎。[21]赏罚得以相参，恩威得以相抗，义显

● 18·坐薪言泰：冯浩注："《汉书·贾谊传》：疏曰：抱火厝之积薪之下，而寝其上，火未及燃，因谓之安。"巢幕云安：燕子在帐幕上筑巢，喻其随时有覆巢的危险。

● 19·齚（zé）舌：咬舌头。《史记·魏其武安侯列传》："魏其必内愧，杜门齚舌自杀。"

● 20·赵氏传子，魏氏袭侯：此指泽潞镇北面的成德镇及南面的魏博镇。成德节度使王廷凑死，子王元逵袭。成德治镇州（今河北正定），故称赵氏。魏博节度使何进滔死，子何重顺袭。魏博治魏州（今河北大名东），故称魏氏。

● 21·职则副戎：河朔藩镇父死子继已成惯例，泽潞地近东都洛阳，节度使须朝廷任命。因之，成德军、魏博军的节度副使通常由节度使的儿子担任，并得到朝廷认可；而刘稹自称留后，朝廷不予承认。

214

●22·地则相近：冯浩注："叔侄相近，尚非亲父子也。"《资治通鉴》会昌三年四月载："从谏疾病……以弟右骁卫将军从素之子稹为牙内都知兵马使。"据此，从谏应为稹之伯父。但本文则称从谏为稹之"季父"。

●23·吴国之钱：冯浩注："《汉书·吴王濞传》：发书遗诸侯曰：'寡人金钱在天下者，往往而有，非必取于吴，诸王日夜用之不能尽。'"此指泽潞财力雄厚。

●24·梁国之客：冯浩注："《汉书·梁孝王传》：招延四方豪杰，自山东游士莫不至。"此指刘从谏网罗人才，招纳亡命之徒。

事顺，故朝廷推而与之。今足下之于太师也，地则相近，[22]职非副戎，赏罚未尝相参，恩威未尝相抗。稽丧则于义爽，拒诏则于事乖，比赵魏二侯，信事殊而势别矣。此施之于太师，赵魏则为继代象贤之美；施之于足下，足下则为自立擅命之尤，得失之间，其理甚白。

又计足下，未必不恃太师之好贤下士，重义轻财，吴国之钱，往往而有；[23]梁国之客，比比而来。[24]将倚以为墙藩，托以为羽翼，使之谋取，使之数求。

细而思之，此又非计。山高则祈羊自至，泉深则沉玉自来，[25] 己立然后人归，身正然后士附。语有之曰："政乱则勇者不为斗，德薄则贤者不为谋。"[26] 故吴濞有奸而邹阳去，燕惠无德而乐生奔。[27] 晋宠大夫，卒成分国之祸；卫多君子，孰救渡河之灾。[28] 此之前车，得不深镜。代宪四祖，[29] 文明继兴。当时燕赵中山淮阳齐鲁[30] 连结者几姓？拒旅者几侯？咸逆天用人，背惠忘德，据指掌之地，谓可逃刑；倚亲戚之私，谓能取信。

● 25 · 祈羊、沉玉：冯浩注："《管子》：山高而不崩，则祈羊至矣。渊深而不涸，则沈玉祭矣。"此指杀羊祭山神，沉玉祭水神，告诫刘稹满遭损，谦受益。

● 26 · 语有之曰：此处所言当为成语，不详所本。政乱、德薄：乃指泽潞镇现状。

● 27 · 邹阳去、乐生奔：冯浩注："《汉书·邹阳传》：阳与严忌、枚乘俱事吴。吴王阴有邪谋，阳奏书谏吴王，不纳其言。于是邹阳、枚乘、严忌皆去之梁，从孝王游。"又，"《战国策》：乐毅为燕昭王攻齐，下七十余城。昭王死，惠王即位，用齐人反间，疑乐毅而使骑劫代之将。乐毅奔赵，赵封以为望诸君"。

● 28 · "晋宠大夫"四句：冯浩注："《汉书·刘向传》：昔晋有六卿，世执朝柄，终后六卿分晋。"此言刘稹宠信部下将领，而他们各怀阴谋。又，"《左传》：吴公子札适卫曰：'卫多君子，未有患也。'"《左传》：狄人伐卫，卫懿公战于荧泽，卫师败绩，狄入卫，遂从之。又败诸河，宵济，立戴公以庐于曹。"此言泽潞虽有人才，但抗命叛乱难免败亡。

● 29 · 代宪四祖：代宗、德宗、顺宗、宪宗四朝。

● 30 · 燕赵中山淮阳齐鲁：冯浩注详列代宗以来叛镇有成德李宝臣、李惟岳、王武俊、王承宗、卢龙朱滔、魏博田承嗣，淄青李正己、李纳、李师道，梁则李灵曜，淮西李希烈，蔡则吴少诚、吴元济，吴则李锜，蜀则刘辟等。"朱泚、李怀光之陷京师，致德宗出幸奉天，尤为巨寇。其他反侧之徒，亦尚有之。至魏博之史宪诚、镇冀之王庭凑、卢龙之朱克融，其叛则在穆宗时，兖海之李同捷则叛于文宗时矣。"燕，指卢龙镇；赵，指成德镇；中山，指义武军；淮阳，指淮西镇；齐鲁，指淄青镇。

● 31 · 先太尉：指刘悟。事详见注 13。李
洧尚书：冯浩注："《旧书·李洧传》：洧，
正己从父兄，正己为徐州刺史。正己死，
子纳犯宋州，洧以徐州归顺，加御史大夫，
封潮阳郡王，为徐海沂观察使，检校工部
尚书。"

● 32 · "杨太保"句：冯浩注："《旧书·吴
元济传》：元济，少阳长子也。先是少阳
判官苏兆、杨玄卿及其将侯惟清，尝同为
少阳画朝觐计。及元济自领军，凶狠无义，
素不便兆，缢杀之，朝廷赠苏兆以右仆射。
杨玄卿先奏事在京师，得尽言经略淮西事
于宰相李吉甫。"苏肇：史文或作"苏兆"，
任给事中事，不详。

● 33 · 戾止：来临。戾，来；止，至。我
武维扬：《尚书·泰誓中》："我武维扬。"

● 34 · 不能与其共戚：不能与其共忧愁。
戚，忧愁。

一旦地空家破，首裂肢分，暗者不能为谋，明者固以先去，悔而莫及，末如之何。先太尉与李洧尚书，齐之密戚；[31] 杨太保与苏肇给事，蔡之懿亲；[32] 并据要地方州，领精甲锐卒。及其王师戾止，我武维扬，[33] 则割地驱人以降，送款输忠以入，非不顾密戚，非不念懿亲，非不思恩，非不怀惠，直以逆顺是逼，死生实难，能与其同休，不能与其共戚故也。[34] 况足下大未侔齐蔡，久未及李吴，将以其人动于不义。仆固恐夙沙之国，缚主之

●35·"彭宠"二句：冯浩注："《后汉书·彭宠传》：宠发兵反，攻拔蓟城，自立为燕王。建武五年春，宠斋独在便室，苍头子密等三人，斩宠驰诣阙，封为不义侯。"此言刘稹手下必将有叛稹归降之人。

●36·太行九折之险：泽潞镇有太行关隘之险。数州之饶：泽潞镇广积财富。参见上注23。

●37·"昔李抱真相国"四句：冯浩注："《旧书·李抱真传》：德宗即位，兼潞州长史、昭义军节度使。建中三年，田悦以魏博反，抱真与河东节度使马燧，屡败悦兵，加校检兵部尚书。时悦窘蹙，朱滔、王武俊皆救悦，抱真外抗群贼，内辑军士，贼深惮之。兴元初，迁检校左仆射平章事。"此言泽潞镇过去有秉忠义的节度使。

卒重生，彭宠之家，不义之侯更出。[35]

又计足下当恃太行九折之险，部内数州之饶，[36] 兵士尚强，仓储且足，谓得支久，谋而使安。危哉此心，自弃何速！昔李抱真相国，用彼州之人，破朱滔于燕国，困田悦于魏郊，[37] 连兵转战，绵岁经时，而潞人夫死不敢哭，子死不敢悲，何者？李相国奉讨逆之命，为勤王之师，义著而诚顺故也。及卢从史释丧就位，卖降冀功，将乘讨伐之时，欲肆凶邪之性，计未就而人神已怒，事未立而兵众已离，以万夫之长，困一卒之手，驱槛北阙，弃尸南荒。³⁸ 而潞之人犹老者扪胸，³⁹ 少者扼腕，谓朝廷不即显戮，深为失刑，⁴⁰ 其何故哉？以从史不义不昵，⁴¹ 去安就危，众黜其谋，下不为用故也。二帅去就，非因传闻，鸠杖之人，鲐背之叟，⁴² 知其本末，尚能言之。则太行之险，固不为勃者之守；⁴³ 数州之众，固不为邪者之徒，此又其不足恃也。由此言之，则以何名隳家声？⁴⁴ 何事舍君命？

● 38·"及卢从史释丧就位"十句：此言泽潞镇过去奸恶之节度使。《资治通鉴》元和五年载："卢从史首建伐王承宗之谋，及朝廷兴师，从史逗留不进，阴与承宗通谋……上甚患之。"遂用计缚卢从史，送至京城。四月，"戊戌，贬卢从史骠州司马"。成德镇王承宗抗命反叛，昭义镇卢从史表面主张讨伐，实际上暗中勾结，又要挟朝廷求平章事，最后死于南荒贬所。

● 39·扪胸：抚胸。

● 40·深为失刑：意谓不杀卢从史，而贬骠州，是失去刑法的公正。

● 41·不义不昵：冯浩注："《左传》：不义不昵，厚将崩。"意谓不义之人则人亦不亲近之。

● 42·鲐（tái）背之叟：谓老人背上生斑如鲐鱼背，此指年长的老人。鲐，鱼名。

● 43·勃者：背叛者。勃，通"悖"。

● 44·隳（huī）：毁坏。

●45·"人之多言"四句：刘从谏网罗人
才，招纳亡命，广积钱财，引起朝廷的警
惕。李德裕于会昌三年五月十三日撰《讨
刘稹制》曰："刘从谏生禀戾气，幼习乱
风。因跋扈之资，以专封壤；恃纪纲之
力，以袭兵符……诱受亡命，妄作妖言；
中诇朝廷，潜图左道。辄谋动戎帅，屡奏
阴谋。"

何道求死士？何计得人心？此
仆者所以对案忘餐，推枕不寐，
为足下惜，为足下危，而不知
其所以然也。

况太师比者养牛添卒，畜马训
兵，旁招武干之材，中举将军
之令。然而听于远近，颇有是
非，虽朝廷推赤心，安大度，
然而不逞者已有乖异之说，横
议者屡兴悖恶之叹。人之多言，
亦可畏也，谁为来者，宜其弭
之。45 今足下背季父引进之恩，
失大朝文诰之令，则是实先太
师之浮议，彰昭义军之有谋。
为人侄则致叔父于不忠，为人

●46•"近者"五句：冯浩注："《旧书传》：李祐，本蔡州牙将，事吴元济，自王师讨淮西，祐为行营将，每抗官军，皆惮之。为李愬所擒。愬知祐有胆略，厚遇之，往往帐中密语，达曙不寐。竟以祐破蔡，擒元济，以功授神武将军。大和初，迁检校户部尚书、沧德景节度使。董重质本淮西牙将，吴少诚之子婿也。为元济谋主。及李愬擒元济，以书礼召重质于洄曲，乃单骑归理。宪宗欲杀之，愬表许以不死，请免之。寻授盐州刺史，后历方镇，检校散骑常侍，加工部尚书。"

孙则败乃祖于无后，亦何以对燕赵之士，见齐鲁之人耶？又计足下旬日之前，造次为虑，今兹追改，惧有后艰，此左右者不明而咨询之未尽也。近者李尚书祐、董常侍重质之辈，并亲为贼将，拒我官军，纳质于匪人，效用于戎首。[46]久乃来复，尚蒙殊恩，皆受圭符，咸领旗鼓，不能悉数，厥徒实繁。岂有足下藉两代之余资，委数万之旧旅，俯首听命，举宗效诚，则朝廷又岂以一日之稽迟，片辞之疑异，而致足下于不测，沮足下于后至？故事具存，可以明验。幸请自求多福，无辱前人，护龙旗以归洛师，秉象笏而朝魏阙，[47]必当勋庸继代，富贵通身，无为邻道所资，使作他人之福。

偿尚淹归款，未整来轩，[48]戎臣鼓勇以争先，天子赫斯而降怒，[49]金玦一受，牙璋四驰。[50]魏卫压其东南，晋赵出于西北。拔距投石者数逾万计，[51]科头戟手者动以千群，[52]兼驱扼虎之材官，仍率射雕之都督，[53]感义则日月能驻，拗愤则沙石可吞，[54]

●47·龙旐（zhào）：古代丧时为棺柩引路的魂幡，指刘从谏的棺柩。洛师：洛阳。魏阙：朝廷。

●48·轩：冯浩校："一作'辕'。"

●49·赫斯：形容发怒的样子。《诗经·大雅·皇矣》："王赫斯怒。"

●50·金玦、牙璋：冯浩注："《左传》：晋侯使太子申生伐东山皋落氏，衣之偏衣，佩之金玦。"金玦是有缺口的金环，与牙璋一样，都是掌握军队的凭证。此指泽潞镇四周的征讨将领已受朝廷之命，即将发动进攻。参见注 01。

●51·拔距：跳跃敏捷。投石：以石投人。

●52·科头：不戴兜鍪冲入敌阵。戟手：指点人或怒骂人时屈肘如戟形的姿势。

●53·扼虎之材官：冯浩注："《汉书·李陵传》：陵叩头自请曰：'臣所将屯边者，皆荆楚勇士，奇材剑客也，力扼虎，射命中。'《高帝纪》：发巴蜀材官。张晏曰：材官、骑士习射御，骑彀战陈。"此言将士勇武，本领高强。射雕之都督：冯浩注："《北齐书·斛律光传》：光从世宗校猎，云表见一大鸟，光射之，正中其颈，形如车轮，旋转而下，乃大雕也。邢子高叹曰：'此射雕手也。'当时传号'落雕都督。'"此言征讨主将武艺出众。

●54·"感义"二句：冯浩注："《淮南子》：鲁阳公与韩战，战酣，日暮，援戈而麾之，日为之反三舍。"《西都赋》：乃拗怒而少息。"鲁阳挥戈习见，沙石可吞，形容怒不可遏。

使兵用火焚，城将水灌，[55]魏取刑郡，赵出洛州。[56]介二大都之间，是古平原之地，车甲尽输于此境，糗粮反聚于他人。恃河北而河北无储，倚山东而山东不守。[57]以两州之饿殍，抗百道之奇兵，比累卵而未危，寄孤根于何所？则老夫不佞，亦有志焉，愿驱敢死之徒，以从诸侯之末，下飞狐之口，入天井之关。[58]巨浪难防，长飙易扇，此际必当惊地底之鼓角，骇楼上之梯冲。[59]丧贝跻陵，飞

● *55* • 火焚、水灌：谓将进攻，必有激战。

● *56* •“魏取”二句：魏博何弘敬与成德王元逵为进攻泽潞的主将，攻取邢州、洺州是他们的任务。冯浩注：“《新书·藩镇传》：裴问守邢州，自归成德军。王钊守洺州，送款魏博军。磁州将高玉，亦降成德军。稹闻三州降，大惧，大将郭谊、王协始谋诛稹。《资治通鉴》：李德裕曰：‘昭义根本，尽在山东，三州降，上党不日有变矣。’文亦先以怵之，故下云：‘倚山东而山东不守。’”后来战争进程及结果，正是如此。

● *57* •“恃河北”二句：冯浩注：“《北史·魏宗室传》：国之资储，唯藉河北。按：《旧书志》：泽、潞属河东道，邢、洺、磁属河北道。”昭义镇的军粮，主要在太行山以东的邢、洺、磁三州。泽、潞二州在山内，土瘠地狭，全靠河北三州军粮。故当时杜牧《上李司徒相公论用兵书》向宰相李德裕建议：“昭义军粮，尽在山东……山东粮谷既不可输，山西兵士亦必单鲜，捣虚之地，正在于此。”缪钺《杜牧年谱》按曰：“《通鉴》以杜牧上书李德裕书系于本年四月，似嫌稍早，应在本年八月下诏讨刘稹后。”下诏讨刘稹的确切时间是五月十三日，商隐此处预见军事形势和杜牧的分析一致，可见晚唐小李杜的卓识。

● *58* • 飞狐之口、天井之关：此指泽潞二州的险要关隘。冯浩注：“《郦生食其传》曰：杜大行之道……《史记注》：如淳曰：上党壶关也。”又，“《通典》：泽州理晋城县，县南大行山上有天井关”。写此信不久，“六月，王茂元遣兵马使马继等将步骑二千军于天井关南科斗店，刘稹遣衙内十将薛茂卿将亲军二千拒之”（《资治通鉴》）。战争一触即发。

● *59* • 鼓角、梯冲：冯浩注：“《后汉书》：公孙瓒《告子续书》曰：袁氏之攻，状若鬼神，梯冲舞吾楼上，鼓角鸣于地中。”此言战争将十分激烈。

走之期既绝；投戈散地，灰钉之望斯穷。⁶⁰自然麾下平生，尽忘旧爱，帐中亲信，即起他谋，辱先祖之神灵，为明时之戮笑。静言其渐，良以惊魂。

今故再遣使车，重申丹素，唯鉴前代之成败，访历事之宾僚，思反道败德之难，念顺令畏威之易。时以吉日，蹈兹坦途，勿馁刘氏之魂，勿污潞人之俗。封帛增欷，⁶¹含毫益酸，延望还章，用以上表，成败之举，慎唯图之，不宣。河阳三城节度使王茂元顿首。⁶²

● 60·"投戈"二句：冯浩注："王弼《易略例》：投戈散地，六亲不能相保。注云：置兵戈于逃散之地。"此言泽潞镇在其地决战，必然士兵逃散，难免灭亡。灰钉：冯浩注："《魏志·王凌传》注：《魏略》曰：凌试索棺钉，以观太傅（司马懿）意，太傅给之，遂自杀。"此言刘稹反叛必死无疑。

● 61·封帛增欷：封上帛书不觉欷歔生悲，言外之意谓王茂元为刘稹担忧伤心。

● 62·河阳三城：吴廷燮《唐方镇年表·河阳》："河阳三城节度、怀孟泽观察处置等使、孟州（今河南孟州）刺史，领怀（今河南沁阳）、孟、泽（今山西晋城东北）三州。"此时，泽州实际上还在刘稹掌控之下。《唐方镇年表》会昌四年敬昕名下注曰："《新表》：河阳节度使增领泽州。"此当是泽、潞平定后之情况，据本文则知王茂元会昌三年镇河阳时，名义上已领泽州。

品·评　李商隐四六文关涉重大政治事件的有开成二年所作《代彭阳公遗表》，大中元年所作《太尉卫公会昌一品集序》，以及本文。开成二年，他还是年轻进士，为令狐楚所作遗表，诚如《旧唐书·令狐楚传》所言："疾甚，召从事李商隐曰：'吾气魄已殚，情思俱尽，然所怀未已，强欲自写闻天，恐辞语乖舛，子当助我成之。'"商隐辅助朝廷元老令狐楚撰作，文章主旨当出于令狐楚。大中元年，他作为郑亚幕僚对会昌将相李德裕等人深为赞许，但如今通行的《李德裕文集》

224

序文仍用郑亚据李商隐序所作的改本，因为对于会昌朝的政治，郑亚是直接参与者，郑氏改本所言亦更切合会昌政治的实际。唯这篇代王茂元致刘稹书，却能直接抒写商隐自己的政治见解，行文也更能曲折尽意，堪称商隐四六的经济大文。这是因为作者与岳父王茂元甚为相知，其《重祭外舅司徒公文》言二人"忘名器于贵贱，去形迹于尊卑。语皇王致理之文，考圣哲行藏之旨"。密切相知，才能使作者为人作如己出，高士奇评此文曰："披抉情事，幽隐毕出，层析反复不伤于冗。辞严义正，益见其厚。义山骈体，杰出三唐，而疏畅磊落如斯文者，尤不易得也。"（《御选古文渊鉴》卷四〇）当然，本文也显示了商隐的远见卓识和运用骈文于重大事件的杰出才能。

关于本文的评价不少，但对其创作时间则大多未能确切把握。冯浩于本文题注云：《李卫公文集》有《代诸节度与泽潞军将书》，《玉海》又引《册府元龟》，武宗遣诸镇告谕以利病祸福之宜，茂元与稹书云云，盖上受庙谟，故可贻书诫谕，其体则书，其义同檄，故《册府》作书云，而列之檄类。"李德裕撰《讨刘稹制》于五月十三日。五月中下旬，德裕代魏博何弘敬、晋绛李彦佐等代与泽潞军将书，正告诸将勿从刘稹为逆。五月下旬，李商隐代王茂元作此书。这是在讨伐刘稹制下达十余天后的事，"上受庙谟"，此书实受到朝廷认可，是两军交战前在政治上劝降及分化瓦解工作的一部分。详细背景可参读傅璇琮、周建国编撰《李德裕文集校笺·李德裕年表·会昌之政二：关于摧抑藩镇》。弄清了此书的写作背景，我们可更确切地把握"其体则书，其义同檄"的命意。因为是劝降书，所以要晓之以理，动之以情。文中反复说理，晓谕泽潞不同于河朔，不可父死子继；不可自恃"吴国之钱，往往而有；梁国之客，比比而来"；不可恃太行之险，敕州之饶。代宗以来，败亡相继的叛镇都是前车之鉴。这些并非虚词恫吓，刘稹后来蹈此覆辙被部下郭谊所杀，引来灭族之祸，正可说是不幸被言中了。商隐的远见卓识又见于分析昭义镇五州中泽、潞与邢、洺、磁的关系，指出刘稹最后势必"恃河北而河北无储，倚山东而山东不守"。此与杜牧《上李司徒相公论用兵书》所见略同，这些亦为后来的战争进程及结果所验证。晚唐诗坛名家小李杜并非纸上谈兵，令人赞叹。实际上，他们的建议及政治宣传已是平叛战役中不可或缺的组成部分。文中动情之处，如"昔云与国，今则亲邻，而大年不登，同盟未至，饭贝弋半，裋衣莫陈"等铺陈与刘从谏的同僚情谊，婉转表达了因刘稹抗命而未能致祭的遗憾；以及文末"封帛增歔，含毫益酸，延望还章，用以上表"所表示的对刘氏灭族的担忧和希望刘稹还章示顺而为之奏雪的努力，其诚恳感人亦不在南朝丘迟《与陈伯之书》之下。若从檄文的角度看，文中的批评无不合情合理，如刘稹顽固到底，"则老夫不佞，亦有志焉，愿驱敢死之徒，以从诸侯之末，下飞狐之口，入天井之关"。六月，王茂元即进军天井关南科斗店，不久与刘稹部将薛茂卿发生激烈战斗，直到九月病死军中。《文心雕龙·檄移》云："檄者，皦也。宜露于外，皦然明白也……必事昭而理辨，气盛而词断，此其要也。"本文虽然晓之以理，动之以情，但对于胆敢抗命的反叛者则示以坚决讨伐的决心，所以说"其体则书，其义同檄"。同时，我们还应看到李商隐因母丧守制之时还积极关心国事，他所撰此文及王茂元病危时《代仆射濮阳公遗表》都是参与平定泽潞之役的具体行动。

读此文，我们还可读出史文不载的一些事情。冯浩曰："茂元与镇书云云，盖上受庙谟，故可贻书诫谕。"此文必经主持伐叛的宰相李德裕寓目。商隐与李德裕因地位悬殊并无直接交往，但二人的文字之缘实始于此。大中元年，李党中坚郑亚任桂管观察使辟请李商隐，亦当有相近的政治见解之故。至九月，郑亚请李商隐撰拟《太尉卫公会昌一品集序》，这既是对作者文才的欣赏，也是对他的信任。李德裕后来读过序文亦当无疑。二李文字之缘可谓不浅。大中以后，商隐诗文一而再、再而三地为会昌有功将相鸣冤，对他们的功绩大加赞扬，实有其相近的政治思想为基础的，而他本人并非党人中的一员。就像杜牧与牛僧孺关系亲密，但杜牧并非牛党人员那样，优秀的文士在重大事件上往往有独立之见解，不可用朋党的有色眼镜去看待他们。

祭小侄女寄寄文 01

正月二十五日，伯伯以果子弄物招送寄寄体魄归大茔之旁。02 哀哉！尔生四年，方复本族，03 既复数月，奄然归无。04 于鞠育而未申，结悲伤而何极！来也何故，去也何缘？05 念当稚戏之辰，孰测死生之位？时吾赴调京下，移家关中，06 事故纷纶，光阴迁贸。07 寄瘗尔骨，五年于兹。08 白草枯荄，09 荒途古陌。朝饥谁抱，夜渴谁怜？尔之栖栖，吾有罪矣。10 今吾仲

注·释

● 01·本文原载《樊南文集详注》卷六，为会昌四年正月营葬侄女寄寄归祖坟而作。会昌三年冬季至会昌四年正月，商隐将已死而葬在别处的叔父、裴氏姊、侄女寄寄等棺木营葬回荥阳坛山原祖坟。营葬在古代是一件大事，商隐为此作了几篇祭文。这篇短小的祭文是古代祭文的名篇，也是他用骈文叙事抒情的代表作之一。

● 02·弄物：儿童的玩具。大茔（yíng）：祖坟墓地。据文中所述，李商隐家祖坟墓地在荥阳坛山原。

● 03·"尔生"二句：寄寄四岁才复归李氏本族，似此前寄养在别处。

● 04·奄然归无：很快死去。奄，奄忽，急遽貌。

● 05·来：出生。去：死亡。

● 06·"时吾"二句：开成五年，商隐自济源移家到京城长安，拟从常调求新的官职。关中：此特指京城长安。

● 07·迁贸：改换变迁。骆宾王《在江南赠宋五之问》："炎凉几迁贸。"

● 08·五年于兹：此文作于会昌四年，上溯五年为开成五年，寄寄应死于开成五年，年龄四岁。

● 09·荄（gāi）：草根。

● 10·栖栖：不安的样子。《论语·宪问》："丘何为是栖栖者与？"

姊，反葬有期，遂迁尔灵，来
复先域。[11] 平原卜穴，刊石书
铭，明知过礼之文，何忍深情
所属！[12] 自尔殁后，侄辈数人，
竹马玉环，[13] 绣襜文葆，[14] 堂前
阶下，日里风中，弄药争花，[15]
纷吾左右。独尔精诚，不知何
之。况吾别娶以来，胤绪未立，

● 11 · 吾仲姊：作者《祭裴氏姊文》所称
嫁与裴姓的仲姊。会昌四年正月，裴氏仲
姊棺柩由获嘉迁至祖坟墓地，寄寄棺柩即
由济源迁至此地。先域：祖先墓地。
● 12 · 平原卜穴：指其祖坟所在地荥阳坛
山原，在此选择迁葬墓穴。刊石书铭：刻
石碑书写铭文。过礼之文：按丧礼，寄寄
四岁夭亡是"无服之殇"，不能刊石书铭，
故称"过礼"。
● 13 · 竹马玉环：儿童玩具。
● 14 · 绣襜（chān）文葆：绣花的短袄，
有文饰的被子。葆，亦可指小孩衣。
● 15 · 弄药：在芍药花边玩耍。

● 16 · 别娶：指娶王茂元女为妻。别娶，即另娶，其开成三年娶王氏已非初婚。胤绪：嗣子，儿子。商隐儿子衮师生于会昌六年，此时尚无嗣子。犹子：侄辈，可兼指侄子、侄女。

● 17 · 五情：此指五内（五脏），犹内心。

● 18 · 松檟（jiǎ）：古时松树和檟树通常种在墓前，故松檟连类而及。檟，即楸。

犹子之谊，倍切他人。[16] 念往抚存，五情空热。[17] 呜呼！荥水之上，坛山之侧，汝乃曾乃祖，松檟森行。[18] 伯姑仲姑，冢坟相接。汝来往于此，勿怖勿惊。华彩衣裳，甘香饮食，汝来受此，无少无多。汝伯祭汝，汝父哭汝。哀哀寄寄，汝知之耶！

品·评　唐代诗文中常写到客死他乡者经若干年后归葬故乡之事，归葬故里是关涉当时丧礼及相关文化心理的大事。会昌三四年间，商隐在荥阳坛山原大办营葬，是因为当时泽潞镇刘稹叛乱，泽州叛军十分猖狂。他在同时所作的《祭裴氏姊文》中说到自己曾去获嘉东郊寻访三十余年前寓殡裴氏仲姊的墓地，主要原因是"属刘尊叛换，逼近怀城，惧雁焚发之灾，永抱幽明之累"。小侄女寄寄在济源的旅榇也是在同样情况下被迁回祖坟墓地的。

文章开头两句以散文叙事，交代小侄女寄寄体魄终于回归祖坟墓地。下文抒情叙事均用四六骈体。骈体的长处是对偶工精，辞藻讲究，如本文写寄寄寓殡济源是"白草枯菱，荒途古陌。朝饥谁抱，夜渴谁怜"。写侄辈数人玩耍情形是"竹马玉环，绣襦文葆，堂前阶下，日里风中，弄药争花，纷吾左右"。不仅有对偶辞藻之美，而且很好地抒发了彼时彼地作者所怀有的独特感情。文中有几处化骈为散的句子，如"时吾赴调京下""况吾别娶以来""汝乃曾乃祖""汝来往于此"，加上"吾""汝"几个字，不仅语句灵活，而且语意更为亲切，似乎打破了生死幽明的界限，面对寄寄深情诉说。作者精于骈文，又由于他富于感情，因此四六文的形式在他的手里仍可自由生动地表情达意。此文虽短，却有代表性。

此文有关作者妻儿的情况也值得注意。"况吾别娶以来，胤绪未立。"这说明他开成三年与王茂元女儿结婚并非初婚，而王氏女出身高贵，嫁商隐为继室，可见史传所说王茂元"爱其才，以子妻之"确是实情。他会昌四年正月祭寄寄时，儿子衮师尚未出生，衮师的姐姐应该已在怀抱。这篇祭文反映出他的儿女心之重，若与大中时的《骄儿诗》《杨本胜说于长安见小男阿衮》参读，则其重视家庭责任、关爱儿女小辈可说是其来有自。这些诗文之所以感动人，主要在于情真意切，表现了作者的家庭责任感和人伦之美，诗文的艺术技巧等尚是次要的。

上兵部相公启 01

商隐启：伏奉指命，令书元和中太清宫寄张相公旧诗上石者， 02 昨一日书讫。伏以赋旷代之清词，宣当时之重德。昔以道均契稷，始染江毫； 03 今幸庆袭韦平，仍镌宋石。 04 依于桧井，陷

注·释

● 01·本篇原载《樊南文集详注》卷四，为大中五年上宰相令狐绹而作。冯浩于题下注曰："《新书宰相表》：大中四年十月，翰林学士承旨、兵部侍郎令狐绹守本官、同中书门下平章事。按《旧书纪》在十一月。《新书表》五年四月，绹为中书侍郎兼礼部尚书。自后不复兼兵部。"张采田《玉溪生年谱会笺》大中五年即系本文于四月乙卯，令狐绹兼礼部尚书前。本年春，商隐尚在卢弘止徐州幕府，卢弘止病逝，罢幕返京，此即返京后而作。

● 02·太清宫：冯浩注引《春明退朝录》："唐制，宰相四人，首相为太清宫使。"冯注又引《旧书纪》："天宝二年，改西京玄元庙为太清宫……按：亳州老子庙同京师称太清宫。"寄张相公旧诗上石者：张弘靖于元和九年为相，至元和十四年代韩弘镇汴。《资治通鉴》元和十四年七月丁酉，以河阳节度使令狐楚为中书侍郎、同平章事。八月癸丑，以吏部尚书张弘靖同平章事，充宣武节度使。由此可知，此为令狐楚以宰相兼太清宫使，寄诗与张弘靖。这些旧诗在大中时书写刻石。

● 03·契稷：尧舜时的两位贤臣。契为商的始祖，稷为周的始祖。江毫：梁江淹善诗，据说有神人授以五色笔。毫，即笔。

● 04·庆袭韦平：冯浩注："《汉书·韦贤传》：贤为丞相，封扶阳侯。少子玄成复以明经历位至丞相。《平当传》：当为丞相，卒，子晏以明经历位大司徒，封防乡侯。汉兴，唯韦平父子至宰相。"此比喻张嘉贞、张延赏、张弘靖三代为宰相，令狐楚、令狐绹父子二代为相。宋石：冯浩注："《后汉书·郡国志》：梁国砀山县，出文石……《元和郡县志》：宋州，本周之宋国。砀山县，以山出文石故名县。汴宋节度使管汴、宋、亳、颍四州。"此指令狐楚的诗歌在亳州老子庙书写上石。

彼椒墙。⁰⁵扶持固在于神明，悠久必同于天地。况唯菲陋，早预生徒。⁰⁶仰夫子之文章，曾无具体；⁰⁷辱郎君之谦下，尚遗濡翰。⁰⁸空尘寡和之音，素乏入神之妙。⁰⁹恩长感集，格钝惭深。但恐涕洟，终斑琬琰。¹⁰下情无任战汗之至。

●05·桧井：冯浩注："《太清记》：亳州太清宫有八桧，老子手植，枝干皆左扭。《云笈七签》言九井三桧；宛然常在。"椒墙：用花椒涂饰墙壁，指称宫墙。老子庙称太清宫，故名椒墙。

●06·早预生徒：早年即预学生之列。商隐早年从令狐楚学骈体章奏之学。

●07·夫子之文章：《论语·公冶长》："夫子之文章可得而闻也。"夫子，指老师，就师生而言。下文亦就师生而言。具体：具体而微，意即学生德业与老师大体相近。《孟子·公孙丑上》："子贡曰：'学不厌，智也；教不倦，仁也。仁且智，夫子既圣矣。'""昔者窃闻之：子夏、子游、子张皆有圣人之一体，冉牛、闵子、颜渊则具体而微。"此处商隐谦称自己没有学到老师令狐楚的德业。

●08·郎君：冯浩注："门生故吏，承其先世恩谊，乃有此称。"参见《九日》诗"郎君官贵施行马"句注释。濡翰：濡墨写字，指令狐绹请李商隐书写令狐楚的旧诗以刻成石碑。

●09·入神之妙：品评书法的常用语。冯浩注："蔡邕《篆势》：体有六篆，妙巧入神。字习见。"

●10·涕洟：古代，涕指眼泪，洟指鼻涕。此言感令狐楚旧恩而引起伤心。琬琰：古时专称碑版的习用字。冯浩注："《汲冢竹书》曰：桀伐岷山，得女二人，曰琬曰琰。斫其名于苕华之玉，苕是琬，华是琰。故后之碑版皆用之。如蔡邕《胡公碑》：'铭诸琬琰。'"

品·评 李商隐与令狐绹交往的诗文，这是现存可考的最后一篇。大中以后，两人地位高下有云泥之别。大中二年、三年以来，商隐所作《酬令狐郎中见寄》《寄令狐学士》《梦令狐学士》《令狐舍人说昨夜西掖玩月因戏赠》《子直晋昌李花》《宿晋昌亭闻惊禽》诸诗，对于令狐绹的骤然清贵流露出艳羡及求助之情。但大中五年春徐幕罢归后的这封书信却是不亢不卑，回忆老师令狐楚往日的德业恩情，纯是至情。令狐绹读此亦当不能无动于衷，《新唐书·李商隐传》所谓"弘止镇徐州，表为掌书记。久之还朝，复干绚，乃补太学博士"，正是上这封信以后的事。太学博士是正六品上阶，虽是闲职，却是作者为官的最高职务了。

商隐诗文以好用典故著称，在今天的读者看来，这些充满经史故实的文字不免晦涩难懂，但此信的接收者是曾为翰林学士承旨的宰相令狐绚，因此，作者在经史典故上的运用实是颇具匠心的。如"道均契稷"，称美张弘靖和令狐楚的有道，"庆袭韦平"，颂祝张氏和令狐氏的父子相继为宰相，不仅富有深厚的历史内涵，而且典雅贴切。尤其如"仰夫子之文章，曾无具体"两句兼用《论语·公冶长》《孟子·公孙丑上》表示对先师的崇仰和自己的谦谦，风度儒雅。结处"恩长感集，格钝惭深。但恐涕洟，终斑琬琰"说得甚是动情，冯浩于后两句都注明典故出处。若读者不拘执于典故，仅就其叙述理解，说自己感念先师的大恩，百感交集，书写先师的旧诗，笔力不称。只恐感伤陨涕，泪斑石碑。当作纯叙事来读，同样感人至深。当然，叙事之中还有弦外之音，这自然须用知人论世的功夫来品味了。因此，知人论世不仅仅是一种方法，而且是对读者较为全面的文史功底的一种要求。

李商隐工于书法，此文为书写令狐楚旧诗上石而作，亦为一证。张采田《会笺》于本文后引录《宣和书谱》《渑水燕谈录》《玉堂嘉话》《金石录》等书所载商隐正书、行书等材料甚珍贵。另有北宋夏竦编集《古文四声韵》集录李商隐《字略》所收篆字甚多（详见上海古籍出版社出版文渊阁《四库全书》第二二四册），此为古今注家所未及，特表而出之。《字略》一书已佚，借此残存，亦可见作者的博学多才。

上河东公启

01

商隐启：两日前于张评事处伏睹手笔，⁰²兼评事传指意，于乐籍中赐一人以备纫补。⁰³某悼伤以来，光阴未几。⁰⁴梧桐半死，才有述哀；⁰⁵灵光独存，⁰⁶且兼多病。眷言息胤，不暇提携。⁰⁷

注·释

●01·本篇原载《樊南文集详注》卷四，为大中五年冬作者婉拒东川节度使柳仲郢赐乐籍美人张懿仙而作。这封书启，冯浩《玉溪生年谱》系于大中七年，张采田《玉溪生年谱会笺》系于大中五年冬东川幕府，其曰："《补编·献相国京兆公启》亦云：'……翃以游丁鳏子，不忍羁孤。期既迫于从公，力遂乖于携幼。安仁挥涕，奉倩伤神。男小于嵇康之男，女幼于蔡邕之女……'盖妻丧未除，故余哀见之楮墨也。若在六年，则悼亡已阅年余，纵使优俪情深，岂宜轻形尺牍，渎人尊听哉？"张氏分析入情入理，所引《献相国京兆公启》几句与本文颇可印证，故从张氏系本文于大中五年冬。河东公：柳仲郢，字谕蒙，京兆华原（今陕西耀州）人。

●02·张评事：东川幕府中商隐的同僚。评事，即大理评事，为张氏所带宪衔。手笔：亲笔信。

●03·乐籍：乐户的名籍。古时官妓属乐部，故称。备纫补：做侍妾的一种委婉说法。

●04·"某悼伤"二句：作者妻王氏约在大中五年秋初病逝，距写此信的冬天才数月。

●05·梧桐半死：冯浩注："枚乘《七发》：龙门之桐，高百尺而无枝，其根半死半生。"才有述哀：冯浩注："'才'一作'方'。《文选》江淹《杂体诗》有潘黄门岳述哀，谓悼妇诗。"两句意谓妻子已死，自己则如梧桐半死，才有那些悼亡之作。

●06·灵光独存：冯浩注："'独'一作'犹'。"此谓自己还活着。灵光，庾信《哀江南赋》："况复零落将尽，灵光岿然。"比喻自己还在，有如汉代灵光殿历尽风雨而独存（参见王文考《鲁灵光殿赋》）。

●07·眷言：恋念、关心、眷念。《诗经·小雅·大东》："眷言顾之，潸焉出涕。"息胤：子女。

或小于叔夜之男，或幼于伯喈之女。[08] 检庾信荀娘之启，[09] 常有酸辛；咏陶潜通子之诗，每嗟漂泊。[10] 所赖因依德宇，驰骤府庭；方思效命旌旄，不敢载怀乡土。锦茵象榻，石馆金台，[11] 入则陪奉光尘，出则揣摩铅钝。[12] 兼之早岁，志在玄门，[13] 及到此

- 08 · "或小于"句：冯浩注：《晋书·嵇康传》：康字叔夜。又："男年八岁，未及成人。"作者儿子衮师生于会昌六年，至此六岁。"或幼于"句：冯注：《后汉书》：蔡邕字伯喈。《蔡琰别传》：琰字文姬，邕之女，少聪慧秀异，年六岁，邕鼓琴弦绝，琰曰：'第二弦。'邕故断一弦，琰曰：'第四弦。'"商隐《骄儿诗》言及衮师有"阿姊"，年略长于衮师，已七八岁。因是用典，不必拘泥于"幼于"云云，其意谓女儿尚幼小。

- 09 · "检庾信"句：庾信，南北朝时文学家，其集中有《谢赵王赉息荀娘丝布启》，是感谢赵王赐物于其子的书启。此指府主柳仲郢赐物于商隐儿女。

- 10 · 陶潜通子之诗：陶渊明有《责子诗》云："通子年九龄，但觅梨与栗。"每嗟漂泊：每每感叹自己做幕远方，未能照顾儿女。

- 11 · "锦茵"二句：意谓府主敬礼有加，以锦绣被褥、象牙床榻相待，以石室藏书和黄金台招贤。

- 12 · 光尘：喻府主柳仲郢的风采。揣摩铅钝：冯浩注：《战国策》：苏秦得《阴符》之谋，伏而读之，简练以为揣摩。"句谓自己经过磨炼尚有铅刀一割之用。

- 13 · 志在玄门：有志于佛教玄门。注家多引《老子》："玄之又玄，众妙之门。"但联系商隐在东川事实，此玄门实指佛教。唐代法藏《华严金师子章》第七章《勒十玄》提出十玄门说，在唐代十分流行。赵朴初著《佛教常识问答》曰："贤首宗以六相十玄门为中心思想，十玄门显示华严大教的道理。此创始人为七世纪末的贤首国师（法藏）。"

都，更敦凤契，¹⁴自安衰薄，微得端倪。¹⁵

至于南国妖姬，丛台妙妓，¹⁶虽有涉于篇什，实不接于风流。¹⁷况张懿仙本自无双，曾来独立，¹⁸既从上将，又托英僚。¹⁹汲县勒铭，方依崔瑗；²⁰汉庭曳履，犹忆郑崇。²¹宁复河里飞星，云

●14·"及到"二句：到东川梓州更加契合了佛门凤缘。大中七年，作者捐薪俸于梓州特创石壁五间，金字勒佛经七卷，请柳仲郢撰《金字法华经记》，皆可为证。

●15·"自安"二句：对禄命之衰薄安之若素，对佛学妙理已初得头绪。商隐大中七年《上河东公启二首》其一自述学佛体验云："或公干漳滨，有时疾疢；或谢安海上，此日风波。恍惚之间，感验非少。"

●16·南国妖姬：曹植《杂诗》："南国有佳人，容华若桃李。"妖，艳丽。曹植《美女篇》："美女妖且闲。"丛台妙妓：冯浩注："赵建丛台于后……《汉书志》：赵地倡优，女子弹弦跕躧（xǐ），游媚富贵，遍诸侯之后官。"谓丛台地方的歌妓才艺出色，喻宴游所见之歌妓。跕躧，即拖着鞋或趿着鞋走的姿势。

●17·有涉于篇什：诗歌中有涉及歌妓的描写。不接于风流：实际上同她们并无风流韵事。

●18·独立：冯浩注："《汉书·外戚传》：李延年歌曰：北方有佳人，绝世而独立。一顾倾人城，再顾倾人国。"

●19·从上将：柳仲郢为东川节度使、梓州刺史兼任军政之职，故称上将。商隐在《悼伤后赴东蜀辟至散关遇雪》诗中称自己去东川是"剑外从军远"。英僚：指幕府中的同僚才俊。

●20·"汲县"二句：冯浩注："《后汉书·崔瑗传》：迁汲令，开稻田数百顷，百姓歌之，迁济北相。《崔氏家传》：瑗为汲令，开渠造稻田，长老歌之曰：天降神明君，锡我慈仁父。临民布德泽，恩惠施以序。穿沟广灌溉，决渠作甘雨。迁济北率，官吏男女号泣，共垒石坛，立碑颂德而祠之。"比喻柳仲郢有声誉。

●21·"汉庭"二句：《汉书·郑崇传》："哀帝擢为尚书仆射。数求见谏争，上初纳用之。每见曳革履，上笑曰：'我识郑尚书履声。'"比喻柳仲郢正直敢谏。

●22·河里飞星：织女于七夕渡银河飞来，喻张懿仙愿嫁给自己。云间堕月：冯浩注："'堕'一作'坠'。"此句喻意与上句同。

●23·"窥西家"二句：宋玉《登徒子好色赋》："臣东家之子，嫣然一笑，惑阳城，迷下蔡。然此女登墙，窥臣三年，至今未许也。"王昌为唐代艳情诗常用来指称美少年的人物。此二句谓张懿仙虽有情于己，己实无意于此事。

●24·展禽：柳下惠。其人有德，被称为坐怀不乱。《荀子·大略》："柳下惠与后门者同衣而不见疑。"谓其用衣服裹住受冷女子，无人疑其有淫乱行为。阮籍：《世说新语·任诞》："阮公邻家妇，有美色，当垆酤酒。阮与王安丰常从妇饮酒，阮醉，便眠其妇侧。夫始殊疑之，伺察，终无他意。"以展禽、阮籍喻己有坐怀不乱之德。

●25·干冒：触犯。

●26·惶灼：惶恐焦虑。

间堕月，[22] 窥西家之宋玉，恨东舍之王昌。[23] 诚出恩私，非所宜称。伏唯克从至愿，赐寝前言，使国人尽保展禽，酒肆不疑阮籍。[24] 则恩优之理，何以加焉。干冒尊严，[25] 伏用惶灼。[26] 谨启。

品·评　大中五年秋，商隐丧妻。悼伤后应柳仲郢之辟，冬天即赴东川幕府。这封献呈府主的书启即写于丧妻后的当年冬天，书中弥漫着悼念亡妻的哀痛和眷念儿女的情思。文中有几段话常为论者引用，读者可能已耳熟能详。其实关涉作者生平创作的一些重要方面，我们可逐一分析品评。

首先是作者对府主拟将歌妓张懿仙嫁给他的好意表示婉拒。主要理由是出于对亡妻的感念和对儿女的牵挂："某悼伤以来，光阴未几。梧桐半死，才有述哀；

灵光独存，且兼多病。"他对于妻子的深情流溢于字里行间，与那些悼亡诗参读，读者可以感受到他们的夫妻情深。这真是"曾经沧海难为水"了，张懿仙纵然是世间无双的美女，亦难以再续他曾经有过的美满情感，而且他那一双小儿女也让他牵肠挂肚。"眷言息胤，不暇提携"，为人父者情何以堪？这就是他大中时期诗文一再要提及"叔夜之男""伯喈之女"的原因。应该说，作者是一位好丈夫，也是一位好父亲。他对弟兄姊妹、侄儿侄女亦有很深的感情和责任感。但展现他家庭伦理之美的作品尤以悼亡和眷恋儿女为最。本文即是有代表性的一篇。

其次，他婉拒张懿仙的理由是："兼之早岁，志在玄门，及到此都，更敦凤契。"这里主要就他受佛教的影响而言，十玄门是唐代流行的佛教修行法门。本书诗选所录商隐大中时期有关佛教的诗歌，可证他对佛学理论颇有研究。宋赞宁《宋高僧传·知玄传》将他列为知玄弟子，不无原因。作者大中时期深受佛教思想影响，显示了他思想发展的一道明显轨迹。由此，他婉拒张懿仙是出于真诚，而非托辞借口。

最后，论者评述其艳情诗大率会引"至于南国妖姬，丛台妙妓，虽有涉于篇什，实不接于风流"一段话。论者视角不同，观点亦不尽相同。此已关涉作者爱情诗和艳情诗的评价问题。其实，在较为开放的唐代，诗人文士风流自赏，从当时杜牧、温庭筠等人的纵情声色，白行简《李娃传》、元稹《莺莺传》等小说的流行，说明文化人的生活和创作都很自由，很少忌讳。商隐早年有《柳枝诗》自叙年轻时的恋爱往事，《燕台诗》追怀当年的一段艳遇，他本人并不讳饰，诗人年轻时是"实接于风流"的。但他比起同时代的杜牧、温庭筠等人还是一位生活比较严肃的诗人。就婚王氏后，商隐与王氏夫妻情深，至死不渝，会昌时期间或有一些涉及贵家宴游的艳情诗，乃当时历史文化背景下文人之常态，不足为奇。大中以后，我们只看到他对妻子儿女的感情日益加深，他的佛教思想逐渐增强，虽从府主参加宴会，涉笔歌妓舞女，只是寻常作乐，"实不接于风流"。

这样一篇叙事、抒情、说理交融的文章，作者用四六文来表达，读者或许对其中一些典故的含义不太明确，但全文的流畅自然，真挚感人仍是不难体味的。文章除开头几句用散文叙述上书启的原委，"某悼伤以来"转四六，一气呵成，读毕让人还有阅读的期待，这便是李商隐骈文的魅力所在。

樊南乙集序

01

余为桂林从事日，尝使南郡，舟中序所为四六，作二十编。*02* 明年正月，自南郡归，二月府贬，*03* 选为盩厔尉。*04* 与班县令、武公刘官人同见尹。*05* 尹即留假参军事，*06* 专章奏。属天子事边，康季荣首得七关；数月，李玭得秦州；月余，朱叔明又得长乐州；而益丞相亦寻取维州，*07* 联为章贺。时同僚有京兆韦观

注·释

●*01*·本篇原载《樊南文集详注》卷七，为大中七年十一月作者在东川梓州编集《樊南四六乙集》而作的序文。

●*02*·作二十编：大中元年十月十二日，商隐作《樊南甲集序》，自叙在奉使南郡的舟中，编所藏文章得四百三十三件"作二十卷"。

●*03*·二月府贬：大中二年二月，桂管观察使郑亚被贬循州，商隐于夏初罢职北归，五月至潭州，在湖南观察使李回幕中略有逗留，至秋天到达江陵，一路北上，深秋返回长安。

●*04*·选为盩厔（zhōu zhì）尉：当年冬天选调为盩厔（今陕西周至）尉。

●*05*·"与班县令"句：冯浩注："班县令或班姓而即令盩厔者。武公，徐氏疑作'武功'，武功属京兆府，刘官人似官于武功者，《新书表》有京兆武功刘氏，亦可举称，然皆未可定。"按冯氏之说班县令或许是盩厔县令，武公刘官人似是武功县的刘姓官员。因盩厔、武功两县同属京兆府管辖，他们的官员同去进谒京兆尹。说法颇近理。

●*06*·假参军事：冯浩《玉溪生年谱》、张采田《会笺》均定京兆尹留假参军事奏署掾曹于大中三年。当时，他代理的是法曹参军。假，代理。据《偶成转韵七十二句赠四同舍》云："手封狴牢屯制囚。"冯注："时所署当为法曹参军。"

●*07*·"属天子事边"七句：《资治通鉴》大中三年："六月，泾原节度使康季荣取原州及石门、驿藏、木峡、制胜、六磐、石峡六关。秋七月丁巳，灵武节度使朱叔明取长乐州……甲戌，凤翔节度使李玭取秦州。""冬十月，西川节度使杜悰奏取维州。"杜悰曾为宰相。益：成都，为西川节度使治所。商隐叙事出于记忆，其时间的精确性当从史书。

文、河南房鲁、乐安孙朴、京兆韦峤、天水赵璜、长乐冯颙、彭城刘允章，⁰⁸是数辈者皆能文字，每著一篇，则取本去。是岁，葬牛太尉，⁰⁹天下设祭者百数。他日尹言："吾太尉之薨，有杜司勋之志，¹⁰与子之奠文，¹¹二事为不朽。"

十月，尚书范阳公以徐戎凶悍，¹²节度缺判官，¹³奏入幕。故事，军

● 08 • "时同僚"句：据冯浩注考证："《宰相世系表》，房鲁字咏归者，玄龄之裔，然非河南。似非此人也。《文粹》有房鲁《上节度使书》。《全唐诗话》：长安木塔院，有进士题名处，似即其人……韦峤未必即韦蟾之误，详诗集《和孔雀咏》……《宰相世系表》：璜字祥牙。《唐诗纪事》：开成三年登第……《新书·刘伯刍传》：孙允章，字蕴中，咸通中，为礼部侍郎，后为东都留守。"冯浩考证文中同僚七人中四人，其中韦观文未详。孙朴、冯颙二人见于徐松《登科记考》卷二七附考："孙朴：宋苏颂撰《孙抃行状》：'抃七世祖朴，唐武宣世举进士、宏词，连取甲第。大中五年，从辟剑南西川节度使府，为掌书记。'按朴盖会昌进士，大中初宏词。"冯颙名与"冯衮、冯轩、冯岩"并列，名下注曰："四人定之子，皆登进士第。轩又见杜牧集。"

● 09 • 葬牛太尉：冯浩注："《旧书·牛僧孺传》：字思黯，穆宗长庆三年，同平章事。敬宗时，封奇章郡公。后至大中初卒。赠太子太师，谥文贞。《新书传》：赠太尉，谥文简……《文粹》有李珏撰《牛僧孺神道碑》云：大中戊辰岁十月二十九日薨，己巳岁五月十九日葬。"戊辰为大中二年，己巳为大中三年。

● 10 • 杜司勋：杜牧。参见诗歌《杜司勋》注释。杜牧所撰《唐故太子少师奇章郡开国公赠太尉牛公墓志铭》，见《樊川文集》卷七。

● 11 • 子之奠文：李商隐祭奠牛僧孺文，失传。

● 12 • "尚书"句：卢弘止出范阳卢氏，《新唐书·卢弘止传》："出为武宁节度使。徐自王智兴后，吏卒骄奢，银刀军尤不法，弘止戮其尤无状者，终弘止治，不敢哗。"

● 13 • 节度缺判官：冯浩注据此断定商隐在卢弘止徐州幕府"是判官，非掌书记"。

中移檄牒剌，¹⁴ 皆不关决记室，判官专掌之；¹⁵ 其关记室者，记室假，故余亦参杂应用。¹⁶ 明年府薨，¹⁷ 选为博士，在国子监太学，¹⁸ 始主事讲经，申诵古道，教太学生为文章。¹⁹ 七月，²⁰ 尚书河东公守蜀东川，²¹ 奏为记室。十月，得见吴郡张黯见代，改判上军。²² 时公始陈兵新作教场，²³ 阅数军实。²⁴ 判官务检举条理，²⁵

● *14*・故事：按旧例。移檄牒剌：为军中各种文书。冯浩注："《晋书·葛洪传》：洪所著移檄章表。《旧书·职官志》：诸司自相质问，其义有三：关、剌、移。关谓关通其事，剌谓剌举之，移谓移其事于他司。"牒：地位相等的官员其文书往来称牒。

● *15*・判官专掌之：以上文书由判官专掌其职。

● *16*・记室假：记室请假。余亦参杂应用：我亦参与办理记室职掌的文书。

● *17*・明年府薨：大中五年，府主卢弘止逝世。

● *18*・选为博士：大中五年春，商隐徐幕罢归入京。夏，宰相令狐绹补其太学博士。国子监：唐代最高学府。

● *19*・教太学生：冯浩注："集作'教天下学生'。"

● *20*・七月：大中五年七月。

● *21*・"尚书"句：大中五年七月，柳仲郢任梓州剌史、东川节度使，辟李商隐为记室。

● *22*・"得见"二句：由吴郡（今江苏苏州）张黯代为记室，商隐改为上军判官。商隐在徐州幕府已任判官，因此求改地位较高的判官职务。这句两个"见"字，前一个作"现"讲，后一字作"被"讲。

● *23*・教场：练兵场。

● *24*・阅数军实：检阅军队和审计军中器械粮草。

● *25*・"判官"句：判官的职务是检查军中事务及治理相关事项。

不暇笔砚。明年，记室请如京师，复摄其事。²⁶ 自桂林至是，所为已五六百篇，其间可取者四百而已。

三年已来，丧失家道，²⁷ 平居忽忽不乐，始克意事佛，方愿打钟扫地，为清凉山行者。²⁸ 于文墨意绪阔略，²⁹ 为置大牛箧，涂遍破裂，³⁰ 不复条贯。十月，弘农杨本胜始来军中。³¹ 本胜贤而文，尤乐收聚笺刺，因恳索其

● *26 · 复摄其事*：记室请求往长安后，商隐又复代理记室的工作。

● *27 · 丧失家道*：大中五年秋，其妻王氏逝世，至此大中七年十一月，首尾三年。

● *28 · 清凉山*：山西五台山。行者：佛教修行者。五台山的清凉世界是作者久已向往的境界。参见《五月十五夜忆往岁与彻师同宿》诗注释 05 及相关品评。

● *29 · 意绪阔略*：心意情绪粗略疏忽。

● *30 · 涂遍破裂*：途中辗转破裂损坏。

● *31 · 弘农杨本胜*：冯浩注："《宰相世系表》：杨筹字本胜，监察御史。"参见《杨本胜说于长安见小男阿衮》诗注释 01。

● *32* • 应求备卒：应人之请求，兼备自己仓卒之需要。

● *33* • 鬼鸟：冯浩注："《荆楚岁时记》：正月，夜多鬼车鸟度，家家搥门打户，捩狗耳灭灯烛以禳之……《岭表录异》：有如鹈鹕，名鬼车，出秦中，而岭外尤多……前序言月明，此以无鬼鸟言非阴晦，亦月明时也。"

● *34* • "书罢"二句：冯浩校："集作'书罢永叹，际明而不成寐'。"

素所有。会前四六置京师，不可取者，乃强联桂林至是所可取者，以时以类，亦为二十编，名之曰四六乙。此事非平生所尊尚，应求备卒，[32]不足以为名，直欲以塞本胜多爱我之意，遂书其首。是夕大中七年十一月十日夜，火尽灯暗，前无鬼鸟，[33]一如大中元年十月十二日夜时，书罢，永明不成寐。[34]

品·评　商隐生前二度自编四六文集，大中元年十月在桂幕期间编《樊南甲集》，大中七年十一月在东川期间编《樊南乙集》，可见他对这些文章是重视的。从现存的冯浩作详注的《樊南文集》及钱振伦、钱振常笺注的《樊南文集补编》看，其中大部分是四六文。其内容关系到当时官场的方方面面，一些重大的政治事件也在文章中有直接反映，因此其史料价值是很高的。

此序叙述他从桂幕罢归返回长安后数年的经历，是作者生平仕履的重要自述。

大中三年，京兆尹留他代理法曹参军，专章奏。他撰写的一系列庆贺收复失地的章表应该与当时的政治形势息息相关，可惜现存的文集中已几乎没有这方面的文字了。我们只有凭这篇序文，了解作者对当时边境战事胜利的态度与心情。大中三年五月，牛党首领牛僧孺下葬，京兆尹赞许商隐所作奠文和杜牧所作牛氏墓志铭"二事为不朽"。虽然这篇奠文已失传，可见文章与现存的杜牧文章一样是赞美牛氏德业不朽的。正是在大中时期，作者又有一系列赞扬、悼念李德裕、郑亚等李党人物的诗文。作为一介文士，他只是坚持自己的是非观，并无从党争中渔利之意。过去，一些注家往往置辨商隐于恩牛怨李之间，于客观事实相去甚远。

商隐在东川时受佛教影响日深，"三年已来，丧失家道，平居忽忽不乐，始克意事佛，方愿打钟扫地，为清凉山行者"。他丧妻后有这样的思想是有缘由的。两年前，他曾对柳仲郢说过："兼之早岁，志在玄门，及到此都，更敦夙契。"但同时我们还要注意到，大中七年他在梓州又撰写了《道士胡君新井碣铭并序》，同样对道教加以赞美。唐代的思想自由，形成儒、释、道三教交融的基本趋势，很多文士在实际生活中从三教中汲取思想，以求解决现实中的问题，但是就李商隐的一生看，他的基本思想仍然是儒家思想，这一定位应把握清楚。

作者为二度编集的四六文作序，写的却都是古文，行文之雅洁、精练，大有韩、柳遗韵，其中大可品味。《樊南甲集序》开篇自称："樊南生十六能著《才论》《圣论》，以古文出诸公间。"又说："仲弟圣仆，特善古文，居会昌中进士，为第一二。"另外，他从少年时由从叔李某教作古文，即有家学之渊源。因之，作者所作骈文，常杂以散句；或用一二虚词，化骈为散，使叙事、说理、抒情灵活贴切。而其古文则杂以骈句，间有声韵对偶之美，读来朗朗上口。如本文"三年以来，丧失家道"一段有不少四字句，诵读起来节奏感很强，有力地表现了作者此时此地抑郁苍茫的情感。读李商隐文章，我们可以感到骈文与古文并非水火对立。经过韩、柳古文运动以后的中晚唐文章，已汲取双方的优长，呈现出一种新的风貌。李商隐的文章受到师长的赞许，同侪的规摹，历代文士的重视，说明他不仅是晚唐诗坛巨擘，而且也是晚唐文章名家。

断非圣人事

₀₁

注·释

● 01·本篇原载《樊南文集详注》卷八，写作年月不详。
● 02·"尧去子"二句：尧和舜都不把帝位传于儿子，尧禅位于舜，舜禅位于禹。《史记·五帝本纪》："尧立七十年得舜，二十年而老，令舜摄行天子之政……尧知子丹朱不肖，不足授天下，于是乃权授舜。授舜，则天下得其利而丹朱病；授丹朱，则天下病而丹朱得其利。"又曰："舜子商均亦不肖，舜乃豫荐禹于天。"
● 03·周公去弟：周公旦辅佐成王，其弟管叔、蔡叔流言国中，并联合商纣王之子武庚作乱，周公诛杀武庚、管叔，放逐蔡叔。《史记·周本纪》："成王少，周初定天下，周公恐诸侯畔周，公乃摄行政当国。管叔、蔡叔群弟疑周公，与武庚作乱，畔周。周公奉成王命，伐诛武庚、管叔，放蔡叔。"
● 04·理天下：治天下。避高宗李治讳，故用"理"字。韩愈《原道》："博爱之谓仁，行而宜之之谓义。"

尧去子，舜亦去子，⁰²周公去弟，⁰³后世人以为能断，此绝不知圣人事者。断之为义，疑而后定者也；圣人所行无疑，又安用断？圣人持天下以道，民不得知。圣人理天下以仁义，⁰⁴民不得知。害去其身，未仁也；害去其家，未仁也；害去其国，

245

亦未仁也；害去其天下，亦未仁也；害去其后世，然后仁也。宜而行之谓之义，子不肖去子，弟不顺去弟，家国天下后世，皆蒙利去害矣。不去则反宜。然而为之，尧、舜、周公未尝疑，又安用断？故曰："断非圣人事。"

这篇古文论儒家的仁义，立意甚高。所谓"圣人理天下以仁义"，亦即是古文运动的倡导者韩愈《原道》所谓"博爱之谓仁，行而宜之之谓义，由是而之焉之谓道"。本文关于"仁义""宜"的概念均来自儒家经典。《论语·颜渊》："樊迟问仁。子曰：'爱人。'"《礼记·中庸》："义者，宜也。"指出宜要合乎人情事理，义也就是仁的具体体现。所以作者赞扬尧、舜、周公"宜而行之谓之义"。司马迁在《五帝本纪》中分析尧授天下于舜和丹朱的利弊说："授舜，则天下得其利而丹朱病；授丹朱，则天下病而丹朱得其利。尧曰：'终不以天下之病而利一人。'"这正如李商隐所说："圣人所行无疑，又安用断？"尧持天下之道，在选定接班人的问题上是非常坚定的。但可贵的是，作者在司马迁的论述上又进了一步。他认为"害去其天下"，还不算达到仁的最高境界，只有达到"害去其后世"，为天下后世除害，才臻于仁的至境。同时，作者又撰有《让非贤人事》，推崇孔子"当仁不让"的理论。从这些文章中，我们不难读出字里行间强烈的用世之意，也更能体会他那"欲回天地"的雄心壮志。

或问曰：李商隐在《容州经略使元结文集后序》中说："孔氏于道德仁义外有何物？"这又如何解释？答曰：作者有时在作品中表现出思想矛盾，这固不足怪。读者应从其主要方面把握作者的基本思想，不可用片言只语去判断作者的思想倾向。商隐早年的《赠送前刘五经映三十四韵》开篇即言："建国宜师古，兴邦属上庠。从来以儒戏，安得振朝纲？"岂非儒者风貌。其后期《上兵部相公启》赞美乃师令狐楚云"仰夫子之文章"，比之孔子，表示自己高山仰止的敬意，而诗文中尊奉孔子的话不胜枚举。唐人尊敬孔子，却不迷信孔子，就如孔门七十二贤人中，子路之狂直有时对夫子有质疑，责子见南子即为一例，但孔子并不以为他忤逆，此所以成一代圣贤也。

宜都内人

01

武后篡既久，⁰² 颇放纵，耽内习，⁰³ 不敬宗庙。四方日有叛逆，防豫不暇。时宜都内人以唾壶进，思有以谏者。后坐帷下，倚檀几与语，问四方事。宜都内人曰："大家知古女卑于男邪？⁰⁴" 后曰："知。" 内人曰："古有女娲，⁰⁵ 亦不正是天子，佐伏羲理九州耳。后世娘姥，有越出房阁断天下事者，

注·释

●01·本篇原载《樊南文集详注》卷八，《资治通鉴》之《唐纪》则天后天册万岁元年春二月，"僧怀义益骄恣，太后恶之……使建昌王武攸宁帅壮士殴杀之" 叙事下，司马光《考异》全录此文，并曰："此盖文士寓言。" 商隐大中五年冬赴梓州幕途中有《利州江潭作》诗，讽武后神剑威严终成荒江废庙，可与本文参读。宜都：冯浩题注："《旧书志》：山南东道峡州夷陵郡宜都县（今湖北宜都）。" 内人：宫中女官。

●02·武后篡既久：《资治通鉴》系此事于万岁天册元年。唐高宗李治死于弘道元年，此后政归武后，至天授元年九月武后称帝，改国号为周，至此已十余年。

●03·耽内习：冯浩注："如《左传》'齐侯好内'，《史记·仓公传》'病得之内'之义。" 耽，过乐谓之耽。此指武后过乐于男宠。

●04·大家：古代宫中侍从对帝、后的称呼。

●05·女娲：冯浩注："《帝王世纪》：女娲氏，亦风姓也，承庖牺制度，亦蛇身人首，一号女希，是为女皇。《广韵》：女娲，伏羲之妹。《史记》司马贞《补三皇本纪》：太皞伏羲氏，风姓，蛇身人首，亦曰宓牺氏。崩，女娲氏代立，亦风姓，蛇身人首，号曰女希氏。" 女娲是神话中人类的始祖，传说中的女皇。

●06·天姓:《资治通鉴》作"夫姓"。
●07·袭服冠冕:继承皇帝衣服,戴皇冠。
●08·侍御者:《资治通鉴》作"进御者"。

皆不得其正。多是辅昏主,不然抱小儿。独大家革天姓,[06]改去钗钏,袭服冠冕,[07]符瑞日至,大臣不敢动,真天子也。然今内之弄臣狎人,朝夕侍御者,[08]久未屏去,妾疑此未当天意。"后曰:"何?"内人曰:"女,阴也;男,阳也。阳尊而阴卑,虽大家以阴事主天,然宜体取刚亢明烈,以消群阳,阳消然后

● 09·"处大家"句：处于女皇的夫官尊位。
● 10·世：冯浩校："一作'岁'。"

阴得志也。今狎弄日至，处大
家夫宫尊位，[09] 其势阴求阳也。
阳胜而阴亦微，不可久也。大
家始今日能屏去男妾，独立天
下，则阳之刚亢明烈可有矣。
如是过万万世，[10] 男子益削，
女子益专，妾之愿在此。"后虽
不能尽用，然即日下令诛作明
堂者。

品·评 本文写作年月难以确定，但作者大中五年冬赴梓州幕途经利州（今四川广元）皇泽寺，有《利州江潭作》七律诗讽其事。武则天的父亲武士彟曾为利州都督，武则天生于此。胡震亨《唐音癸签》曰："《利州江潭作》自注：'感孕金轮所。'《蜀志》：'则天父士彟为利州都督，泊州江潭，后母感龙交，娠后。'"程梦星笺诗曰："武后虽革唐命，自号大周，而今日之尚论吊古者，犹以为国后而不以为天子……此义山用《春秋》书法，义正辞严，出之和婉，使人不觉。此其所以高出中晚名家欤？"程氏这段话对于读者理解本文同样有参考价值。

商隐关于武则天的这一诗一文，可说是解者纷纭，各有所见，但联系其对帝王好色乱政所持的批判态度，本文主旨亦应是讽刺与批判。《北齐二首》之抨击北齐后主高纬和冯淑妃，《南朝》之嘲讽梁元帝和徐妃，以及《马嵬》《龙池》《骊山有感》《华清宫》之批判唐玄宗和杨贵妃，显示出作者对此的一贯立场。武则天"耽内习"是流行于唐代的政治笑话。当年李敬业起兵反抗武氏，骆宾王《代李敬业传檄天下文》就利用这一政治笑话揭露武则天"昔充太宗下陈，尝以更衣入侍。洎乎晚节，秽乱春宫"。武氏的淫乱在唐人诗文中是被攻击讽刺的事，本文开头就说："武后篡既久，颇放纵，耽内习，不敬宗庙。"立足宗庙社稷，爱憎分明。而全文所述只有一件事：耽内习。《资治通鉴》所谓"此盖文士寓言"，将这一丑事极意渲染，表面说是"如是过万万世"，实际上是在这类"万寿无疆"的颂祝中咒其立即败亡。她的内宠僧怀义"益骄恣……使建昌王武攸宜帅壮士殴杀之"。这是《资治通鉴》所记。《旧唐书·薛怀义传》则曰："证圣中，薛师恩渐衰，恨怒，焚明堂……后太平公主令壮士缢杀之。"上层集团间的荒淫凶残在史书的记载中暴露无遗，商隐所作寓言佚闻正可补正史之不足。如果说《利州江潭之行》是"义山用《春秋》书法，义正辞严，出之和婉，使人不觉"（程梦星评），那么，《宜都内人》虽不像骆宾王那样丑诋其事，却是通过绘声绘色的描写，将武则天及其宫廷男女们的荒淫残暴作了无情的揭露。

李贺小传

[01]

京兆杜牧为《李长吉集序》,[02] 状长吉之奇甚尽,[03] 世传之。长吉姊嫁王氏者语长吉之事尤备。长吉细瘦,通眉,[04] 长指爪,能苦吟疾书。最先为昌黎韩愈所知。[05] 所与游者王参元、杨敬之、权璩、崔植为密。[06] 每旦日出与诸公游,未尝得题然后为诗,如他人思量牵合以及程限为意。恒从小奚奴骑距驴,[07] 背一古破锦囊。遇有所得,即书投囊中。及暮归,太夫人使

注·释

●01·本篇原载《樊南文集详注》卷八,写作年月不详。冯浩题注:"长吉事迹无多,而《宋史·艺文志》传记类曰:李商隐《李长吉小传》五卷,是误一为五也。"杜牧《樊川文集》卷十有《李贺集序》作于大和五年,则商隐此文必作于杜牧序文之后。

●02·京兆杜牧:杜牧为京兆万年(今陕西西安)人,中唐名相杜佑之孙。参见《杜司勋》注释01及品评。

●03·状长吉之奇:杜牧《李贺传序》赞其"盖骚之苗裔,理虽不及,辞或过之……世皆曰:使贺且未死,少加以理,奴仆命骚可也"。

●04·通眉:长眉毛,两眉几乎相接。

●05·为昌黎韩愈所知:冯浩注:"《旧书传》:父名晋肃,以是不应进士,韩愈为之作《讳辩》,贺竟不就试。"李贺有《高轩过》诗叙述韩愈、皇甫湜相访曰:"韩员外愈、皇甫侍御湜见过因而命作"。

●06·"所与游者"句:冯浩注:"本集《濮阳公表》云'季弟参元'矣……柳子厚《贺王参元失火书》云:'京城人多言足下家有积财,士之好廉名者,皆畏忌,不敢道足下之善。'亦与茂元家积财相合也……长吉姊嫁王氏者,疑即参元所娶也。"如冯浩推测合于事实,则商隐为王参元侄婿,王氏姊为其婶娘,她所言李贺故事或作者得之亲闻。杨敬之:冯浩注:"《新书传》:杨敬之,元和初,擢进士第,转大理卿、检校工部尚书兼祭酒,卒。"权璩:冯浩注:"《旧书·权德舆传》:子璩,中书舍人。"崔植:冯浩注:"《新书传》:崔植,长庆初,同中书门下平章事。"

●07·小奚奴:小仆人。距驴(jù xū):《逸周书·王会》孔晁注:"距虚,野兽,驴骡之属。"亦作"臣虚""駏虚""距虚"。此处指驴。

●08·迭纸：把纸一层一层叠起来，谓作诗之勤。

●09·省：察看、检查。

●10·"故沈子明"句：沈子明即沈述师，官集贤校理，为李贺挚友。《唐才子传校笺》卷五吴企明考曰："大和五年，杜牧为沈传师幕僚，时沈为宣歙观察使，驻宣城。弟述师来探望长兄，因嘱杜牧为李贺集作序……据沈括《梦溪笔谈》卷一云：'集贤院记开元故事，校书官许称学士。'故杜牧于《李贺集序》又称为'集贤学士沈公子明'。"沈子明曾为李贺收藏诗稿。

●11·赤虬：赤色的无角龙。

●12·太古篆：远古的篆文。商隐善篆书，著有《字略》。参见《上兵部相公启》品评。

婢受囊出之，见所书多，辄曰："是儿要当呕出心始已耳！"上灯与食，长吉从婢取书，研墨迭纸足成之，[08]投他囊中。非大醉及吊丧日，率如此。过亦不复省。[09]王、杨辈时复来探取写去。长吉往往独骑，往还京洛，所至或时有著，随弃之，故沈子明家所余四卷而已。[10]

长吉将死时，忽昼见一绯衣人驾赤虬，[11]持一版，书若太古篆或霹雳石文者，[12]云当召长

253

吉。长吉了不能读，欻下榻叩头言[13]："阿婺老且病，[14]贺不愿去。"绯衣人笑曰："帝成白玉楼，立召君为记。天上差乐，不苦也。"长吉独泣，边人尽见之。少之，[15]长吉气绝。常所居窗中，勃勃有烟气，闻行车嘒管之声。[16]太夫人急止人哭，待之，如炊五斗黍许时，长吉竟死。王氏姊非能造作谓长吉者，实所见如此。[17]

呜呼，天苍苍而高也，上果有

- 18·苑：冯浩校："一作'园'。"
- 19·番番：冯浩校："一作'眷眷'，误。"
- 20·不独地上少耶：冯浩校："一作'即'，连下句读，误。"从行文句式看，此处连下句有两个问句，与结尾处有两个问句一样，是加重语气。
- 21·"长吉"句：李贺生二十七年卒。吴企明《唐才子传校笺》："李贺生于德宗贞元六年，卒于宪宗元和十一年。朱自清《李贺年谱》云：'杜牧《李长吉歌诗叙》作于文宗大和五年十月，叙中谓"贺生二十七年死矣"，又谓"贺死后凡十五年，京兆杜牧为序"。自大和五年上溯十五年，为宪宗元和十一年，贺当于是年死。更依中土计齿常例，上溯二十七年，为德宗贞元六年，贺当生于是年。'"冯浩注亦曰："当作'二十七'为是。"奉礼太常：冯浩注：'《旧书传》：补太常寺协律郎。《旧书志》：太常寺属奉礼郎二人，从九品上；协律郎二人，正八品上。贺当以奉礼升协律。"

帝邪？帝果有苑囿宫室观阁之玩耶？ [18] 苟信然，则天之高邈，帝之尊严，亦宜有人物文彩愈此世者，何独番番于长吉而使其不寿耶？ [19] 噫！又岂世所谓才而奇者不独地上少耶？ [20] 天上亦不多耶？长吉生二十四年，位不过奉礼太常中， [21] 当时人亦多排摈毁斥之。又岂才而奇者，帝独重之，而人反不重耶？又岂人见会胜帝耶？

品·评 李贺是中唐的天才诗人，在他短短二十七年的生涯中为唐诗创造了璀璨夺目的奇迹。他的诗歌和为人最突出的就是一个奇。大和五年，杜牧为已死去十五年的李贺作《李贺集序》，称赞"贺能探寻前事，所以深叹恨今古未尝经道者"。突出了李贺诗歌的创意。此后，李商隐抱着极大的同情心作《李贺小传》。李贺的长姊所讲的故事，商隐有可能得之亲闻，即使不是亲闻，由于年代相近，叙述的可信度高，后来有关李贺的传记多从此翻出，仍可见其史料价值之高。

李贺爱诗，诗简直就是他的命。传中说他常常带着童仆，骑着驴子，背着古破锦囊在外面寻找诗境。每有所得，即写成句子投入囊中。晚上回来，他的老母常见囊中有许多诗句，总痛惜地说："是儿要当呕出心始已耳！"他为作诗而呕心沥血，这对于"悬头曾苦学"的李商隐自然会引起心灵的共鸣。他们名闻当时，却是同样命途多舛。李贺诗成，朋友王参元、杨敬之等"时复来探取写去"，而他的友人杨敬之、权璩、崔植后来都身居高位，唯有这位天才诗人"位不过奉礼太常中"，以八九品的小官贫病而死。商隐在《樊南乙集序》中也说过他为边境胜利"联为章贺"，善文的同僚们常把他的文章拿去观摩学习。但是，"十年京师，寒且饿，人或目曰：韩文、杜诗、彭阳章檄、樊南穷冻"(《樊南甲集序》)。商隐用充满同情的笔调叙写李贺怀才不遇的命运时，不免会顾影自怜，对自己的未来怀抱忧惧。

传文的结尾处大有天问悲愤郁结之致，作者就李贺的悲惨命运向人世上天提出了一连串问题。其中问道：天上应有胜过人间的人才，天帝何苦偏要烦扰长吉，使他不得长寿呢？难道才而奇者不独人世少，天上亦不多吗？难道才而奇者只有天帝重视，人世反而不重视吗？难道人世间的见识会比天帝高明吗？答案在哪里？即使在开放的唐代，仍还有高才杰出者沉沦不遇，李商隐提出的问题确实拨动了后世长吉诗爱好者的心弦。就此对高度发达的唐代文明作一番深远的长思，也将是很有意义的。李白在盛唐时代就愤激地说过："珠玉买歌笑，糟糠养贤才。"中唐李贺、晚唐李商隐也不可避免地怀才不遇。今人称之为诗家三李的李白、李贺、李商隐，对唐代文明都作出了杰出贡献，但他们的境遇令人惋惜。由此，我们可以认识到诗人薄命不仅是封建社会的常见现象，而且是一种普遍的规律。

齐鲁二生 ⁰¹

注·释

● 01 · 本篇原载《樊南文集详注》卷八，写作年月尚难确定。但《程骧》一文云："开成初，相国彭城公遣其客张谷聘之，骧不起。"此可为文章写作之上限。会昌三年，刘稹拥兵叛乱，《资治通鉴》会昌三年五月辛丑："制削夺刘从谏及子稹官爵，以（王）元逵为泽潞北面招讨使，何弘敬为南面招讨使，与（陈）夷行、刘沔、（王）茂元合力攻讨。"此可为文章写作之下限。

● 02 · 郓盗：郓州地方的强盗。郓州，冯浩注："《旧书志》：河南道郓州东平郡。"治所须昌县（今山东东平东须镇西北）。

● 03 · 牝马草骡：冯浩注："《匡谬正俗》：牝马谓之草马，唯充蕃字，常牧于草，故称草马。"意谓畜养雌马草骡。

● 04 · 杖：冯浩校："一作'仗'。"

● 05 · 发冢抄道：盗墓劫路。

● 06 · 无庐徼处：冯浩注："《汉书注》：如淳曰：所谓游徼循禁，备盗贼也……按：十里一亭，十亭一乡，乡有三老、啬夫、游徼，秦制已然，不仅京都之周庐徼道也。"此处庐徼即指巡查捕盗者的房舍。

● 07 · 恤商：体恤商人。

● 08 · 与淮海近：与扬州相近。淮海，指唐代富庶的扬州。近，冯浩校："一作'竞'，误。"

● 09 · 赀：一作"资"。

程骧

右一人字蟠之，其父少良，本郓盗人也。⁰²晚更与其徒畜牝马草骡一，⁰³私作弓矢刀杖，⁰⁴学发冢抄道。⁰⁵常就迥远坑谷，无庐徼处，⁰⁶依大林木，蚤夜侦候作奸。李师古贪诸土货，下令恤商，⁰⁷郓与淮海近，⁰⁸出入天下珍宝，日日不绝。少良致赀以万数，⁰⁹每旬时归，妻子辄置食饮劳其党。后少良老，前所置食有大胾连骨，以牙齿稍

● 10 · 椎埋剽夺：冯浩注："'椎埋'谓'发冢'，'剽夺'谓'抄道'。"意谓年轻人和年老的程少良一起盗墓劫财。

● 11 · 意：冯浩校："徐刊本作'竟'，误。"

● 12 · 铁门：牢狱之门。老捕盗：衙门中的捕快、捕役之老手。狙快：伏击逮捕。

● 13 · 约不相引：相约如事发败露各不牵连。

● 14 · 废举贸转：冯浩注：《史记·仲尼弟子传》：'子贡好废举，与时转货贵。注曰：废举谓停贮也，物贱则买而停贮，值贵即逐时转易货卖，取贵利也。'"意谓少良由强盗变为商人，以货物之贵贱随时买卖牟利。

● 15 · 里闬（hàn）：里巷之门。

脱落，不能食，其妻辄起请党中少年曰："公子与此老父椎埋剽夺十数年，[10]意不计天下有活人。[11]今其尚不能食，况能在公子叔行耶？公子此去，必杀之草间，毋为铁门外老捕盗所狙快。"[12]少良默惮之，出百余万谢其党曰："老妪真解事，敢以此为诸君别。"众许之，与盟曰："事后败出，约不相引。[13]"少良由是以其赀废举贸转，[14]与邻伍重信义，恤死丧，断鱼肉葱薤，礼拜画佛，读佛书，不复出里闬，[15]竟若大君子能悔咎前恶者。十五年死。子骧率不知，后一日，有过，其母骂

● 17 • 举负：举债、借债。给薪水洒扫之事：以砍柴挑水洒扫里巷等活计以自给。

● 18 • 馇（zhān）：厚粥。糗（qiǔ）：炒熟的米粉、麦粉之类。

● 19 • 从骧讲授：师从程骧，听其讲课授业。

● 20 • "乌重"句：乌重胤为元和时平淮蔡吴元济乱的名将之一。《旧唐书·乌重胤传》："穆宗急于诛叛⋯⋯以重胤检校司徒，兼兴王尹，充山南西道节度使。召至京师，复以本官为天平军节度，郓曹濮等州观察等使。"

之曰："此种不良，庸有好事耶？"[16] 骧泣问其语，母尽以少良时事告之。骧号哭数日，不食，乃悉散其财。逾年，骧甚苦贫，就里中举负，给薪水洒扫之事，[17] 读书日数千言。里先生贤之，时与馇糗布帛，[18] 使供养其母。后渐通"五经"、历代史、诸子杂家，往往同学人去其师，从骧讲授。[19]。又其为人宽厚滋茂，动静有绳墨，人不敢犯。

乌重胤为郓帅，[20] 喜闻骧，与之钱数十万，令市书籍。骧复以其余赉诸生。其里闾故德少良者，亦尝来与骧孳息其货，数年，复致万金。骧固不以为己有，绳契管捷，杂付比近，[21] 用度费耗，了不勘诘，[22] 道益高。开成初，相国彭城公遣其客张谷聘之，[23] 骧不起。

刘叉 [24]

右一人字叉，不知其所来。在魏，[25] 与焦濛、闾冰、田滂善。任气重义，大躯，有声力。[26] 常出入市井，杀牛击犬豕，罗网鸟雀。亦或时因酒杀人，变姓名遁去。会赦得出。后流入齐鲁，始读书，能为歌诗，然恃其故时所为，辄不能俯仰贵人。

- 21·绳契管捷：检核契约和掌管锁钥。杂付比近：随意交付给身旁的人。
- 22·了不勘诘：不仔细查问。
- 23·彭城公：刘从谏父刘悟在宪宗元和末，杀淄青节度使李师道，以功封彭城郡王，故称其子为彭城公。《旧唐书·刘从谏传》："文宗即位，进检校司徒。（大和）六年十二月入觐，七年春归藩，加同中书门下平章事。"其客张谷：泽潞镇刘从谏的亲信幕客张谷，刘从谏死后支持刘稹对抗朝廷，在叛乱中被杀。
- 24·刘叉：生卒年不详。《新唐书·韩愈传》附《刘叉传》，辛文房《唐才子传》卷五有《刘叉传》，大多从李商隐此文化出。《全唐诗》存刘叉诗一卷。
- 25·在魏：指当时魏博镇，治魏州（今河北大名东北），领有魏、博、贝、卫、澶、相六州。
- 26·声：冯浩校："一作'脊'，误。"

穿屦破衣，从寻常人乞丐酒食为活。

闻韩愈善接天下士，[27]步行归之。既至，赋《冰柱》《雪车》二诗，[28]一旦居卢仝、孟郊之上。[29]樊宗师以文自任，[30]见又拜之。后以争语不能下诸公，因持愈金数斤去，曰："此谀墓中人所得耳，[31]不若与刘君为寿。"愈不能止，复归齐鲁。又之行固不在圣贤中庸之列，[32]然其能面道人短长，不畏卒祸，及得其服义，则又弥缝劝谏，有若骨肉，此其过人无限。

●27·接：冯浩校："一作'友'。"
●28·《冰柱》《雪车》二诗：见《全唐诗》卷三九五。
●29·卢仝、孟郊：冯浩注："《新书·韩愈传》：卢仝居东都，愈为河南令，爱其诗，厚礼之。仝自号玉川子。孟郊，湖州武康人，愈一见为忘形交。郊为诗有理致，最为愈所称。"卢仝和孟郊都是中唐独具一格的诗人。
●30·樊宗师：冯浩注："又《樊泽传》：河中人，子宗师，学力多通解，著《春秋传》《魁纪公》《樊子》凡百余篇。韩愈称宗师议论平正有经据，常荐其材云。"樊宗师今有《绛守居园池记》传世，文章奇涩，不可卒读，入于险怪一路。
●31·谀墓中人：奉承坟墓中的死人。谀，奉承，谄媚。
●32·中庸：处事不偏不倚，恰到好处。《论语·雍也》："中庸之为德也，其至矣乎！"朱熹注："中者，无过无不及之名也。庸，平常也。"意谓刘叉的行为有偏激奇特之处，不合儒家中庸之道。

品
·
评　　《齐鲁二生》是两篇人物小传，与前录《宜都内人》《李贺小传》一起，构成了唐代传奇人物的传记系列。此外，本书与未入录的《象江太守》《华山尉》都具有奇趣，文字之短小精悍，又类《世说新语》等笔记小说。这些文章都用古文写作，显示了作者四六骈文以外的文章业绩。

前一篇《程骧》讲述程少良、程骧父子的故事。程少良原先是一个盗墓剪径的强盗，依靠掘坟抢劫而成为巨富。少良的妻子精明而识时务，看到丈夫年老力衰，劝其金盆洗手，从此竟是放下屠刀，立地成佛。少良由盗贼转变为商人，念佛吃素，"竟若大君子能悔咎前恶者"。这样的精明人史不绝书，作者之所以要写出这么一个人物，其意则在于劝诫恶人改过有益于世道人心，要给他们自新之路。他的儿子程骧后来深耻于父亲早年的作为，散去不义之财，自觉选择艰苦生活来磨炼自己，又刻苦勤读圣贤之书，成为当地学子从学的经史学者。这又可说是程少良的改恶从善终于结出善果。少良的妻子在文中着墨不多，但她劝少良改过的一段话，及后来程骧"有过，其母骂之曰：'此种不良，庸有好事耶？'"的一段话，不仅突出了人物的精明而识时务，还表现出她的教子有方。传文中的人物都是唐代社会生活中鲜活的人物，有善行，也有恶过，甚至罪行，但作者劝人向善之意是很显然的。这不禁使人想起唐代的开国元勋李世勣，他也是少年为盗，后来读书从军成为著名将相的。《资治通鉴》贞观十九年六月载，唐太宗征辽东，白岩城请降，唐太宗将俘其降。李世勣却认为攻下城后可以让将士劫获更多财物及男女。胡三省注曰："观世勣此言，盖少年为盗之气习未除耳！"商隐的劝人向善，给恶人指出自新之路；胡三省指出将相大人身上的劣根性，以明人必须不断加强修养，都是极具智慧之处。

文中还提到三位方镇节度使，语言简短却寓有爱憎是非。淄青"李师古贪诸土货，下令恤商"。一个"贪"字，刻画出怀有野心的割据者通过巧夺豪夺以积聚财力，到他的兄弟李师道发展到对抗朝廷，暗杀宰相，最后落到彻底败亡的下场。与此相反的是"乌重胤为郓帅，喜闻骧，与之钱数十万，令市书籍"。乌重胤以忠勇著称，历河阳、横海军、山南西道、天平军诸镇，擒潞帅卢从史，平淮蔡叛贼吴元济都有其功，史称其"善待宾僚，礼分同至，当时名士，咸愿依之"（《旧唐书·乌重胤传》）。商隐此文正可为史文作一补充。文末提到另一位方镇节度使是泽潞刘从谏："开成初，相国彭城公遣其客张谷聘之，骧不起。"甘露之变后，被宦官杀害的宰相王涯、贾餗等亲属都纷纷投奔泽潞。同时，刘从谏有意礼聘四方人才，张谷既是刘从谏的心腹，也是后来支持刘稹叛乱的主谋之一。程骧不为其拉拢，可见其对泽潞镇对抗朝廷的行径早有警惕，实为有识之士。商隐开成元年作《重有感》，对刘从谏上表声讨宦官仇士良等人尚是望之殷而责之切。因此，此文很可能作于泽潞镇与朝廷矛盾加深的会昌时期，表现了作者反对藩镇割据、拥护国家统一的坚定立场。

后一篇《刘叉》是中唐诗人刘叉的小传。他颇似游侠一类人物，任气重义，出入市井，曾因酒杀人。这使人想起魏颢《李翰林集序》说李白年轻时"任侠，手刃数人"。唐自贞观起到开元立法渐严，所谓侠以武犯禁，正是李白、刘叉这类豪侠之士的弊病，他们后来都是通过折节读书来改变自己的人生。刘叉有二十余首诗流传，其中《冰柱》《雪车》关注人民疾苦，为当时韩愈一派诗人推重。如《冰柱》诗云："师干久不息，农为兵分民重嗟。骚然县宇，土崩水溃，晼中无熟谷，垄上无桑麻。"元和时期兵连祸结，灾害不断，田园荒芜，骚然纷乱的景象触目惊心，中唐诗中这样为人民大声疾呼的作品还是不多的。

《新唐书·韩愈传》云："时又有贾岛、刘叉，皆韩门弟子。"刘叉师从韩愈却敢于对韩的缺点当面批评，他直指韩文中写了许多墓志铭赚了不少钱，"此谀墓中人所得耳"，这个故事历代流传，有不少人是赞同刘叉批评的。作者认为"叉之行固不在圣贤中庸之列，然其能面道人短长""此其过人无限"。正如身为儒家文士的杜甫、李商隐有时也会对孔夫子说几句不恭的话那样，这便是唐人真率坦诚之处，非后世尊奉偶像崇拜的文人所能及。

本文作于会昌三年泽潞刘稹尚未叛乱之前，其作为古文，可与《李贺小传》等人物传记参读，特编于《李贺小传》之后，略作变通。

图书在版编目（CIP）数据

李商隐集 / 周建国注评. -- 南京：凤凰出版社，
2024. 10. -- ISBN 978-7-5506-4212-6

Ⅰ. I207.227.42

中国国家版本馆CIP数据核字第2024B9A614号

书　　　名	李商隐集
注　　　评	周建国
责 任 编 辑	黄如嘉　黄　悦
书 籍 设 计	曲闵民
责 任 监 制	程明娇
出 版 发 行	凤凰出版社（原江苏古籍出版社）
	发行部电话025-83223462
出版社地址	江苏省南京市中央路165号，邮编：210009
照　　　排	南京凯建文化发展有限公司
印　　　刷	苏州市越洋印刷有限公司
	江苏省苏州市吴中区南官渡路20号，邮编：215104
开　　　本	787毫米×1092毫米　1/32
印　　　张	9.625
字　　　数	184千字
版　　　次	2024年10月第1版
印　　　次	2024年10月第1次印刷
标 准 书 号	ISBN 978-7-5506-4212-6
定　　　价	58.00元

（本书凡印装错误可向承印厂调换，电话：0512-68180638）